小書痴的下剋上

為了成為圖書管理員不擇手段！

第五部 女神的化身XI

香月美夜——著
椎名優 繪 許金玉 譯

本好きの下剋上
司書になるためには
手段を選んでいられません
第五部 女神の化身XI

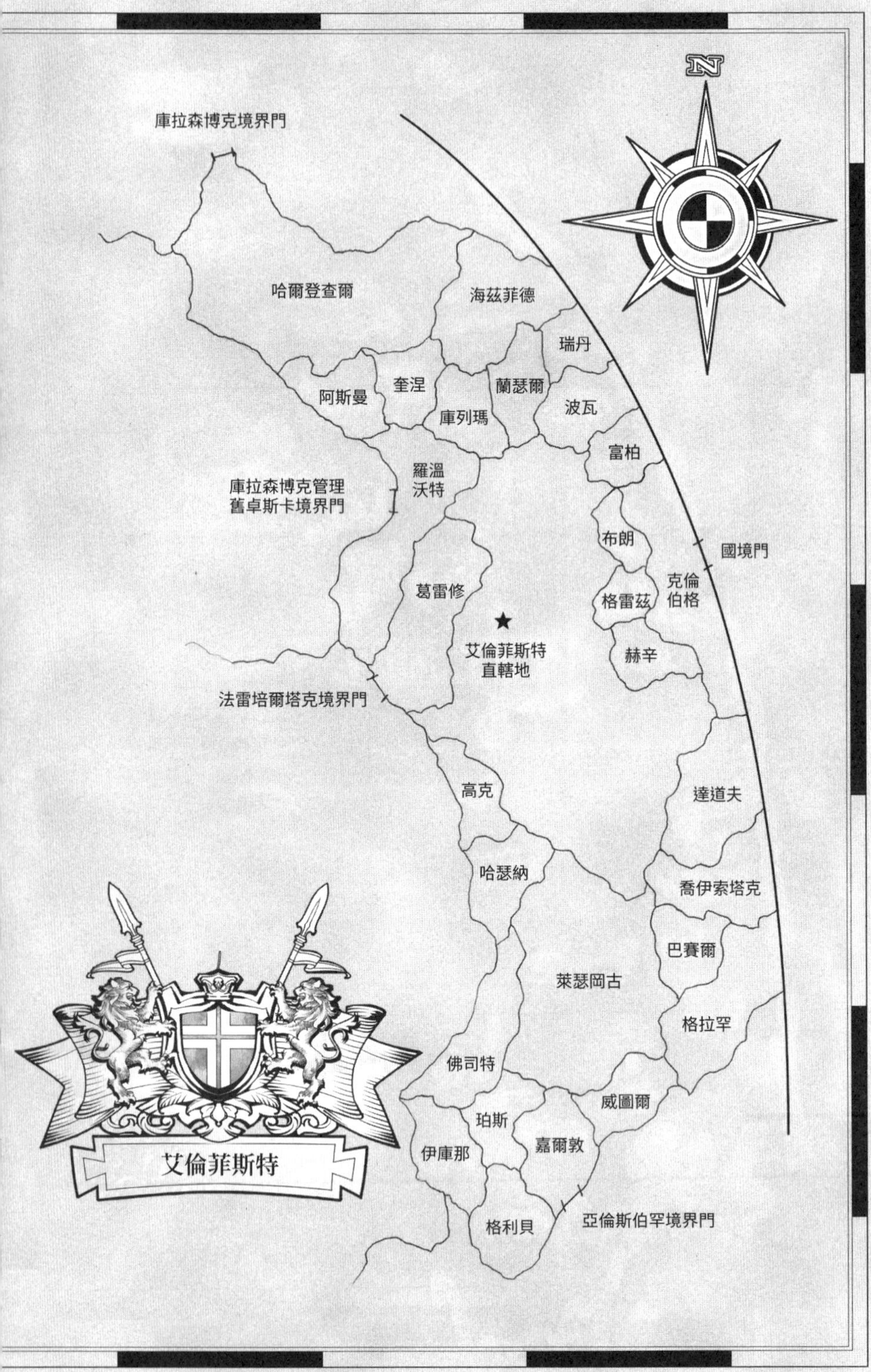

N
庫拉森博克境界門
哈爾登查爾
海茲菲德
瑞丹
阿斯曼
奎涅
蘭瑟爾
庫列瑪
波瓦
富柏
羅溫
沃特
庫拉森博克管理
舊卓斯卡境界門
布朗
國境門
克倫
伯格
葛雷修
格雷茲
艾倫菲斯特
直轄地
赫辛
法雷培爾塔克境界門
高克
達道夫
哈瑟納
喬伊索塔克
巴賽爾
萊瑟岡古
格拉罕
佛司特
威圖爾
珀斯
嘉爾敦
伊庫那
格利貝
亞倫斯伯罕境界門
艾倫菲斯特

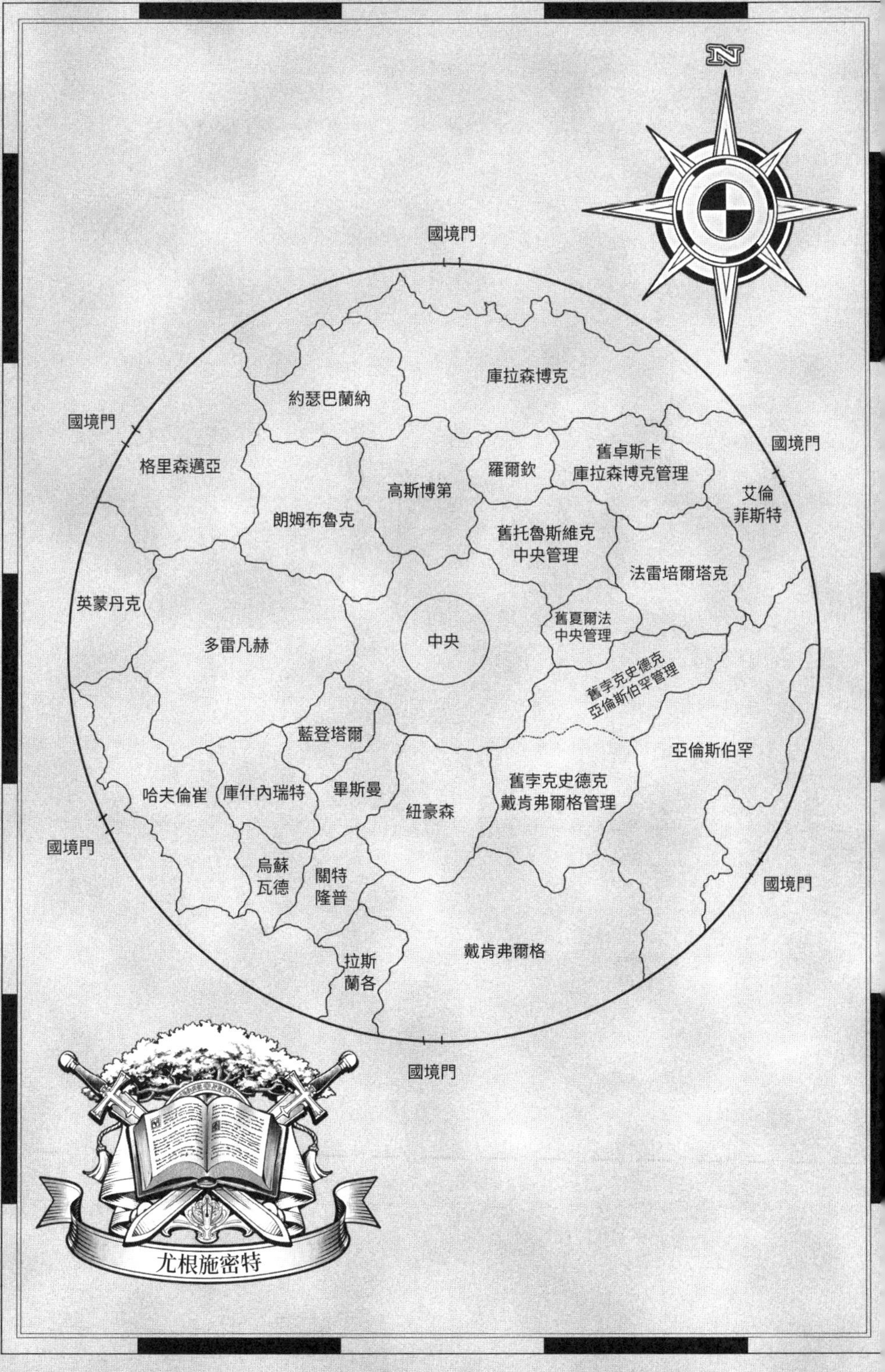
國境門
庫拉森博克
約瑟巴蘭納
國境門
格里森邁亞
羅爾欽
舊卓斯卡
庫拉森博克管理
國境門
高斯博第
艾倫
菲斯特
朗姆布魯克
舊托魯斯維克
中央管理
法雷培爾塔克
英蒙丹克
舊夏爾法
中央管理
多雷凡赫
中央
舊孛克史德克
亞倫斯伯罕管理
藍登塔爾
亞倫斯伯罕
舊孛克史德克
戴肯弗爾格管理
哈夫倫崔
庫什內瑞特
畢斯曼
紐豪森
國境門
烏蘇
瓦德
闊特
隆普
國境門
戴肯弗爾格
拉斯
蘭各
國境門
尤根施密特

CONTENTS

第五部　女神的化身XI

登場人物

第四部劇情摘要

進入貴族院就讀後，羅潔梅茵既是問題兒童，也被獲選為最優秀者。在學期間，她因為釋出祝福成了魔導具的主人，還與大領地比了迪塔、為王族提供戀愛方面的建議，更打倒了黑色魔物、治癒採集場所……與此同時，因知曉斐迪南出生秘密的中央騎士團長所提出的建言，國王下令要斐迪南入贅至亞倫斯伯罕。斐迪南於是奉命前往了亞倫斯伯罕……

艾倫菲斯特的領主一族

羅潔梅茵

本書主角。在神的力量下成長到了約莫成年前後的外表，但內在還是沒什麼變。為了看書，依然是不擇手段。現為貴族院四年級生。

韋菲利特

齊爾維斯特的長男，羅潔梅茵的哥哥。貴族院四年級生。

齊爾維斯特

收養羅潔梅茵的艾倫菲斯特領主，羅潔梅茵的養父。

芙蘿洛翠亞

齊爾維斯特的妻子，三個孩子的母親。羅潔梅茵的養母。

夏綠蒂

齊爾維斯特的長女，羅潔梅茵的妹妹。貴族院三年級生。

麥西歐爾

齊爾維斯特的次男，羅潔梅茵的弟弟。

波尼法狄斯

齊爾維斯特的伯父，卡斯泰德的父親，羅潔梅茵的祖父。

斐迪南

艾倫菲斯特的領主一族。奉王命前往了亞倫斯伯罕。

羅潔梅茵的近侍

奧黛麗
羅潔梅茵的首席侍從。哈特姆特的母親。

貝兒朵黛
貴族院一年級生，上級見習侍從。布倫希爾德的妹妹。

莉瑟蕾塔
中級侍從。安潔莉卡的妹妹。

谷麗媞亞
貴族院五年級生，中級見習侍從。已獻名。

哈特姆特
上級文官兼神官長。奧黛麗的么子。

克拉麗莎
上級文官。哈特姆特的未婚妻。

羅德里希
貴族院四年級生，中級見習文官。已獻名。

菲里妮
貴族院四年級生，下級見習文官。

柯尼留斯
上級護衛騎士。卡斯泰德的三男。

萊歐諾蕾
上級護衛騎士。柯尼留斯的未婚妻。

安潔莉卡
中級護衛騎士。莉瑟蕾塔的姊姊。

馬提亞斯
中級護衛騎士。已獻名。

勞倫斯
貴族院五年級生，中級見習騎士。已獻名。

優蒂特
貴族院五年級生，中級見習護衛騎士。

達穆爾
下級護衛騎士。

中央相關人員

特羅克瓦爾 君騰。
羅芙莉妲 君騰的第一夫人。
瑪格達莉娜 君騰的第三夫人。
席格斯瓦德 第一王子。
阿道芬妮 席格斯瓦德的第一夫人。
亞納索塔瓊斯 第二王子。
艾格蘭緹娜 亞納索塔瓊斯的妻子。
錫爾布蘭德 第三王子，瑪格達莉娜的兒子。
勞布隆托 中央騎士團長。
索蘭芝 貴族院圖書館的中級館員。
休華茲 貴族院圖書館的魔導具。
懷斯 貴族院圖書館的魔導具。
伊馬內利 中央神殿的神殿長。

神祇

梅斯緹歐若拉
睿智女神，風的眷屬。

艾爾維洛米
創始之庭裡的白色巨木，原是神祇。

布倫希爾德
羅潔梅茵的前近侍，齊爾維斯特的未婚妻。

黎希達
羅潔梅茵的前近侍，齊爾維斯特的上級侍從。

艾倫菲斯特的貴族

卡斯泰德 騎士團長，羅潔梅茵的貴族父親。
艾薇拉 羅潔梅茵的貴族母親。
艾克哈特 斐迪南的上級護衛騎士。
卡斯泰德的長男。
尤修塔斯 斐迪南的侍從兼文官。黎希達的兒子。
拉塞法姆 斐迪南的下級侍從。

戴肯弗爾格的貴族

齊格琳德 領主的第一夫人。
藍斯特勞德 領主一族兼下任領主。
漢娜蘿蕾 領主候補生，就讀貴族院四年級。
海斯赫崔 戴肯弗爾格的上級騎士。

其他

傑瓦吉歐 蘭翠奈維的國王。

亞倫斯伯罕的貴族

喬琪娜 前任領主的第一夫人，
齊爾維斯特的大姊。已故。
蒂緹琳朵 前領主一族。喬琪娜的女兒。
萊蒂希雅 前領主一族。前任領主的外孫女兼養女。
亞絲娣德 上級貴族。
喬琪娜的女兒，蒂緹琳朵的姊姊。
休特朗 斐迪南的上級護衛騎士。前騎士團長。
賽吉烏斯 斐迪南的上級侍從。

第五部

女神的化身XI

序章

艾倫菲斯特舍的會議室門扉打開後，方才在此邊用晚餐邊交換情報的領主一族便陸續離開。走廊上各自的近侍正在待命。這些近侍已在餐廳用過晚餐，接下來就輪到服侍用餐的侍從與在會議室內負責護衛的騎士們前去用餐。

「斐迪南大人，您接下來要返回離宮吧？現在戰鬥都已經結束了，請別再強撐著疲憊的身體，今晚好好休息吧。」

「妳也好好歇息，明天還得努力背誦木板上的內容與練習奉獻舞。」

斐迪南正與羅潔梅茵話別時，芙蘿洛翠亞與夏綠蒂也在互相道別。因為領主夫婦接下來就要利用轉移陣返回城堡。

「夏綠蒂，宿舍這邊就交給妳指揮了。我已經吩咐下去，宿舍傳來的消息都要立即回報，所以有任何狀況儘管通知我吧。」

「好的，母親大人。請您放心交給我吧……姊姊大人，那我們一起回房吧。」

夏綠蒂偕同全身裹著銀布、由安潔莉卡抱著移動的羅潔梅茵，一同往階梯所在的玄關大廳走去。成群的近侍也跟著兩人移動。

斐迪南跟在兩人後方，正打算從玄關大廳進入中央樓之際，侍從拉塞法姆開口喚住了他。

「斐迪南大人，今晚能請您在此歇息嗎？那個……明天我一定會收拾好房間，並且返回領地。」

今天一早拉塞法姆便被尤修塔斯叫過來，整理宿舍裡的房間。然而，斐迪南卻下令道：「往後除了用餐之外，我都會待在離宮那裡，所以拉塞法姆收拾好宿舍的房間後就回去吧。」由於分開了將近一年半的時間，拉塞法姆幾乎沒有機會服侍主人，大概是希望至少今晚有效力的機會吧。但是，往常的他並不會像這樣說出自己的主張，通常都是恭敬地遵從主人的命令。斐迪南在拉塞法姆的話語中感受到了他人的干涉，不由得皺起眉。就在這時，尤修塔斯也插嘴幫腔。

「是啊，在這裡歇息一晚又有何妨。如果想引誘寇爾芬的眷屬上鉤，適時地露點破綻也是必要的吧。」

寇爾芬是亞倫斯伯罕領徽上所用的動物。而寇爾芬的眷屬，指的就是向亞倫斯伯罕前領主一族宣誓效忠的貴族。斐迪南確實已經準備好了辦法要測試他們，但尤修塔斯的幫腔未免太過刻意。究竟在打什麼主意？

「而且，他好像也有瞞著大小姐的事情要報告喔。」

循著尤修塔斯示意的方向看去，只見哈特姆特正獨自一人悄悄脫離羅潔梅茵一行人的隊伍，望著他們這邊。

「斐迪南，有事要私下討論的話，就去你的房間吧。要拉塞法姆在二樓準備好房間的人是我，你就別白費我們這番心意了。」

就連齊爾維斯特也露出賊笑，拍了拍斐迪南的肩膀，幫近侍們說話。「你身為奧伯應該要再多點戒心，與我劃清界線。」這句話險些就要脫口而出，但斐迪南最終嚥了回去。因為他早已離開領地，又負責處理亞倫斯伯罕的公務，所以會時刻這樣提醒自己。他一方面認為齊爾維斯特應該更有奧伯的樣子，與自己劃清界線；一方面看到他仍以兄長的身分相信自己、視自己為自領的人，心裡卻又難為情且高興。

「……好吧，這是為了聽聽哈特姆特要說什麼。」

斐迪南瞪了一眼在場的所有人後，沒有返回離宮，而是走上宿舍的階梯。

宿舍二樓是男性的房間。北邊是下級貴族與中級貴族共住的大房間，南邊則是領主一族與其近侍所住的房間。東南方最大的房間向來是領主在使用，隔壁則是下任領主。而斐迪南從就讀貴族院開始，一直是固定使用西南方與領主相對的房間，今天所準備的房間也是在此處。

一進房間，斐迪南發現屋內竟十分溫暖。暖爐早已生起了火，柴薪劈啪作響。原本他並無在此過夜的打算，拉塞法姆理應不會浪費木柴才對。看這樣子，尤修塔斯是打定了主意要讓主人在宿舍過上一晚。斐迪南惡狠狠地瞪向擅作主張的近侍，然而尤修塔斯只是面帶悠然自得的笑容，一派不引為意的模樣。

……真是拿他沒辦法。

「拉塞法姆，麻煩你準備茶水了。我與艾克哈特去近侍室用餐。」

「好的，包在我身上。」

拉塞法姆喜不自勝地服侍起主人，哈特姆特在旁則是滿臉新奇地環顧房間。因為在貴族院的宿舍，即便是近侍，男性也不能進入羅潔梅茵在三樓的房間，所以他肯定是看著這個房間，在想像羅潔梅茵房間的模樣吧。

「坐吧。」

「恕我失禮了。」說完，哈特姆特便坐下來。拉塞法姆立刻為兩人泡茶。喝了一口茶後，斐迪南感覺自己緊繃的身軀倏地放鬆。

「那麼你想說什麼？」

「是關於羅潔梅茵大人侍從的移動一事。雖然您方才說了，只要有一鐘的時間便能做好準備，但能否改到明天再讓她們過來呢？目前已經有黎希達她們準備好的生活必需品，所以就算侍從不立即前來會合，也不會給羅潔梅茵大人造成困擾。在夜裡移動太危險了。」

「要她們現在就趕來確實有風險，但還是盡快會合為好。畢竟羅潔梅茵的侍從沒有戰鬥能力，讓她們繼續留在亞倫斯伯罕反而危險。這點你應該也能明白吧？」

斐迪南對哈特姆特的擔憂表示理解，同時也以指尖輕敲太陽穴。

因為他收到了消息，說是有人為了讓羅潔梅茵能夠聽命行事，有意擄走她留在城堡內的侍從當作人質。似乎是支持蒂緹琳朵的部分貴族。斐迪南打算觀察這一群人與試圖勸阻的人會採取什麼行動，來決定今後要如何處置亞倫斯伯罕的貴族。

但萬一因此波及到羅潔梅茵的近侍，導致她情緒失控，後續將一發不可收拾，所以他才想盡快讓羅潔梅茵的近侍離開城堡。

「話雖如此，既然現在有萊蒂希雅大人與她的近侍在北邊的別館裡保護她們，今晚還是待在那裡比較安全吧。畢竟就算派人護衛，目前留在城堡內的亞倫斯伯罕騎士都還無法信任。我認為讓她們在夜裡移動反而更危險。」

要來貴族院逮捕蒂緹琳朵等人之際，斐迪南把支持她們一行人、無法立即遵從自己指令的騎士都留在了城堡。換言之，現在城堡裡的騎士都不可信。不光如此，哈特姆特還在阿妲姬莎的離宮審問過俘虜，想必是把當時周遭騎士們的反應也納入了考量。

「明天我與柯尼留斯會回亞倫斯伯罕一趟，拿自己行李的同時，想一併護送她們回來。」

「隨你們高興吧。」

斐迪南極其乾脆地一口答應。事實上，現在為了與王族的談話以及接下來要舉行的儀式，諸多準備已讓他忙得不可開交。他不過是擔心羅潔梅茵情緒失控，才會另外分神來處理這件事，但如果近侍們願意自己去確保同伴的安全，那他自然樂得輕鬆。他其實並不想把時間與精力耗費在這種無謂的事情上，這才是真心話。

「哈特姆特，進入正題吧。總不會這件事就是正題吧？」

「羅潔梅茵大人非常重視近侍，所以這也是正題喔。」

哈特姆特苦笑著先喝了一口茶。接著他長吁口氣，從懷裡拿出魔紙，再拿好以思達普變成的筆。

「關於古得里斯海得的授予，我想要更詳細了解。我與中央神殿的柯提斯一起查找過了，但怎麼也找不到相關文獻。雖然有關於君騰就任儀式的記載，卻沒有任何紀錄顯示有一項儀式是由女神的化身跳奉獻舞，並將古得里斯海得授予新的君騰。」

「這也是當然的。因為在尤根施密特漫長的歷史中，從未有過王族遺失古得里斯海得的前例，更不存在女神的化身再次授予古得里斯海得這種儀式。」

自行取得梅斯緹歐若拉之書，本就是成為君騰的條件之一，再依書上的記述量來決定君騰候補中誰的資質最佳。梅斯緹歐若拉之書必須要靠自己的力量取得，所以從古至今，自然不可能存在由女神的化身授予古得里斯海得給王族這種儀式。

「那麼，斐迪南大人所設想的儀式是什麼樣子呢？聽說您吩咐了羅潔梅茵大人要跳奉獻舞，能請您告知儀式的流程與目的嗎？」

明明是前所未聞的特殊儀式，哈特姆特卻是面不改色，專注於完成自己的任務。對此，斐迪南滿意地點一點頭。

「入場後，羅潔梅茵會跳奉獻舞，讓篩選魔法陣亮起光芒，然後打開通往創始之庭的通道。等她從創始之庭回來，便會以梅斯緹歐若拉的化身之身分，將古得里斯海得授予新任君騰。最後，新任君騰要向眾人展示得到的古得里斯海得。接下來的流程，則與就任儀式一樣即可。至於更詳細的內容，要等到與王族談過話後再告知。」

端看由誰成為新任君騰，儀式的流程很可能多少有些變動，所以目前還無法定下詳細的儀式流程。回想了君騰候補的人選後，斐迪南輕嘆口氣。事情當真能如自己所想的進行嗎？不，一定要如自己所願才行。這都是為了讓自己、羅潔梅茵與艾倫菲斯特，能夠不再對王族唯命是從。

哈特姆特寫下儀式流程時，像是發現了什麼麻煩般瞇起眼睛。

「記錄時如果一樣使用就任儀式這個名稱，太容易混淆了。既然歷史上沒有先例，今後也不可能再舉行這項儀式，或許可以取名為像是古得里斯海得的繼承儀式，與君騰的就任儀式區分開來。」

因為有過在中央神殿查找儀式相關文獻的經驗，也難怪哈特姆特如此提議。對此，斐迪南頷首道：「那就叫繼承儀式吧。」叫什麼名稱他都無所謂。

「而此次儀式的目的，在於讓篩選魔法陣完全發動，恢復過往選出正當君騰的傳統儀式。順便也讓所有人都明白，只是讓魔法陣有些許發亮的蒂緹琳朵根本不夠資格。畢竟好像還有貴族仍然認為她是下任君騰候補。」

中小領地的貴族因為與蒂緹琳朵幾乎沒有交集，既不明白她的愚蠢，又不敢違逆大領地亞倫斯伯罕，所以有的人毫不懷疑就相信了中央神殿的主張。這樣的誤解必須要改正才行。

「另一個目的，是要突顯羅潔梅茵的神秘與獨一無二，讓他領的貴族銘記於心。如果想讓眾人破例認可她為未成年的女性奧伯，最好是讓他們心服口服。」

還有一個目的，就是只要眾人的目光都放在充滿神秘感的羅潔梅茵身上，便不會有人發現授予新君騰的其實是古得里斯海得魔導具吧——斐迪南在心裡補上這一句。

「我已明白儀式的目的，也非常能夠贊同。我一定會協助羅潔梅茵大人在儀式上扮演完美的女神化身。」

看到哈特姆特雙眼燦然發亮，一派興致高昂的模樣，斐迪南輕敲起太陽穴。這情緒激昂的模樣多少令人有些不安，但斐迪南已經沒有多餘的心力再去管儀式的安排，只能交給哈特姆特了。

……反正當真不願意的話，羅潔梅茵自己會阻止哈特姆特吧。

就由接受獻名的人自己去約束下屬吧。如此判斷之後，斐迪南只是再提醒了一句，便從腦海裡的待辦清單中刪去繼承儀式的準備工作。

「萬一讓羅潔梅茵抗拒舉行儀式就糟了，所以切記要適可而止。那麼，你要說的話都說完了吧？」

「斐迪南大人，請別這麼急著趕我離開。」

「好吧。拉塞法姆，再泡壺茶。」

看樣子哈特姆特還有話想說。趁著談話告一段落，斐迪南指示拉塞法姆再泡壺茶。這時，迅速用完晚餐的艾克哈特與尤修塔斯從近侍室裡出來，分別站到護衛騎士與文官的固定位置上。

「請問兩位說了什麼呢？」

「方才討論到了城堡侍從的移動與繼承儀式。反正這些事不重要，你稍後再問拉塞法姆吧。」

聽了斐迪南對尤修塔斯的回答，哈特姆特出聲抗議：「這些事情很重要喔。」斐迪南對此哼笑一聲。

「重要歸重要，卻還不足以讓你離開羅潔梅茵身邊，跑到我的房間來吧。快點進入正題。」

聞言，哈特姆特臉上的笑容倏地消失。那雙橙色眼眸亮起凌厲光芒，筆直地注視斐迪南，像在宣告著不允許有半點的敷衍與逃避。看見他這樣的表情，斐迪南微微勾起嘴角。自他搬往亞倫斯伯罕的這一年半來，顯然哈特姆特也成長了不少。

「那麼，我想請您詳細說明女神降臨一事，對羅潔梅茵大人造成了怎樣的影響。」

「發生了什麼事嗎？」

「我感覺她與近侍之間的距離回到了從前。另外這是萊歐諾蕾告訴我的，她說羅潔梅茵大人竟想要在移動時使用騎獸。」

斐迪南的眉毛抽動了下，但他沒有打斷，而是要哈特姆特接著往下說。

「她還說羅潔梅茵大人似乎理所當然地認為自己能夠使用騎獸，對魔石一點也沒有恐懼的樣子，彷彿完全忘了自己曾經害怕魔石。」

先前即使是戰鬥期間，危機迫在眼前，羅潔梅茵也沒能消除對魔石的恐懼，如今卻一回來就說自己想使用騎獸。對於這樣的要求，近侍們當然會覺得不對勁。

「……果然有哪裡變了嗎？」

「斐迪南大人想必知道詳情吧。那麼還請告訴我，羅潔梅茵大人到底發生了什麼事。」

在哈特姆特的催促下，斐迪南腦海中浮現了當時的光景。也就是睿智女神說祂干涉了羅潔梅茵記憶的那個時候。

◆

睿智女神梅斯緹歐若拉降臨在羅潔梅茵身上後，親手將神的力量分給艾爾維洛米，還對新任君騰的篩選發表意見，規定了許多事情。

「那麼我要回去了，請你們呼喚梅茵回來吧。」

……終於嗎？

斐迪南極力壓抑，不讓這句話脫口而出。眼看睿智女神遲遲沒有回去的跡象，他甚至已經預想到了最糟的可能性，也就是羅潔梅茵將永遠被困在諸神的世界裡。聽到只要出聲叫喚，羅潔梅茵就會回來時，他才為此感到如釋重負，就馬上被當頭澆下冷水。

睿智女神注視著斐迪南，愉快地勾起嘴角。感受到了笑容中所蘊含的惡意，斐迪南不覺繃緊全身。因為他很清楚知道，睿智女神看自己有多麼不順眼。

倘若在尤根施密特境內流傳的神話屬實，那麼艾爾維洛米可謂是睿智女神梅斯緹歐若拉的大恩人。他不僅從祂父親生命之神埃維里貝手中，救出了母親與其眷屬，還救了自己一命。

而斐迪南不僅沒有遵循正當途徑，從上空直接闖進了創始之庭，還在得到梅斯緹歐若拉之書後，也沒有為尤根施密特的基礎魔法染色。眼看尤根施密特就要魔力枯竭，艾爾維洛米也要跟著消失，他卻沒有與羅潔梅茵互相殘殺，反而出手妨礙傑瓦吉歐。仰慕艾爾維洛米的睿智女神怎麼可能對他有好臉色。

「由泰爾札呼喚會不會比較好呢？因為如果是庫因特，你的聲音或許無法傳入梅茵的耳中。」

如果只是對自己施加輕微的威懾，這點小事斐迪南完全能承受。然而，女神的惡意卻把羅潔梅茵也牽扯進來，這就令他氣憤得在心裡咬牙。睿智女神還說過：「因為梅茵提出了請求，希望我能幫幫庫因特，以及平息艾爾維洛米的怒火。」但是斐迪南只覺得非常可疑。

當時羅潔梅茵為了不讓魔力達到飽和，僅僅是在釋放魔力而已。她既未詠唱禱詞，也沒有畫魔法陣。斐迪南認為羅潔梅茵根本沒有呼喚，是女神自己想要降臨罷了。只要看過女神望著艾爾維洛米的神情，就能知道祂有多麼仰慕對方。

……只是湊巧在祂迫切想要下凡的時候，發現了一個適合的目標吧？

但是與此同時，斐迪南也能輕易想見，羅潔梅茵在女神圖書館的引誘下，肯定想也不想就撲上去說：「不過是身體而已嘛，要借多久都沒問題。」

……那個笨蛋，不要輕易答應這種事情！

斐迪南緊緊握拳，思索著女神所說的「聲音無法傳入梅茵耳中」這句話的含意。他忽然想起神話當中，曾有向神求助就得付出代價的記述，不由得倒吸口氣。

「你對羅潔梅茵做了什麼?!」

睿智女神坐在艾爾維洛米的肩頭上，微微偏過臉龐垂眼看來。明明有著與羅潔梅茵一模一樣的臉孔，但言行舉止不同，看起來便判若兩人。

「為了方便借用她的身體，我對她的精神層面進行了些許干涉。因為要確保借用身體的時候，她會待在我的圖書館裡，所以我找出了比對看書的執著要更深層的記憶，並切斷了與這些記憶的連結。不過看梅茵那麼高興，也許根本不需要切斷她的記憶呢……但既然向神請求協助，多少要伴隨一點犧牲吧？」

斐迪南眉頭緊蹙，睿智女神則是愉快地欣賞他的反應，發出銀鈴輕笑。

……至少與預期的最糟結果相比，這樣的犧牲不算嚴重。

換作是一般人，這種有可能喪失大部分記憶的情況肯定糟透了吧。然而，羅潔梅茵愛書的程度已到了教人不可置信的地步。她比看書還要重視的事物並不多，所以斐迪南判定她應該還保有大部分的記憶。

「倘若你已不在她的記憶當中，此刻她又在我的圖書館裡，你的聲音很可能無法傳入她的耳中呢。」

……所以女神這麼做，是為了刪除羅潔梅茵腦海中與我有關的記憶嗎？

與經常祈禱的羅潔梅茵以及有意成為君騰的傑瓦吉歐相比，斐迪南想必令女神火大得不得了吧。但他還是希望祂別為了刁難自己，就把羅潔梅茵牽扯進來。

「……被切斷的記憶還有辦法重新接回嗎？」

「被遺忘的人若向梅茵灌注魔力，與那個人有關的記憶便會連接起來。但如果梅茵的記憶已經消失了，那她有可能會對不認識的人的魔力感到抗拒吧。倘若你擅自灌注魔力，真不知梅茵會作何感受呢。」

聽見睿智女神這麼說，斐迪南輕敲起太陽穴。方才他曾想阻止女神灌注力量給艾爾維洛米，祂肯定是藉機在諷刺自己。

「而且即便梅茵醒來，也不一定會想取回有關陌生人的記憶吧？萬一她說沒有取回記憶的必要，庫因特打算怎麼辦呢？就算梅茵不願意，也要強行灌注魔力嗎？還是先說明她缺少了部分記憶，再請她接受自己的魔力？你應該不會野蠻到問也不問就灌注魔力吧？」

……這就是女神想盡辦法使出的刁難嗎？

這種事完全不需要考慮。因為不久前，他才為了抄寫梅斯緹歐若拉之書的內容，沒有任何說明就使用了同步藥水與液狀魔力，將羅潔梅茵的魔力染色。喚回羅潔梅茵後，即使要強行灌注魔力以恢復她的記憶，他也會毫不遲疑。被說野蠻也無所謂，斐迪南根本不痛不癢。現在更重要的是問出更多線索。

「……除了灌注魔力以外，還有其他方法能取回記憶嗎？」

「哎呀，你以為我會告訴你嗎？」

……哦？並不否認嗎？

倘若已經沒有其他辦法，睿智女神肯定會得意洋洋地昂首宣布吧。因為如果想要刁難斐迪南，這麼做可謂效果超群。神話當中，有什麼辦法能解除諸神的惡作劇或是詛咒嗎？斐迪南沉著臉不停回想，睿智女神對此則顯得心滿意足。

「庫因特，你希望梅茵心裡關於你的記憶是消失了，還是依然保留著呢？」

投來壞心眼的微笑後，睿智女神便回到諸神的世界去了。只見羅潔梅茵的身體慢慢地從艾爾維洛米的肩頭滑落。

「羅潔梅茵！」

斐迪南衝上前抱住她。在碰到羅潔梅茵身體的瞬間，便不由得皺眉。因為羅潔梅茵的魔力已被徹底重新染色，甚至散發著女神的力量，彷彿在抗拒他人的碰觸。因此即便女神已經消失了，斐迪南仍覺得這不是羅潔梅茵的身體，內心火大萬分。

「羅潔梅茵，妳聽得見我說話嗎？」

任憑斐迪南如何呼喊，羅潔梅茵始終沒有反應。倘若女神所言為實，那麼有關斐迪南的記憶肯定被切斷了吧。如此判斷後斐迪南握住羅潔梅茵的手，開始灌注魔力。

然而，灌去的魔力卻遭到了意料之外的抵抗，被彈了回來。明明不久前透過同步藥水與少許的液狀魔力，就能輕易將羅潔梅茵染色，現在她的魔力卻在抗拒自己。在女神降臨過後，曾經斐迪南以為的與自己擁有相同魔力、不需要警戒的羅潔梅茵，如今卻成了徹底相斥的存在。

……真是可恨。

要是他手邊現在有同步藥水的話，就能輕易地讓魔力相通、將她重新染色，但因為戰場上不需要這種東西，所以他並未帶在身上。不光擅自將羅潔梅茵重新染色的女神，斐迪南也對不假思索就借出身體的羅潔梅茵感到憤怒。他接著讓她握住自己的思達普，更是強硬地灌注魔力。

「羅潔梅茵，快回來。」

儘管若有似無，但他確實感覺到了兩人的魔力連接起來。斐迪南更是灌注魔力，擴大並穩固兩人之間的聯繫。但是，羅潔梅茵仍然沒有回應他的呼喚。

……魔力連接起來後，她的記憶當真就能恢復嗎？睿智女神該不會想把羅潔梅茵留在諸神的世界裡吧？

不祥的預感掠過心頭。灌注魔力時，還有其他方法能有助於染色嗎？斐迪南翻找著記憶時，聽見艾爾維洛米在回答傑瓦吉歐的問題。

「……就該遵從神的旨意。既然梅斯緹歐若拉回去了，那麼在她想盡辦法喚回梅茵的意識之前，就先等等吧。」

神不像人類會說謊，唯一重視的就是人與神之間訂下的約定。歷史已經證明了這一點。那麼為了遵守約定，女神也勢必要有所行動。

……那麼我也只能繼續灌注魔力，呼喚人在女神圖書館內的羅潔梅茵了。

正當斐迪南如此下定決心，他忽然在意起羅潔梅茵此刻的狀態。現在她正在女神的圖書館裡，而且沒有了比看書還要重要的記憶。

……該不會與記憶的有無完全無關，羅潔梅茵只是因為太專心在看書，才沒有聽見我的聲音吧？

斐迪南已經無法判定究竟是因為記憶被切斷了，聲音才傳不進羅潔梅茵耳中，還是因為她正專心看書，才聽不見自己的呼喊。在女神的圖書館裡，沒有任何人能去搖晃羅潔梅茵的肩膀，或是合上她手中的書籍。斐迪南越來越懷疑再這樣下去，她是否真的能回來。於是為了壓過反彈的力量，他一鼓作氣往思達普灌注魔力。

「羅潔梅茵……羅潔梅茵！」

「嗚呀?!這、這是怎麼回事?!」

聽到這悠哉散漫的語氣，斐迪南立即判定她只是因為太專心在看書，才聽不見周遭的聲音，心中的憤怒瞬間蓋過了如釋重負的感覺。

「終於聽到了嗎……羅潔梅茵，快回來。不然妳重視的事物將依序消失。」

他這麼威脅後，羅潔梅茵喊著「女神大人，請把身體還給我！」的話聲直接在腦海中響起。但女神對此的回應並沒有傳到斐迪南腦中，而羅潔梅茵的話聲也就此中斷，再次沒有絲毫的反應。

在羅潔梅茵醒來前，正確地說是在出現羅潔梅茵該有的反應、而不是梅斯緹歐若拉會有的反應前，心急如焚的斐迪南只能以思達普不斷灌注魔力。

◆

……真是越想越火大。

但是，一個是不願詳細說明、還逕自降臨並且恣意妄為的睿智女神，一個是太過迷糊散漫、並未理解到事情嚴重性的羅潔梅茵，他再怎麼火大事態也不會好轉。一旦與神有所牽扯就沒什麼好事，所以斐迪南決定先把這段記憶拋到一旁，回望靜靜等著自己答覆的哈特姆特。

「有關女神的事我無意多說。因為對於去不了創始之庭的人，能夠告知的事情非常有限。」

要是隨意透露，君騰競賽的幕後實情有可能會被人發現，而且一旦哈特姆特知道女神降臨之後，還藉著羅潔梅茵的身體為所欲為，光是想像他的反應就讓人心煩。

「羅潔梅茵大人記憶的有無，對我們近侍來說非常重要。我們不能因為自己不知道的事情，給主人造成負擔。所以只要是能說的事情都好，請你不吝告知。」

魔石恐懼症最一開始發作時，羅潔梅茵並未察覺到自己為何害怕魔石。哈特姆特與莉瑟蕾塔雖然感受到了些許的異樣，但由於當下沒有時間深究，慶功宴上羅潔梅茵因為恐懼而想要逃離現場時，才會無法及時應對。

後來，又因為近侍指責了羅潔梅茵在恐懼下所做出的舉動，使得她在面對近侍時開始會無意識地表現出緊張。比如聽見近侍的呼喚會瞬間全身緊繃，或者近侍靠得太近時會不由自主想要後退一步。儘管都是細微的變化，不會對日常生活造成影響，但哈特姆特與莉瑟蕾塔卻非常後悔當時在察覺到異樣後，沒能更加留意。

「……我明白你的心情，但我比你更想知道詳細情況是怎麼一回事。」

斐迪南雖然已經照著女神說的灌注了魔力，但他也無法肯定與自己有關的記憶都連接了起來。因為他明明也參加了導致羅潔梅茵恐懼魔石的那場戰鬥，但這段記憶卻顯然沒有恢復。難道得由導致她害怕魔石的人提供魔力才有效嗎？但如果那人已經死了呢？而且平民沒有魔力，有辦法能夠連接起關於他們的記憶嗎？從睿智女神的反應來看，多半還有其他辦法，但究竟會是什麼？如果斐迪南再將羅潔梅茵的魔力重新染色，讓她變回原本的魔力，她的記憶也會徹底恢復嗎？

「只是現在與羅潔梅茵大人接觸時該注意的事情也好，請您說點什麼吧。」

斐迪南以指尖輕敲太陽穴，沉思起來。反正只要羅潔梅茵本人有所察覺，屆時也得向她說明。若是程度相當的事情，應該沒有問題吧。

「記得絕不能向近侍以外的人洩露。」

如此叮囑之後，斐迪南告訴哈特姆特，羅潔梅茵記憶的缺失是向女神請求協助的代價，而女神切斷了比讀書的執著更深層的記憶。

「睿智女神並沒有詳細說明，但如果她失去了為何會恐懼魔石的記憶，代表不光是美好的記憶，不好的記憶中比較深刻的片段也被切斷了吧。加上羅潔梅茵愛書成痴，能讓她比看書還要重視的事物並不多。至少她看起來都還記得近侍與領主一族。

「所以我也還比不上看書嗎……」哈特姆特沮喪地這麼嘟囔後，像是察覺到了什麼般猛然抬頭。

「羅潔梅茵大人也還記得斐迪南大人嗎？」

「……如你所見。無論喝下午茶還是用晚餐的時候，都能如常與她對話。」

實際上，也只能看到她與斐迪南如常對話的樣子吧。哈特姆特不可能懷疑斐迪南所說的話。只要斐迪南自己不說，沒有人會曉得他擅自對羅潔梅茵灌注了魔力一事。

「另外這只是我的推測，在羅潔梅茵心裡，會比看書還重要的記憶就是做書了吧？所以我很懷疑她是否還記得平民區的平民，以及神殿工坊的相關人員。至於除此之外，羅潔梅茵在潛意識裡非常重視的事物，我就不得而知了。」

哈特姆特是羅潔梅茵的近侍中，唯一知道她在平民區有家人的人，所以馬上就接受了並表示贊同。

「斐迪南大人，看您這麼鎮定的樣子，難道是知道有方法能恢復羅潔梅茵大人的記憶嗎？」

「這倒沒有。我打算參考神話與歷史試試幾種辦法，但效果並不能保證，況且現在也沒有測試的時間。得等到繼承儀式結束後才能嘗試了。」

接著哈特姆特表達了自己的擔憂，認為羅潔梅茵如今記憶缺失，或許不適合出席與王族的談話以及舉行儀式。

「貴族當中，就連關係最為密切的領主一族與自己的近侍她都還記得，你想她會忘了王族與他領的貴族嗎？」

「以羅潔梅茵大人目前的狀態，確實是能順利地參與談話還有舉行儀式吧。」

在場眾人一致同意，羅潔梅茵絕不可能比起看書，還要更重視王族與戴肯弗爾格的領主夫婦。

「有了女神的力量，不僅能輕易地讓王族意識到雙方的上下關係已經顛倒過來，也能讓他領貴族認可新的君騰，更能讓眾人破例認可未成年的女性奧伯。我打算將目前的情況利用到極致。」

「不過，這還真是兩難呢。我一方面希望羅潔梅茵大人能盡快恢復缺失的記憶，一方面又想讓他領的貴族看看此刻全身充滿了女神力量的羅潔梅茵大人，這可真是天人交戰……」

哈特姆特動作誇張地抱住頭陷入苦惱，但這種事情根本無關緊要。斐迪南當即決定不予理會，接著往下說：

「另外，禁止你們向羅潔梅茵本人告知她缺少了記憶一事。現在她全身都盈滿了女神的力量，萬一再情緒失控，後果不堪設想。」

如今她只是站著而已，旁人便會感到畏懼，不敢靠近。萬一在情緒失控的情況下釋出那股力量，很可能誰也阻止不了她。

「就連與王族談話時可能也需要銀布。當然我不會從一開始就讓她披著，但王族很可能觸怒羅潔梅茵吧？」

「斐迪南大人，您是不是這麼想的呢？至少要讓王族感受一次女神之力所造成的威懾，讓他們明白自己現在的處境，這也不失為一種樂趣……」

「不是我，而是你這麼想吧。」

哈特姆特微微一笑，沒有回答。但斐迪南早就耳聞他在貴族院內，對王族的語氣與態度一直相當不敬。

「斐迪南大人，既然女神的力量有可能失控，我認為最好預先做好安排，讓已獻名的近侍能在必要時進入茶會室。」

「已獻名的近侍？為何？」

似乎是有什麼自己不知道的事情，斐迪南看向尤修塔斯。然而，尤修塔斯也只是饒富興味地看著哈特姆特。看來是連他也不知道的消息。

「您想必已經知道，即便是上級貴族黎希達與布倫希爾德，在觸碰羅潔梅茵大人的時候手也會顫抖吧？但是，已獻名的近侍或許是因為包覆著羅潔梅茵大人的魔力，所以我們雖會心生敬畏，但並不影響接近或是觸碰主人。這一點我也向馬提亞斯與勞倫斯查證過了。」

似乎魔力越多的人越有辦法與女神的力量抗衡，所以上級貴族儘管手會不由自主顫抖，但仍然能夠觸碰羅潔梅茵，而下級貴族卻是連靠近都有困難。哈特姆特一臉得意非凡地表示，已獻名的近侍完全不在此限。

「知道了。我會拜託齊爾維斯特，在與王族談話時備妥待命的房間。」

「感激不盡。」

哈特姆特離開後，屋內旋即陷入靜默。拉塞法姆收拾茶具的聲響，與暖爐裡柴薪的劈啪聲格外響亮，斐迪南則是不停地以指尖輕敲椅子的扶手。這是他思考時的習慣。

等到他的手指停下來，尤修塔斯這才開口。

「斐迪南大人，那您打算怎麼做呢？」

聞言，斐迪南緩緩看向催促他回答的尤修塔斯，還有以護衛騎士身分站在自己身後的艾克哈特，與收好茶具後回到房內的拉塞法姆。他們三人因為向斐迪南獻名，言行舉止受他的影響最深。

「現在這個事態，必要時可以觸碰是非常重要的關鍵。雖然並非出自忠心，但你們不介意嗎？」

「一切謹遵主人之意。」

斐迪南將手伸進懷裡，觸碰到了羅潔梅茵還給自己的獻名石。

臉色難看的王族

飛入房間的奧多南茲轉了一圈之後，在黎希達的手臂上降落。

「我是萊歐諾蕾。現在已經抵達阿妲姬莎離宮，接下來要準備回去了。另外還有幾名騎士會幫忙把行李運回宿舍。」

多虧了斐迪南，現在我們已經能夠使用阿妲姬莎離宮別館裡的轉移陣，往來於亞倫斯伯罕與貴族院。稍早萊歐諾蕾、柯尼留斯、哈特姆特與克拉麗莎，去了亞倫斯伯罕一趟拿自己的行李，剛才的通知就是在報告他們回來了。他們還會帶著原本在亞倫斯伯罕內待命的莉瑟蕾塔與谷麗媞亞一起回來。

「這則消息是希望羅潔梅茵大人能到玄關去，與騎士們打聲招呼吧。若是使用轉移門，很快就會抵達了。我去指示下人搬運行李，奧黛麗妳們幫大小姐整理好儀容後，便前往玄關大廳吧。」

聽完萊歐諾蕾送來的奧多南茲後，黎希達便這麼下達指示，快步離開房間。奧黛麗與布倫希爾德立刻上前來圍住我。兩人在檢查髮型與服裝的時候，貝兒朵黛則是拿來銀布，動作輕柔地將我從頭覆蓋住。

「達穆爾，我是優蒂特。現在羅潔梅茵大人要前往玄關大廳，請你負責護衛。」

聽到優蒂特這麼送出奧多南茲，相信達穆爾會在二樓的階梯平台待命吧。我一如往常被銀布覆蓋住後，再由安潔莉卡抱著移動。

「既然萊歐諾蕾他們回來了，接下來就換安潔莉卡與其他人去拿行李了吧？」

「其實只要用洗淨魔法清潔乾淨，我就算沒有替換衣物也不要緊，但勞倫斯卻說不行。明明艾克哈特大人說過，戰鬥剛結束時更不該鬆懈大意……」

安潔莉卡的語氣聽起來十分難過。但如今戰鬥已經結束，一般也沒有貴族女性會斷然地表示，自己不需要替換衣物與日常必需品吧。勞倫斯的想法才是正常人會有的。

「呵呵，但我想艾克哈特哥哥大人那麼說的意思，也不是叫人不能去拿換洗衣物，或是不能脫下鎧甲喔。而且，他自己不是也要去亞倫斯伯罕拿行李嗎？」

「……這麼說來，艾克哈特大人是說過要回亞倫斯伯罕一趟。」

一路這麼閒聊，我們很快就抵達了玄關大廳。玄關的大門打開後，近侍們帶著不少行李走了進來。我請安潔莉卡將我放下來，然後向亞倫斯伯罕的騎士們道謝。

「各位，非常感謝你們把行李搬過來，真是幫了大忙呢。先前我已經聽說騎士們現在也會輪流返回領地，那麼還請各位把握機會多休息。另外，也請幫忙留意萊蒂希雅大人身邊的情況。」

由於蘭翠奈維人到處濫殺無辜的關係，現在還在城堡裡的貴族，大多是比起萊蒂希雅更支持蒂緹琳朵的人。儘管蒂緹琳朵一行人已經被捕，但如果有貴族趁機設下圈套也不奇怪。

「羅潔梅茵大人，請您放心吧。萊蒂希雅大人現在一切安好。得知貴族院的戰鬥已經結束，羅潔梅茵大人與斐迪南大人也都平安無事，她非常高興呢。」

先前在城堡留守的莉瑟蕾塔這麼說完，轉向谷麗媞亞微笑道：「對吧？」谷麗媞亞也輕輕點頭。

「是的，她對我們也非常親切。」

回到房間以後，莉瑟蕾塔與谷麗媞亞再度為戰鬥已經結束、而且大家都平安無事的結果表達了高興之情，接著在看見我拿下銀布後的樣子感到驚訝，同時逐漸融入了宿舍的日常生活風景中。

而這段時間，我都在自己的房間裡練習奉獻舞。

……奉獻舞真是太難了。

如果只是平常的走動，我現在也已經適應自己長大後的身體了。但一跳起舞來，情況就不一樣了。不知道是因為手腳變長，還是身體變重了的關係，無法再像以前一樣保持平衡。以我這副身體現在跳舞，很難達到斐迪南心目中的合格標準吧。

……不知道新任君騰的就任儀式會是什麼時候，在那之前來得及嗎？

儘管內心感到不安，但我還是努力練習，並且背下談話要記的內容。一轉眼就到了與王族共進午餐兼談話的日子。

「羅潔梅茵大人，奇爾博塔商會縫製的新衣到了！幸好趕上了呢。」

將與王族進行談話的當天上午，奇爾博塔商會所縫製的新衣送到了宿舍。這件新衣除了艾倫菲斯特獨有的染布，還使用了斐迪南以前從亞倫斯伯罕送來的薄紗。一併送來的還有搭配服裝所做的髮飾，完美符合我的要求。

「您身上的微光好像隱隱從薄紗底下透了出來，看起來真是太美麗了。多莉做的髮飾也還是一樣精巧呢。」

「……是啊，真的很漂亮。」

我臉上帶著微笑，點頭回應幫自己穿上新衣的布倫希爾德，腦袋卻一團混亂。

……多莉是誰？我的髮飾工藝師嗎？

我完全忘了自己髮飾工藝師的名字。而且當初應該是面對面下單，我卻一點也想不起多莉這個人長什麼樣子。

……為什麼會想不起來？

她應該是隸屬於奇爾博塔商會的髮飾工藝師。明明縫製衣裳的珂琳娜與擔任助手的裁縫師們我都記得長相，卻唯獨珂琳娜當時也一起帶來的髮飾工藝師，怎麼也想不起長什麼模樣。

……我其他還忘了什麼嗎？而且這些事情是可以忘記的嗎？

就在這時，斐迪南曾反覆問我的「妳還記得嗎？」這句話忽然在腦海中響起。當時他說過梅斯緹歐若拉對我的精神層面進行了干涉，所以造成了一些影響。

……難道這就是把身體借給睿智女神的代價？

驀地背脊一陣發涼，胃部也像被人揪住般傳來絞痛。我完全不曉得自己究竟忘了什麼事情，又該怎麼做才能回想起來。自己的記憶竟在我毫無所覺的情況下，有了不自然的缺失。這讓我心生無以名狀的恐懼。

……冷靜一點，沒事的。一定會有什麼辦法。

之前剛醒來的時候，記憶也曾經呈現混亂狀態，但我馬上就想起了自己借出身體前在做什麼。雖然這只是我樂觀的推測，但被女神抹去的記憶應該不是徹底消失了。我肯定很快就能回想起來吧。

然而，一直到儀容整理完畢為止，我始終沒有想起任何關於多莉的事。

「大小姐，斐迪南大人抵達茶會室了。他說想與您先對一遍流程。」

聽到可以商量女神問題的人抵達了，我急忙想離開房間。但身體才動起來，安潔莉卡就用銀布將我蓋住，然後一把抱起。

「安潔莉卡，請妳抱羅潔梅茵大人的動作再溫柔一點。妳的動作好像開始變得有點粗魯喔。羅潔梅茵大人並不是行李，而是女神的化身，請妳要知道這是一件非常光榮的事情，動作應該恭敬又謹慎。」

「知道了，我之後會注意。」

耳邊傳來了克拉麗莎在抱怨安潔莉卡抱我的方式。確實安潔莉卡習慣以後，我也覺得她的動作越來越像在執行例行公事。但眼下比起安潔莉卡抱我的方式，我更在意自己記憶的缺失，所以就算有些粗魯也無所謂，我只希望她快點抵達目的地。

與王族的午餐會很快就要開始，為了進行準備，許多侍從在茶會室內進進出出；領主夫婦也在做最後檢查，確保一切周到萬全。茶會室的角落則有一處空間供賓客的近侍們輪流休息，斐迪南已經在那裡等候，還發動了指定範圍的防止竊聽魔導具。往他對面的椅子坐下後，我的侍從們便準備好茶水，再走到魔導具的有效範圍外。

「羅潔梅茵，我給妳的內容都記住了嗎？」

「記是記住了……可是現在還有一件更嚴重的事情。我的記憶果然真的有缺失，怎麼也想不起製作這個髮飾的工藝師叫什麼名字、長什麼模樣……」

我抬手碰向髮間的髮飾，向斐迪南傾吐自己喪失了部分記憶。然而斐迪南卻是面不改色，只是點一點頭。

「我想也是。就連為妳染製這件新衣的染布工匠，關於她的名字和長相，妳的記憶也沒有連接起來吧？她可是妳給予了文藝復興這個稱號的工匠。」

「染布工匠？文藝復興？」

我開始拚命回想。文藝復興我知道，這是為了推廣新的染色技法，當有染布工匠成為領主一族的專屬時便會賜予這個稱號。我輕輕捏起自己剛收到的新衣裙襬，稍微攤開來檢視。新衣的布料同樣使用了新的染色技法。既然這種技法是我委託的，那我當然也有自己的專屬染布工匠才對。然而，我卻想不起工匠的名字與長相。

「……確實沒有連接起來。斐迪南大人，您是不是知道些什麼呢？您是根據什麼才會說我的記憶並不是消失了，而是沒有連接起來？女神大人對您說了什麼嗎？請一五一十地告訴我。」

我忍不住站起來後，斐迪南馬上要我坐好，並以眼神示意周遭的近侍們。儘管我急得想要撲上去搖晃斐迪南的肩膀，逼他回答我的問題，但在旁待命的近侍們只是聽不見聲音而已，我們的一舉一動可是看得很清楚。萬一他們事後問起我們在說些什麼就不好了。因為在創始之庭內發生的事情，以及女神降臨的經過，都會大幅影響到新君騰的選出。斐迪南已經叮囑過我，在與新的君騰定好協議前，不能洩露半個字。

「……睿智女神為了將妳留在女神的圖書館裡，說祂切斷了妳比讀書的執著要更深層的記憶。據我當時聽見的，祂並不是加以消除，只是切斷了聯繫。雖然祂沒有再提供更具體的答案，但能讓妳比女神圖書館更重視的事物並不多。人物的話我還能猜到會有哪些人，但如果是妳在潛意識裡非常重視的事物，我就不得而知了。」

「那個，意思是對我來說，髮飾工藝師是比看書還重要的存在嗎？可是我不明白，髮飾工藝師怎麼會比領主一族和近侍們還重要……聽斐迪南大人的語氣，您早就料到我會失去有關髮飾工藝師與染布工匠的記憶吧？她們是誰呢？」

只要聽完說明，也許就能想起來了。儘管我這麼心想，斐迪南卻只是搖搖頭，不肯告訴我。雖然自己現在完全是一頭霧水，但既然是比看書更深層的記憶，那麼對我來說鐵定是比任何事物都重要的存在，絕不能就此消失。

「我該怎麼做才能恢復記憶呢？斐迪南大人知道方法嗎？」

「現在沒有藥水也沒有時間，無法處理這件事。至少要等到選出了新的君騰以後。妳重視的人物幾乎都是平民，而且都在艾倫菲斯特，所以不可能會在貴族院遇到他們。之後我會協助妳恢復記憶，現在就先等等吧。」

「之後嗎？您說的喔？」

我重複確認後，斐迪南點頭保證。我這才吐出一口大氣，放鬆肩膀。雖然斐迪南很愛隱瞞事情，偶爾還會用含糊的說法引導我產生誤解，但從來不曾說謊。就算有時候會往後拖延，但也一定會協助我吧。明白到這一點後，我稍微安下心來。

「可以先對流程了嗎？午餐會就要開始了。」

「是。」

「戴肯弗爾格的領主夫婦到。」

幾乎第四鐘剛響的時候，在門前迎接賓客的侍從便揚聲通報。今天午餐會的主辦人是艾倫菲斯特的領主夫婦，所以是兩人在門口迎接。

「妳就乖乖坐在這裡吧。」

而這一天，我與斐迪南並不是主辦方的人，而是受到邀請的賓客。我是將亞倫斯伯罕的基礎魔法染色的新奧伯兼授予古得里斯海得的女神化身，斐迪南則是奉王命處理公務的下任奧伯的未婚夫。

……明明王族與戴肯弗爾格的領主夫婦都是客人，居然要我坐在接受問候的椅子上，真是教人如坐針氈。可惡的斐迪南大人。

所有賓客會向場內地位最高的人問好，所以為了不妨礙到其他客人與做著自己工作的侍從，都是在與餐桌有段距離的地方擺放椅子，讓要接受問候的人坐在這裡。這次會準備這個小道具，就是為了讓眾人明白，身為女神化身的我地位比王族更高。

除此之外，圍在我四周的人數也多得驚人。護衛騎士們站在椅子的一步前方，橫向地一字排開，而我右手邊是哈特姆特，左手邊則是斐迪南。

「斐迪南大人，您不坐下來嗎？您就這麼站在旁邊，很難讓人不在意，而且這一般是近侍所站的位置吧？」

「現在能夠坐在妳旁邊的，只有地位對等的人。我若是坐下來，妳女神化身的地位就會跟著下降，那樣就沒有意義了。若是妳希望的話，我也可以找來近侍站在這裡，但萬一王族對妳坐在這裡有意見，羅德里希或者菲里妮可是招架不住。」

「現在這樣就好了，有斐迪南大人在讓人非常放心。」

「很好。」

我們唧唧咕咕地小聲交談時，戴肯弗爾格的領主夫婦已經道完寒暄。

「奧伯．艾倫菲斯特，感謝你今天提供了談話的場所。先前的戰鬥讓戴肯弗爾格體驗到了真正的迪塔，我由衷不勝感激。」

隨後，戴肯弗爾格的領主夫婦一見到已經坐下來、等著人來問候的我，雙雙瞠大眼睛，接著便筆直走到我的面前。雖然知道自己現在的身分和以前不一樣，但想要起身的衝動還是讓我的身體動了一下。我瞄向左上方，看見斐迪南點一點頭。意思是坐好在原位待命吧。

戴肯弗爾格的領主夫婦在我前方跪下。

「睿智女神梅斯緹歐若拉啊，懇請祢賜予戴肯弗爾格祝福。」

由於斐迪南曾預先提醒我身邊的人，要保持和以前一樣的應對方式，所以除了哈特姆特與克拉麗莎外，從沒有其他人向自己這麼鄭重地下跪過。但聽說在面對女神的力量時，這是貴族普遍該有的應對。

斐迪南還提醒我，貴族們是因為女神之力才下跪，並不是因為我，所以要是得意忘形起來，一旦力量消失了，以後就會很難收拾。雖然不明白得意忘形是指怎樣的行為，但明明一直以來都是我的地位較低，此刻奧伯．戴肯弗爾格卻跪在我的身前。這就和班諾他們第一次跪在我面前時一樣，我只覺得坐立難安。

「奧伯．戴肯弗爾格，實在非常抱歉，我不過是得到了女神的力量，但內在還是羅潔梅茵，所以無法給予您女神的祝福。」

「噢？那可真是遺憾。」

儘管應對上不再那麼拘謹了，但果然還是受到了女神力量的影響吧。戴肯弗爾格的領主夫婦態度不變，依然視我為上位者。

「我真是作夢也沒有想到，竟然能與真正的女神化身一同作戰。領內的騎士們可是都無比惋惜，多麼希望逮捕中央騎士團員時，羅潔梅茵大人能親眼看到我們是如何地大展身手。」

侍從們都開始泡茶了，奧伯．戴肯弗爾格仍是滔滔不絕。他告訴了我，自己與騎士們在此次的戰鬥中有哪些精采的表現。看來大規模的迪塔結束後，戴肯弗爾格領內仍有許多騎士情緒亢奮。但相比之下，我卻聽說必須守著蘭翠奈維人並進行審問的亞倫斯伯罕騎士們，個個都是神經緊繃，兩邊還真是天差地別。

「我聽聞端看王族的應對，奧伯．戴肯弗爾格有可能會被任命為君騰……對於此次這樣的事態，真不知王族會如何應對呢？」

第一夫人齊格琳德憂心忡忡地這麼說著，看往大門的方向。我也為王族的未來感到非常擔憂。同樣看向門口時，似乎是收到了有人來訪的通知，侍從們打開門扉。

「那我們先失陪了。」

戴肯弗爾格的領主夫婦走向安排好的位置時，王族也走了進來。只見特羅克瓦爾一臉憔悴，跟著進來的還有他的第一夫人羅芙莉妲，以及席格斯瓦德與阿道芬妮、亞納索塔瓊斯與艾格蘭緹娜，還有明明已經春天了、雙手卻放在圓筒狀毛皮手籠裡的錫爾布蘭德，最後是瑪格達莉娜。

通常夫妻出席這種公開場合時，即便男方有複數的妻子，也只會邀請第一夫人。所以看到第三夫人瑪格達莉娜也來了，我感到十分意外。但瑪格達莉娜是在大禮堂之戰中率領騎士、討伐了勞布隆托的人，身為母親又該為未成年的錫爾布蘭德負起責任，好像是因此才會邀請她。

……嗚哇，每個人的臉色都好難看。

但這也很正常吧。王族想必已經透過亞納索塔瓊斯與瑪格達莉娜，聽說了這次要討論的各種主題。

「奧伯・艾倫菲斯特，感謝你提供貴領的場地。」

特羅克瓦爾有些沙啞的話聲傳來後，緊接著在他的帶領下，王族成員魚貫地來到我面前跪下。

「睿智女神梅斯緹歐若拉啊，懇請為我等賜予祢的祝福。」

「我也很希望能夠回報各位所付出的誠心與努力。再者席格斯瓦德王子還提供了許可證……」

我轉頭看向哈特姆特。照著事先商量好的，哈特姆特遞來皮袋。大概是察覺到了袋裡放有許可證，席格斯瓦德交互看向我與齊爾維斯特，露出了有些不快的為難神情。

「不，那是……」

「真是抱歉。枉費您好意提供了許可證，卻因為我連續參加了幾場激烈的戰鬥，導致鎖鍊出現了損傷。我一直想要盡快歸還。」

現在真的是得盡快歸還不可。其實昨晚在檢查要歸還的物品時，不自覺往外釋放的女神力量不小心掃到了許可證，導致鎖鍊完全變作了金粉。老實說，就連魔石的部分也變得相當脆弱。

……必須趁著許可證還沒完全損壞，仍保有一定的形體前歸還才行！

心慌的我連忙從皮袋裡拿出許可證。

「羅潔梅茵，妳直接用手的話……」

「啊！」

斐迪南的提醒已經晚了一步。原本許可證的魔石部分還保有完整的形體，但被我拿起來後，頃刻間就在掌心中化作了金粉。跪在地上的王族們都像是看見了不可置信的光景般，倒抽一口氣。這完全是意料之外的失誤。我不是有意要毀損的，要怪就怪女神的力量不好，這是不可抗力，拜託請別怪到我頭上來。

「請、請容我再次道歉……但既然這是因為女神的力量才金粉化，作為調合原料肯定具有極高的稀有價值，而且魔力含量多半也很豐富，包含屬性在內的各種數值應該都很高喔。」

我稍稍別開目光，將手上殘餘的金粉倒回皮袋裡，再輕輕地遞還給席格斯瓦德。席格斯瓦德僵硬了幾秒鐘後，臉上浮現沉穩的微笑接過皮袋。

「很高興這個許可證能幫上忙。」

席格斯瓦德似乎勉強振作了起來。但就在這時候，斐迪南忽然輕笑一聲，伸手觸碰我的髮飾。

「因為女神的力量而變作了金粉嗎？我還真是羨慕席格斯瓦德王子。」

……居然挑這種時候向我討要原料嗎?!這個可惡的瘋狂科學家。還在問好的所有王族成員都不知道該看哪裡了喔！

請看一下時機場合──我在心裡頭氣憤抗議，但臉上帶著女神該有的微笑。

「哎呀，倘若斐迪南大人也有需要的話，我可以幫忙變成金粉喔。只不過，請您要自己準備原料與魔石。」

「感謝梅斯緹歐若拉的化身如此寬大的心胸。」

斐迪南露出了魔王般邪惡的笑容，語帶揶揄地這麼說。能有新的研究原料似乎讓他非常高興，心情看來很好的樣子。

……對王族來說，斐迪南大人要是心情很好，這也是一件好事啦……

「談話前先用午餐吧。」

總不能讓一行人一直跪在我面前。因此，我催促所有王族成員就座。所有人都坐下後，侍從便開始服侍各自的主人用餐。儘管事前已經提出請求，同行的近侍只帶基本人手即可，但或許是因為近侍眾多的關係，與邀請全領地的領主候補生舉行茶會時相比，今天的茶會室感覺起來還是擁擠了些。

這時，錫爾布蘭德脫下手上的手籠。剛才我還覺得春天戴手籠很奇怪，原來底下竟是封印住了思達普的手銬。王族以外的所有人皆往那副手銬看去。

「思達普本不是他現在就能取得的物品，所以既然是以不當的方式取得，那就必須禁止他使用。」

瑪格達莉娜厲聲說完，只見錫爾布蘭德低下頭去，臉上的表情明顯是在強忍哭泣。一眼便能看出身邊的人已嚴正告訴過他，他犯下了怎樣的罪行。縱使是因為邪惡大人的慫恿，仍然改變不了他犯罪的事實。明知道這個世界即便對象是小孩子，罪行也不會得到寬恕，但看到天真的孩子被人利用，我的心情還是好不起來。這讓我想起韋菲利特也曾在不知情的情況下進入白塔，結果因此被問罪，心裡十分難受。

……不能像那時候一樣想想辦法嗎？

我注視著錫爾布蘭德時，忽然發現艾格蘭緹娜目不轉睛地盯著自己瞧。她還是和以前一樣美麗動人。然而，我看不出她那帶有冀求意味的微笑是什麼意思，只能不置可否地回以微笑。

「本日的餐點，是以艾倫菲斯特的烹調方式處理了亞倫斯伯罕的食材。」

午餐會開始後，齊爾維斯特先是這麼介紹今天的餐點。會安排這樣的菜色，一方面是為了昭告我與艾倫菲斯特的關係，另一方面也是為了強調雖然艾倫菲斯特與亞倫斯伯罕因為喬琪娜而有過紛爭，但雙方並未因此交惡。

這次因為沒有時間，無法構思新的餐點、讓宮廷廚師們練習，所以都是以前就出現過的菜色。儘管如此，對於少有機會吃到海味的王族與戴肯弗爾格領主夫婦來說，這些餐點似乎還是相當新奇。
「和之前在領主會議上品嘗過幾次的艾倫菲斯特料理相比，別有一番風味呢。」
君騰的第一夫人羅芙莉妲這麼表示後，芙蘿洛翠亞微微一笑。
「是的。因為食材都來自亞倫斯伯罕，我們平常也很少有機會享用。這些食材還是亞倫斯伯罕的前領主一族萊蒂希雅大人特意送過來的，對吧？」
芙蘿洛翠亞往我看來，徵求同意。趁著這個機會，我立刻宣傳我們與萊蒂希雅之間的友好交情。
「由於我們從殘暴的蘭翠奈維人手中守住了港口，還施展了魔法治癒身為平民的漁夫，聽說漁夫們送來了很多魚貝類當作謝禮喔。而且這件事情也有漢娜蘿蕾大人的功勞呢。」
「她在戰場上的表現非常出色。由於敵人沒有魔力，當她表示想要使用沃爾赫尼的時候，我不由得佩服地心想她果然是戴肯弗爾格的領主候補生。也感謝兩位回應了羅潔梅茵的請求。」
斐迪南先是稱讚漢娜蘿蕾，再為戴肯弗爾格派人來營救一事道謝。聊了一會兒蘭翠奈維討伐戰後，話題又從貴族院之戰，轉到中央騎士團的調查與貴族院的現況上。
「關於遭到勞布隆托煽動的騎士團，調查方面已經取得了相當大的進展。戰鬥時大禮堂內的人似乎不只有中央騎士團員，蘭翠奈維人也混在其中。聽旁觀審問過程的文官說，曾在大禮堂內的人被圖魯克所惑的情況都比較輕微。雖然提供的證言還是有些含糊不清，但由於可以讀取記憶，如今已能輕易地辨別罪犯還有相關人士。」

席格斯瓦德說完，斐迪南往我瞥來一眼。

「這都多虧了妳使用洗淨魔法，沖洗掉了所有從蘭翠奈維帶來的危險物品。」

「哎呀，水之女神的力量還真是了不起呢。」

我本來只是想沖走即死劇毒而已，沒想到居然連圖魯克造成的影響都能洗掉。雖然當時慘遭水流吞噬、還被沖上觀眾席的亞納索塔瓊斯滿臉不高興，但真不愧是力量足以沖走埃維里貝，還能召喚春天的女神大人。

由於可能還有其他人也被圖魯克影響，聽說中央幾乎所有貴族都接受了洗淨魔法的沖洗。如果是沒被圖魯克影響的人，水流會在幾秒內就消失，反之則會一直持續到效果被沖掉了大半為止。

「做為此次動亂的負責人，我差點以為自己在被處刑前，就會先因為自己近侍變出的水流而溺斃。」

特羅克瓦爾有些望向遠方說道。因為暗地裡一直想讓傑瓦吉歐成為下任君騰的勞布隆托，長期以來都對特羅克瓦爾使用了圖魯克。他受到的影響似乎最為嚴重。

「再來是貴族院的現況。由於收到過戴肯弗爾格的支援請求，再加上後來國境門大放光芒，聽說奧伯·庫拉森博克已急忙趕來。」

「格里森邁亞與哈夫倫崔也是。明明現在不是舉行領主會議的時期，所有領地的奧伯卻都正往貴族院聚集而來呢。」

艾格蘭緹娜與阿道芬妮相繼說道。收到過戴肯弗爾格支援請求的上位領地，掌握到的消息似乎只有「蘭翠奈維人已從亞倫斯伯罕入侵中央」。如今貴族院內的戰鬥早已結束，他們卻現在才開始想方設法地蒐集情報。然而王族已經下令，只要擅離宿舍便會不問緣由就地斬殺，再加上不管向誰打聽消息，都得不到有用的回答，所以他們似乎因此相當心浮氣躁。

「雖然我們收到了許多想要了解詳情的聯繫，但始終三緘其口。」

今天在談話中所決定好的事項，將會傳達給他領。我再一次體認到，自己正置身在攸關國家未來的場合中。

新君騰的條件

聽完讓餐點變得美味的現況報告後，眾人也用完午餐，餐後的茶點端上桌來。準備好了茶水與點心後，所有近侍都要先退出房間。接下來的談話並不准許近侍在場。說好必要時會以奧多南茲呼喚後，近侍們全數退出茶會室。

茶會室裡的人數一下子減少許多。我先環顧變得安靜無比的茶會室後，再慢慢地做了個深呼吸。

「那麼，我想就新任君騰的選出一事開始進行討論。各位想必已經知道，幾天前睿智女神梅斯緹歐若拉降臨在了我的身上。無論是睿智女神還是艾爾維洛米大人，都希望尤根施密特盡快有新的君騰誕生。」

「那麼，請將古得里斯海得授予父王……」

「席格斯瓦德大人，您打斷了上位者的發言喔。」

坐在旁邊的阿道芬妮出聲制止後，席格斯瓦德微微瞠大雙眼。由於他是王族出身，從沒想過會有人比父親的地位更高吧。似乎是察覺到在場眾人的目光，他回過神來般重新坐正，說著「真是抱歉」要我繼續往下說。

「諸神所期望的君騰，要能夠為尤根施密特的基礎染色。現在王族進行魔力供給的地方，並不是尤根施密特基礎的所在，所以我聽說魔力已經快要耗盡，尤根施密特也瀕臨崩毀。」

王族一致雙眼圓睜，倒吸口氣。這個事實肯定帶來了很大的衝擊吧。因為聽到自己努力在灌注魔力的基礎，竟然不是真的基礎。

「其實也不能說完全不是基礎。中央王宮裡的供給室與中央神殿的祈禱廳相連，而祈禱廳裡的魔導具又與貴族院的供給室相連，所以魔力會經由供給室送往基礎魔法。只不過，因為傳送魔力的魔導具也需要魔力，所以就算多少能傳送到基礎去，那樣的量也遠遠不夠維持尤根施密特的存續。」

魔力在傳送到貴族院內的尤根施密特基礎魔法之前，沿途就會消耗掉大量魔力。但就算聽到還是多少有魔力傳送了過去，依然很難抹除白忙一場的感覺吧。

「那麼，更該盡快將古得里斯海得……」

「是的，現在需要選出新的君騰，而且新任君騰必須做到諸神的要求。還請各位先了解這一點。」

「諸神的要求嗎？」

我看向瞪大眼睛的亞納索塔瓊斯，點一點頭。聽到是諸神的要求，所有人都正襟危坐。我心裡對畢恭畢敬的大家很過意不去。因為正確說來，這其實不是諸神的要求，而是斐迪南在以對自己有利的前提下，解讀了諸神的話語後所提出的要求。

「首先是要盡快為基礎盈滿魔力；再來是必須接納擁有魔力的蘭翠奈維人，讓他們成為尤根施密特的居民；接著是關於此次的動亂，不能夠有處以死刑的責罰；最後是下任君騰必須要能自行取得梅斯緹歐若拉的智慧。大致就是以上這些。」

我說完後，特羅克瓦爾瞪圓了雙眼。

「我可以理解必須盡快為基礎盈滿魔力，但擁有魔力的蘭翠奈維人可是前來侵略的罪犯。若要接納他們成為尤根施密特的貴族，即便是睿智女神的旨意，其他人恐怕也很難信服吧。」

特羅克瓦爾神色為難地說道，斐迪南則是緩緩搖頭。

「只是接納而已，沒有必要視他們為貴族。」

「那你打算給予怎樣的待遇？根據報告，聽說當中還有人已經取得了思達普……」

「他們從不曾就讀貴族院，又是在挑唆了錫爾布蘭德王子後以不當的方式取得。那就和王子一樣，封印他們的思達普即可吧？之後再視當事人的罪狀，看要關在牢裡榨取魔力，還是送進中央神殿當神官或巫女，讓他們為尤根施密特奉獻魔力即可。畢竟關於接納後要給予怎樣的待遇，女神與艾爾維洛米大人並未明言規定。」

說來還真是諷刺。他們就是因為不想在蘭翠奈維內任人榨取魔力，才會想要侵略尤根施密特，結果現在卻要在尤根施密特內任人榨取魔力。失去自由固然教人同情，但這也是他們自作自受，因為跟突然遭到殺害的亞倫斯伯罕貴族相比，他們還能活著就算不錯了。一思及此，我完全無意反對斐迪南的提議。尤根施密特的所有貴族也都會以某種方式，為土地貢獻魔力。那麼既然要住在尤根施密特，即便是蘭翠奈維人，被榨取魔力也是應該的吧。

「也就是只奪取魔力，不處以死刑嗎？但就算是為了不讓魔力繼續減少，這麼做很容易留下禍根……」

「是呀，這麼做太危險了。」
王族還有上位領地因其受到的教育，都認為大量的處刑與連坐是理所當然的吧。席格斯瓦德憂心地沉下了臉，艾格蘭緹娜也表示贊同。然而，我才無法理解他們認為會留下禍根的主張。
「咦？可是政變之後，就是因為王族以必須斬斷禍根為由進行了肅清，導致無數的人喪生，也遺失了無數的知識，後來才會找不到古得里斯海得，使得尤根施密特陷入魔力不足的困境吧？然後因為進行肅清的關係，直到現在仍然受到廢領地與落敗領地的怨恨，又因為連坐將無辜之人也處刑，最終根本是自己創造出了禍根……」
兩位這麼說笑還真是有趣呢——我微笑說完後，王族一致變了臉色。難不成剛才不是開玩笑，而是他們這次也真的打算大規模地進行處刑？瞬間我由衷感到慶幸，幸好睿智女神禁止了我們奪人性命。
「尤根施密特之所以會陷入崩毀的危機，完全可以歸究在王族身上。我還以為各位都已經意識到了，難道還對自己至今的所作所為沒有一絲一毫的反省嗎？」
面對我的指責，王族都稍稍別開目光。眼角餘光中還能看見齊爾維斯特滿臉驚慌。在這種公開場合上，奧伯露出那麼慌張的樣子沒問題嗎？真希望他再有威嚴一點，面對這種情況也泰然處之。
「雖然偶有判斷錯誤的時候，但我也知道王族在沒有古得里斯海得的情況下，有多麼努力在維持尤根施密特的存續。所以，為了盡量不引起混亂地交接王位，我本來還覺得從王族當中選出新的君騰是最好的辦法……但果真如斐迪南大人所說，我開始感到有些不安了呢。」

真傷腦筋——我以手托腮，偏過臉龐。

「現在的尤根施密特完全不是它本來該有的模樣。而我們已經與艾爾維洛米大人說好，從下任君騰的選拔開始，會盡可能回到過往古老的方式。」

其實也沒有說好，單純是斐迪南這麼宣告罷了，但艾爾維洛米確實希望取得梅斯緹歐若拉之書的君騰候補能夠增加，所以放大解讀的話，這麼說也不算有錯吧。大概。

「古老的方式嗎？」

除了擬定談話流程的斐迪南外，所有人都露出了一時間難以理解的表情。我先是環顧眾人，接著說出對新任君騰的要求。

「沒錯。今後將廢除君騰的世襲制，不再基於血統選出下任君騰，而是由能夠自行取得梅斯緹歐若拉之書的人成為下任君騰。」

本來已定為下任君騰的席格斯瓦德一聽到自己將失去現在的地位，臉色倏地丕變。身為他第一夫人的阿道芬妮則是面露死心的表情。

「中央神殿則會移回古老聖地所在的貴族院，並且君騰要擔任中央神殿的神殿長。君騰還得努力恢復過往的古老儀式，為尤根施密特注滿魔力。曾經有那麼一段時間，王族也曾考慮要讓我進入中央神殿當神殿長，所以應該沒問題吧？」

我微笑說完後，只見在好幾名面無血色的王族旁邊，齊爾維斯特與芙蘿洛翠亞都遙望遠方，臉上帶著彷彿在說「這不關我的事」的笑容。

「此外，隨著君騰就任為神殿長，中央的王宮與離宮也必須關閉，君騰一族要搬到貴族院居住。畢竟當初之所以在中央建造王宮與離宮，就是因為想獨占王位的君騰害怕遭到暗殺，才會將自己一族與政敵隔離開來。倘若繼續住在那裡，只會白白浪費魔力與人力。搬到貴族院以後，就不再是中央的直轄地，所以要用從全領地徵收來的稅金過生活。奧伯也一樣是靠著稅收在生活喔，所以不夠的話再自己賺就好了。」

「羅潔梅茵。」

……啊，不小心加了一句流程上沒寫的建言。失策、失策。但上位的貴族們也能趁著這個機會，想想自己可以如何賺錢喔。

「如上所述，新任君騰往後要過的生活，將會摧毀舊有的王族這個框架。那麼王族當中有人要毛遂自薦嗎？」

所有王族成員相互對看。畢竟雖然能夠成為君騰、擁有古得里斯海得，但今後的生活將與過往截然不同，沒有人能馬上自告奮勇吧。

「有的話，為了讓那個人坐上君騰之位，我們會盡可能地掩蓋王族此次的失態；而除了新君騰與其妻子外，其餘的王族成員會被任命為廢領地的奧伯。沒有的話，為了讓他領的奧伯能夠信服，我將以印刷的方式列出王族在政變過後的失態，並且發到尤根施密特各地，煽動人們對王族的反感，再把奧伯．戴肯弗爾格此次英勇的表現寫成書籍，大肆宣揚傳播後，讓他成為暫代的君騰。」

所有王族成員都震驚得說不出話來時，有人拍了下我的大腿。只見斐迪南露出了明顯非常不悅的燦爛笑容，盯著我瞧。

「羅潔梅茵，妳的說明好像稍嫌不足吧？」

看來我因為額外加了不少台詞，讓斐迪南十分生氣，他要求我多作說明。可是，我也想做點符合女神身分的事情啊。發放印刷品這種事情，很符合梅斯緹歐若拉的化身這個身分吧。

「哎呀，這種時候若想操縱輿論，利用印刷品是基本中的基本吧。正好印刷業又是不太為人所知的新產業，還能達到宣傳的效果呢。利用印刷品來影響整個國家，很符合睿智女神梅斯緹歐若拉的化身這個身分吧？我也已經拜託了迪塔故事的作者，請他將戴肯弗爾格在此戰中的精采表現寫成故事。」

「什麼?!我們將成為迪塔故事的主角嗎?!那我得全部買下來！」

「那些書是宣傳用的，你全部買下來做什麼？」

發現奧伯．戴肯弗爾格太過興奮，坐在一旁的齊格琳德一臉受不了，拍了他一下這麼斥道。齊格琳德與斐迪南臉上的表情看來莫名相似。

「一旦讓妳擁有權力，果然事態就會一發不可收拾。」

斐迪南臉色僵硬地瞪了我一眼，接著環顧王族。

「如果由王族以外的人成為新任君騰，確實會如同各位所擔憂的，未能阻止外患來襲的舊王族必將成為禍根。接受不了新君騰的貴族們很可能會再次擁立舊王族，最終招致內亂。為了防範這樣的危險於未然，屆時所有王族都會被關入白塔。既然我們已經答應諸神，無論怎樣的罪人都不會將其處刑，這點還請各位放心。」

斐迪南臉上帶著一點也無法讓人放心的魔王微笑，說著大意為「反正別殺了就好」的發言。王族聽了全部面色鐵青。但我們其實不打算對他們這麼過分的，所以我連忙補充說明。

「為了避免內亂，除非是有明確的罪狀，否則我們都會保證各位能過上舊王族該有的生活喔。我與斐迪南大人討論過後，請他大幅改善給各位的待遇了。不僅保證一天兩餐，還會再贈送一本書！」

瞬間，現場陷入徹底的靜默。

……咦、咦？

遺憾的是，大家似乎不怎麼滿意我的交涉結果。「一本書……」這樣帶著錯愕的低語不只來自王族，也來自戴肯弗爾格與艾倫菲斯特。顯然大家並不認為這有什麼用。

……就是因為平常都不讀書，王族才會學不好古文喔！可惡！

就在這種眾人都不懂我用心良苦的詭異氣氛下，艾格蘭緹娜以手托著臉頰，注視我與斐迪南。

「那個，羅潔梅茵大人。我有個問題想要請教，不知您是否准許呢？」

「兩本書比較好嗎？」

「不，不是的。記得我以前與兩位談話的時候，兩位曾說過若是大規模地跳奉獻舞進行驗證，導致各地的領主候補生中都出現君騰的候補人選，那樣只會引發混亂……然而，兩位現在卻說下一任的君騰，要從王族以外的人當中選出。對於這種會引發混亂的做法，兩位是怎麼想的呢？能否回答我這個問題？」

艾格蘭緹娜最忌諱的就是國家動蕩不安，也難怪會問這樣的問題。這是已經預想到的提問之一，所以我照著與斐迪南商量好的回答。

「現在這時候我依然覺得，由王族的其中一員成為君騰是最好的辦法。畢竟可以避免掉無謂的混亂。但是，從知道取得古得里斯海得的方法至今，已經過了將近一年的時間，王族當中有人得到了古得里斯海得嗎？」

我說到這裡就沒再往下說，被斐迪南瞪了一眼。

……嗚嗚。可是，後面的「最有希望取得古得里斯海得的，不就是生來便為全屬性的艾格蘭緹娜大人嗎」，這句話實在是太挖苦了，我說不出來。

就算這是事實，但這世上有些事情不需要刻意說出來。我從斐迪南身上移開目光，重新看向艾格蘭緹娜，催促她回答。

「不，並沒有。因為後來就決定了君騰要收羅潔梅茵大人為養女，並由妳為王族帶來古得里斯海得……」

「艾格蘭緹娜大人，那樣一來便不是王族，而是由王族以外的人取得了古得里斯海得，與我原本期望的並不相同。當時的我是真心認為該由王族取得古得里斯海得，卻沒想到王族竟如此缺乏資質、努力與自尊心，根本難以勝任君騰。」

「斐迪南?!」

剛才我大放厥詞的時候，齊爾維斯特還只是眼神沒有對焦地看著，但此刻卻是愕然地睜大雙眼，想要阻止斐迪南。但斐迪南只是微笑以對，並沒有就此住口。

先前光看斐迪南寫給我的流程稿，我就已經覺得火藥味十足，沒想到他本人更是大力挑釁。至今面對王族，斐迪南始終得體地維持著表面上的禮儀，但他現在居然直接挑明王族的無能，令我意外地猛眨眼睛。

「當時我為了協助王族平穩地取得古得里斯海得，便已經提供了線索。還為了向特羅克瓦爾大人表明自己絕無反叛之意，接受了他所定下的婚約。然而……」

斐迪南說到這裡停頓了下，加深臉上的笑意。

「得到了線索的王族卻不是自行去取得古得里斯海得，而是要求羅潔梅茵去獲取。當初羅潔梅茵曾答應我，會代替前往亞倫斯伯罕的我守護艾倫菲斯特，然而我卻得知她將成為國王的養女、取得古得里斯海得，還要被迫接受惡夢般最差勁的婚事。您能明白我當下聽到的心情嗎，特羅克瓦爾大人？明明我是為了守護艾倫菲斯特而離開，王族卻依然對艾倫菲斯特予取予求，對此我究竟會有怎樣的想法，希望您試著想像一下。」

斐迪南沒有看向發問的艾格蘭緹娜，而是筆直地注視特羅克瓦爾。特羅克瓦爾抿著雙唇，低下頭去。

「斐迪南大人，你這樣對君騰未免太失禮了。」

「瑪格達莉娜，妳是第三夫人，很少出席社交場合，所以只是妳不知道而已，但我確實曾對他施壓逼迫。」

特羅克瓦爾開口制止後，瑪格達莉娜便答道：「非常抱歉，似乎是我多嘴了。」然後就此不再發言。

「特羅克瓦爾大人，能告訴我您究竟逼迫斐迪南答應了什麼事情嗎？我身為他的兄長、身為奧伯．艾倫菲斯特，應當有權利知道。」

當初斐迪南要入贅一事，齊爾維斯特一直是被屏除在外，所以這時他才看著特羅克瓦爾問道。特羅克瓦爾先是看向斐迪南，躊躇了一會兒後緩緩搖頭。

「當時逼迫他之後，我曾承諾過絕不洩露他所提出的條件，所以並不打算違背自己的諾言。我不願再觸怒他與女神的化身。」

聽了特羅克瓦爾的判斷，斐迪南有些鬆了口氣似地點點頭。

「艾格蘭緹娜大人，那麼我在此回答您的問題。既然王族明知如何能取得古得里斯海得，卻至今始終沒有取得，那麼與其由王族代代擔任君騰、讓國家再度迎來崩毀的危機，我認為即便會造成混亂，還是該讓國家能在魔力充盈的狀態下存續下去。」

「這樣啊……」

「……但如果王族想和過往一樣，表面上仍以君騰的身分統治尤根施密特，這也不是毫無辦法。只要在被任命為君騰後，其子孫每一代都推出最多已取得梅斯緹歐若拉之書的君騰候補即可。」

你們只要憑藉自身的努力，代代都能繼承君騰之位就好了——斐迪南事不關己地給出了這樣的建議。艾格蘭緹娜聽了，只是若有所思地優雅側頭。

「我們預計之後會公開被王族扭曲了的尤根施密特歷史，還有取得梅斯緹歐若拉之書的辦法，讓所有人都有機會能取得。希望王族今後也能不吝付出努力，好讓自己的子孫代代都能繼承君騰之位。」

「被王族扭曲了的尤根施密特歷史……？」

於是我在斐迪南的催促下，說明了取得君騰資格的辦法，是如何被歷任君騰一點一點地改變。由於中央的王宮圖書館只收藏了王族在遷往中央後所保存的資料，所以似乎與王族至今學到的歷史相當不同。

這時，席格斯瓦德搖了搖頭像是想要甩開受到的衝擊，注視著我說道：

「女神的化身啊，我已明白為了破壞舊有的王族這個框架，諸神期望著新君騰的誕生。那麼我希望由我成為新的君騰，再盡可能遵從神的旨意，採納從前的做法。」

面對席格斯瓦德的宣告，斐迪南輕輕挑眉。亞納索塔瓊斯則是不安地看著他。

「王兄，這……」

「眾所皆知我是下任君騰，那便由我先就任為新的君騰，應該是最合適的吧。亞納索塔瓊斯，這點你也同意吧？」

發覺亞納索塔瓊斯想要抗議，席格斯瓦德對他投以沉穩的微笑與話語。瞬間亞納索塔瓊斯像是想不出該說什麼般，默默垂下目光。大概是解讀為他同意了，席格斯瓦德加深臉上的笑容看向我。

「我會採用從前的做法，但是此次招致外患的罪責，應該由亞倫斯伯罕來承擔。我無法接受由王族背負所有的罪責。」

「王兄！」

亞納索塔瓊斯試圖制止，但席格斯瓦德還是接著往下說。

「後來加上騎士團長的背叛，國家確實一度陷入險境。但是，戴肯弗爾格與艾倫菲斯特已經聯手守住了尤根施密特。比起王族，更應該要處罰的，是沒能在自領內就攔下蘭翠奈維人的亞倫斯伯罕一干人等吧？」

席格斯瓦德面帶沉穩的笑容，目光看向斐迪南。言下之意就是，倘若斐迪南壓制住了蒂緹琳朵、阻止了蘭翠奈維人的入侵，事情就不會演變到現在這一步。看得出來席格斯瓦德非常慣於命令他人，半點也沒有想過自己身為王族的發言會遭到推翻。因為他一直以來都處於這樣的地位，也是這樣生活到大的吧。

……席格斯瓦德王子好像完全沒有理解到現在的上下關係，只因為是王族又自薦成為君騰，就對目前乃是女神化身的我採取這種態度，這樣真的好嗎？

我不懂王族的想法與標準，所以不知道這時候是否該斥責席格斯瓦德。我往斐迪南瞄了一眼，發現他臉上掛著無比燦爛的假笑。

……嗚哇，根本是放馬過來的備戰姿態嘛？

「遵命。現在亞倫斯伯罕的罪人已經隨時都能押送。就如席格斯瓦德王子所願，立即送往中央吧。」

我彷彿聽見斐迪南的第二聲道在說：「你想自己先處罰的話，那就快點開始吧。但中央根本還沒做好接收犯人的準備吧？」除非是為了書，否則我才不敢反抗這種狀態下的斐迪南，因為實在是太恐怖了。然而，席格斯瓦德顯然是相當有勇氣的年輕人。儘管似乎看不出斐迪南的燦爛笑容是心情極差的象徵，但也確實聽懂了第二聲道的意思，瞬間有些語塞之後，隨即擠出微笑。

「我說的不光是實際犯下罪行的人，也包括了當時人在亞倫斯伯罕領內、理應輔助下任奧伯的你這個未婚夫。你自己是否知罪？」

聞言，我瞬間怒上心頭。明明席格斯瓦德自己根本沒盡到王族的義務，居然好意思譴責為了遵從王命所定下的義務，在陌生的土地上勞心勞力地處理公務的斐迪南，我再也無法袖手旁觀。

「席格斯瓦德王子，我不太明白您的意思。您的意思是斐迪南大人對自己的義務有所懈怠嗎？」

看到不是斐迪南，而是我開口回答，席格斯瓦德瞠大了雙眼，亞納索塔瓊斯則是扶額低喊：「王兄……」如果他真的想制止席格斯瓦德的話，就應該更早並且確實地制止才對。

「斐迪南大人就是為了遵從王命所規定的義務，儘管只是未婚夫、沒有什麼權限，還是得處理公務，即使婚禮延期了也不被允許返回領地喔？結果因此在他領中了毒，也沒有時間好好治癒就上了戰場吧？戰鬥時他可是率領了亞倫斯伯罕的騎士與戴肯弗爾格的有志之士們，您還想說他沒有盡到自己的義務嗎？」

「嗯，羅潔梅茵大人說得不錯。斐迪南大人不僅討伐了亞倫斯伯罕領內的蘭翠奈維士兵，還去追回了進犯艾倫菲斯特的亞倫斯伯罕貴族們，最後又在中央逮捕了試圖取得梅斯緹歐若拉之書的蘭翠奈維一行人。考慮到他的身分還不是丈夫，只是未婚夫，他已經超出了本分，非常認真地在履行自己的義務。對此，與他一同並肩作戰過的戴肯弗爾格可以保證。」

奧伯．戴肯弗爾格也認可道，當時的行軍強度高到幾乎沒有時間休息。「這樣啊。」席格斯瓦德面帶微笑這麼應道，但眼神一點也沒有信服的樣子。

「席格斯瓦德王子，那麼我想反過來問您。在斐迪南大人遵照王命、履行義務的時候，王族明明已經收到了戴肯弗爾格與艾倫菲斯特的示警，又曾做了哪些事情呢？」

有義務要履行的人，並不只有我和斐迪南。既然他無法接受得由王族背負罪責，那麼王族又做了什麼呢？我抬眼瞪去後，席格斯瓦德像被我的氣勢震懾住般，倏地倒吸了一口氣。

「明明我們已經提出忠告，王族卻絲毫沒有察覺騎士團長的背叛，也沒有察覺圖魯克在中央的蔓延，甚至中了騎士團長的下懷，愚蠢地讓他領著蘭翠奈維一行人去取得思達普。之後更放棄了守護尤根施密特基礎的職責，據守在王宮之中，面對騎士團的背叛也只是陷入一團混亂。那麼除了以上這些，王族究竟還做了什麼？懇請不吝告知。先前大禮堂之戰時，我也從未見到過席格斯瓦德王子的身影，您都在哪裡做什麼呢？」

「我、我以王族的身分，待在自己的離宮裡向中央貴族們下達指示……」

席格斯瓦德呼吸困難似地吐出話語，但我立刻微笑打斷。打從他守在自己離宮的那一刻起，就根本沒有保衛到尤根施密特。

「那麼您下指示，是為了履行王族該守護國家與基礎的義務，還是只為了保護王族的人身安全呢？守護基礎魔法，可說是君騰與奧伯最為重要的職責。早在您選擇守在自己的離宮，而不是基礎之間，身為王族便已十分失職，不知席格斯瓦德王子自己是否知道這一點呢？」

「羅潔梅茵，夠了。面對女神化身的指責，妳沒有看到其他的王族都面無血色了嗎？」

斐迪南輕拉我的袖子。環顧在場眾人，確實大家的臉色都很蒼白。

「似乎是呢。可是，政變後處刑之際，面對王族毫無道理可言的連坐與牽強附會的怪罪，有更多的人不僅是血色，連性命都失去了。現在王族至少還能保住一命，只是被人挑明有哪些失態就面無血色而已，這根本不算什麼吧？」

我歪了歪頭說道。這時斐迪南忽然起身，抓住我的手臂。他的臉色十分難看，甚至有著明眼人都看得出來的焦急。

……咦？不只是王族，斐迪南大人也怪怪的喔？

「羅潔梅茵，妳知道自己的眼瞳變色了嗎？妳在無意識間釋放出的女神之力已經增強到了形成輕微威懾的地步，這妳知道嗎？」

我知道自己對席格斯瓦德很生氣，但完全沒發覺自己正對他人施以輕微的威懾。原來他並不是因為罪行被人挑明而一臉窘迫，也不是被指責後屈辱得渾身顫抖。

「我不是故意的……」

我正眨著眼睛時，特羅克瓦爾緩緩向我舉起手來。看他拚命平復呼吸的模樣，可想而知還在承受著我在無意識間釋出的威懾。

「羅潔梅茵大人，還請您准許我發言。」

看到自己的父親畢恭畢敬地請求發言，席格斯瓦德的表情就像被妃亞唐蓮娜的雷電擊中一般。眾人一致看向特羅克瓦爾。

「請說。」

「實在抱歉，我這愚蠢的兒子還不明白自己現在是要被問罪的身分，但請羅潔梅茵大人不必為犬子所說的話語感到擔憂。只要星結儀式尚未舉行，便不會被蒂緹琳朵的連坐所累，這點是已經確定的。請您放心。」

聞言，我鬆了口氣。雖然記憶變得有些模糊，但我記得王族確實承諾過這件事。不管誰說了什麼，都不會對斐迪南有影響。我放心地吁口氣後，威懾似乎也消失了，在場眾人跟著如釋重負地吐出大氣。

女神之力與獻名

斐迪南眼神認真地打量我的臉龐，低喃道：「妳眼瞳的顏色看來是恢復了。」但明明我眼瞳的顏色恢復了，斐迪南臉上的焦急卻沒有完全消失。發生什麼事了嗎？

「羅潔梅茵，女神的力量顯然比妳自己的魔力更難控制。每當妳有情緒化的反應，女神的力量就會跟著增強。女神的力量若持續增強下去，妳有可能會不再是妳自己，所以拜託妳要控制好自己的情緒。」

我有可能不再是我自己這句話，讓我不寒而慄。意思是除了已經消失的記憶外，其他重要的記憶也有可能消失嗎？還是說會發生更可怕的事情？既然斐迪南提醒我時仍是一臉焦急，說不定我早就不是我自己了。

……不要，這太可怕了！

剎那間，我心中的恐懼急速擴張。

「羅潔梅茵！」

斐迪南倒抽口氣，大聲呼喊我的名字。幾乎與此同時，眼角餘光裡的人們都摀著胸口、臉龐扭曲，甚至發出了呻吟聲。此刻眼前的光景，就和自己在威懾他人時一樣。但明明我現在並沒有憤怒到腦筋變作一片空白的程度，只是內心湧起了恐懼而已。

「不是……我不是故意的……」

親眼見到自己因為恐懼而害得他人如此痛苦後，我內心對女神力量的恐懼更是不減反增。

「羅潔梅茵，控制自己的情緒。」

斐迪南抓住我的肩膀，不讓大家的模樣進入我的視野裡，同時也隔開女神之力保護大家。然而，斐迪南自己也痛苦得眉頭緊皺、冷汗直流，雙眼則是認真地俯視我。就連一向總是撲克臉的他也無法控制臉部表情。

「斐迪南大人，請您離我遠一點。距離越近，影響越……」

斐迪南在我心裡是非常重要的人，所以我不希望自己的力量傷害到他。我拍打斐迪南放在肩膀上的手，請他與我保持距離。

然而下個瞬間，斐迪南忽然咳了起來。突如其來的咳嗽聲刺激到了我的記憶，有片段開始斷斷續續浮現。畫面中是平民時期受洗後，我在神殿裡同樣與斐迪南面對面。

當時我拚了命地想要保護某個人，才會與那時候的神殿長與神官長對峙。然而我現在沒有要保護的對象，只是在傷害其他人。可以的話我很想馬上停下來，而且明明是自己體內的力量，我卻完全不知道該怎麼控制才好。

「這份力量要正確使用，保護城市。」

「我保證，我絕對不會用來做會惹……生氣的事情。」

忽然間，與某個人許下的約定在腦海裡響起。那應該是很重要的約定吧。現在自己卻沒能守住約定，我懊惱地感到想哭。儘管理性在警告自己，不能再讓情緒失控下去，我卻不曉得該如何控制住。

「斐迪南大人，拜託您與我保持距離。我已經答應過某個人了，必須要把力量用在守護上。」

一看斐迪南的臉色，就能知道自己流瀉出去的女神力量又增強了。斐迪南咳了幾下後，嘴角淌下了與記憶中一模一樣的鮮血。

「快放開我！」

看到斐迪南伸出了手像是要抱住我，我狠下心大力揮開，並且逃離現場。由於猛然起身的關係，椅子伴隨著「哐噹」巨響倒下。

……要離到多遠才可以？必須到不會傷害到大家的地方……

我環顧房間，尋找出口。往中央樓的門扉在桌子的另外一邊，但如果從那裡出去，這一段路只會讓大家更加痛苦。雖然往宿舍的門扉就在自己身後，但如果回到宿舍，又會讓更多人受傷。

斐迪南看著自己被甩開的手後，立刻抹掉嘴角的血滴，看向齊爾維斯特。

「奧伯．艾倫菲斯特，請准許哈特姆特他們進來！」

「哈特姆特，快進來。」

齊爾維斯特一隻手捂著胸口，另一隻手送出奧多南茲。

下一秒，只見奧多南茲還在哈特姆特的手臂上說著「哈特姆特，快進來」，通往宿舍的門扉就打開了，哈特姆特、克拉麗莎、馬提亞斯、勞倫斯、谷麗媞亞與羅德里希六個人衝了進來。

「失禮了。」

「哈特姆特，不要靠近我。要不然連你們……」

「羅潔梅茵大人，放心吧。我們身上一直都籠罩著您的力量，所以雖然能感受到您的力量又增強了，以及那股力量有多麼神聖，但對我們並沒有什麼影響。」

請放心吧——哈特姆特與其他男性近侍這麼笑道，然後將我團團圍起，隔開了我與談話中的其他人。隔開來以後，似乎也稍微擋下了女神的力量，我不再聽見強忍著痛苦的呻吟聲。單單如此就讓我的恐懼減輕了些，心情也輕鬆許多。

……哈特姆特他們真的一點也不痛苦。

哈特姆特與勞倫斯臉上都帶著安撫我的笑容，馬提亞斯與羅德里希則是正經八百，臉上彷彿寫著「得完成任務才行」這幾個大字，但同樣面色如常，一點也沒有極力掩飾或強忍著痛苦的模樣。

「是斐迪南大人說了也許需要我們幫忙，所以我們就過來待命喔。畢竟女神化身所散發出的魅力，有時可能會讓下位者難以承受嘛。」

正好我一直想試試侍從的工作，照顧羅潔梅茵大人呢——克拉麗莎眉飛色舞地攤開手中的銀布，看似就要哼起歌來。看到克拉麗莎那開朗的笑容，我的心情也不再那麼沉重。原來還是有人可以接近現在的自己，這讓我鬆了口氣，兀自蔓延滋長的孤單與恐懼也被沖淡不少。

「羅潔梅茵大人，莉瑟蕾塔她們說了，畢竟您要面見王族與他領的奧伯，若只是披著一塊布料恐怕不太美觀，所以為您將銀布裁製成了斗篷。遺憾的是，好不容易縫製好的新衣就看不見了呢……」

谷麗媞亞將修改成了連帽斗篷的銀布披在我身上，整理到沒有一絲顯眼的縐摺後，裝作不經意地抹了抹我的眼角。谷麗媞亞向來沉默寡言，總是安靜地做著自己的工作，現在卻能感受到她為了讓我的心情平復下來，很努力地在斟酌言詞，讓我心頭一暖。

「謝謝妳們。」

「哎呀，羅潔梅茵大人，您不必道謝。因為現在的您可是美麗到了會令人不由自主看得出神，要是大家因為您所散發的魅力而相繼暈倒，導致會議無法進行，那樣可就不好了。不過，這也是因為羅潔梅茵大人乃集眾神寵愛於一身的梅斯緹歐若拉……」

「斐迪南大人，您看如何？現在這樣既看得見臉，也感受得到女神的力量，但又能抑制在不太過強烈的程度。」

谷麗媞亞往前站了一步，打斷克拉麗莎的讚美，徵詢斐迪南的意見。斐迪南看著披上銀色斗篷的我，頷首道：「沒問題，多謝。」

「羅潔梅茵大人，請您當作是給機靈部下的獎賞，能為我們展現女神化身所給予的治癒嗎？」

哈特姆特故作滑稽地眨眨眼睛，央求現在有著女神化身之力的我施展治癒。雖然乍看下他的表情像是在開玩笑，但橙色眼眸卻靜靜地在觀察我的反應。那說笑的表情與語氣都是他的貼心之舉，讓我想要拒絕的話就能輕鬆拒絕吧。

「哈特姆特，謝謝你。」

「不敢當。」

於是我詠唱「修得列坎布恩」，變出芙琉朵蕾妮之杖。

「水之女神芙琉朵蕾妮的眷屬洛古蘇梅爾啊。」

與往常不同，我只是呼喚了洛古蘇梅爾，杖尖上的綠色魔石便浮現治癒的光芒，灑向屋內眾人。坐在位置上的人們明顯臉色好看許多，都安心地吐著氣息。看來治癒確實發揮了效果。

「太美妙了！梅斯緹歐若拉獲得了眾神的許可能夠使用神具，其偉大不凡……」

「做得好，你們快帶著哈特姆特退下吧。我們要繼續討論。」

齊爾維斯特抬手一揮，要我的近侍們帶著興奮不已的哈特姆特退下。哈特姆特一下子就被帶走了。他被馬提亞斯與勞倫斯從兩邊架住，還被羅德里希從背後推著，完全沒有了剛才精明能幹的樣子。

他們離開之後，齊爾維斯特接著喚來侍從，讓人再泡壺茶。有侍從在屋內走動後，方才緊張的氣氛也一掃而空，變得比較從容。

「羅潔梅茵大人，您要不要也入座呢？」

克拉麗莎一邊問道，一邊示意正搬起椅子的谷麗媞亞，我於是點點頭，在她的護送下走向自己的座位。

「啊……」

這時，我與站在座位前的斐迪南四目相接。由於他明明是想要幫忙，我卻甩開了他的手，這讓我一時間不知道該怎麼搭話，氣氛有些尷尬。

「那個，斐迪南大人，您有沒有哪裡不舒服呢？我……」

「有洛古蘇梅爾的治癒，我已經沒事了。妳也好不容易冷靜下來，就別再輕易地讓情緒產生起伏。」

斐迪南接過克拉麗莎攙扶著的手，指示她與谷麗媞亞退下後，再讓我坐下來。他真的沒事了嗎？我目不轉睛地打量斐迪南的臉龐。女神的力量應該很難承受，他是不是在逞強呢？

「妳不必這麼擔心，披上銀布以後，妳女神的力量就不會傷害到他人。」

「早知道會變成這樣，我從一開始就會先披著了。」

我緊揪住垂落到手邊來的銀布，斐迪南卻是一臉莫可奈何地瞥向齊爾維斯特。

「因為銀布很容易引人聯想到蘭翠奈維的人，既然要與王族還有戴肯弗爾格談話，妳若是從一開始就披著，給人的觀感未免不佳。但現在眾人都體會過了女神的力量，絕不會有人要求妳脫下斗篷吧。」

……或許吧。但沒有必要為了讓大家明白這一點，讓自己也那麼痛苦啊。

可以的話，我希望所有人都不必經歷剛才那種痛苦，但斐迪南與齊爾維斯特顯然不這麼認為。

「啊，對了。羅潔梅茵，把手伸出來。為免妳的女神力量之後又失去控制，最好把這個也帶在身上。」

「除了銀布之外，還有其他的措施嗎？」

難道是某種護身符？我照著斐迪南說的，併攏五指伸出雙手，他便輕輕地往我手上放了防止竊聽魔導具與一個白色小盒子。那是什麼？但蓋子還沒打開，我就感受到自己的魔力正逕自往外流出，白色盒子眼看著變成了白繭的形狀。這樣東西我已經見過好幾次了，而且這麼顯著的變化也很難猜不出來吧。是獻名石。

「斐、斐迪南大人，這究竟是怎麼一回事？」

「因為一旦發生緊急事態，我若無法靠近妳會很麻煩。」

「您這麼說是有道理，但只要和剛才一樣，叫近侍們過來……」

「閉嘴。」

臉頰被斐迪南用力捏起後，我對著他嘟起嘴唇。怎麼可以為了這種事情就獻名呢。

「您怎麼可以用這種騙人的方式向我獻名呢。該怎麼說，獻名應該要基於更重要的誓言吧？既然接受了艾克哈特哥哥大人他們的獻名，相信斐迪南大人一定也明白獻名的重要性吧？」

我的近侍們都是懷抱著重大的決心，各自將名字獻給了我。就連艾克哈特他們也將性命與忠誠都獻給了斐迪南，他不可能不明白。明明斐迪南並不想奉我為主人，卻當作一種手段向我獻名，讓我覺得近侍們的誓言彷彿變得無足輕重，心裡十分難過。

「在女神的力量消失前都無妨……除此之外我沒有其他要求。」

「所以我的意思是，把獻名當成一種手段……」

「只到女神的力量消失為止。如果妳真的不願意，就向我下令再歸還名字即可。」

「我不喜歡與等同家人的人變成主從關係。」

包括我曾經以為能當朋友的菲里妮、知道我平民時期模樣的達穆爾，一旦劃下了界線形成主從關係，原先那種輕鬆自在的氛圍就消失了。我完全不敢想像同樣的事情發生在自己與斐迪南之間。況且一直以來看到斐迪南被王命耍得團團轉，我總是氣得咬牙切齒，絕對不想以上位者的身分向他下令。

「是妳先利用獻名當成是救我的手段，所以這次就死心吧。反正不會持續太長的時間。」

斐迪南鐵了心地斷然宣告後，從我手中只拿回防止竊聽魔導具，接著就坐回旁邊自己的位置。儘管我當時也是事態緊急，但聽到他說是我先利用獻名作為一種手段，實在是無法反駁。我握住斐迪南的獻名石，默默嘆了口氣。

「那麼，談話可以繼續了嗎？」

確認大家都喝過茶水，侍從們也退出茶會室，斐迪南這麼開口道。總之，現在有席格斯瓦德自薦成為君騰，所以要來討論是否由他成為君騰。

「要由席格斯瓦德成為新任君騰嗎？呃，這……」

特羅克瓦爾與羅芙莉妲臉色非常擔憂地看著我和斐迪南。

「倘若沒有其他人自薦，就會是這樣的結果吧。這樣一來，就是選擇了由王族的其中一位成員成為君騰，然後帶領尤根施密特改變成諸神所期許的模樣，所以只要有人自薦，就會交給那個人。」

「如今尤根施密特的貴族都已認可我是下任君騰，所以我是最合適的人選吧。我一定會成為君騰，拯救大家。父王，請您放心吧。」

席格斯瓦德露出了一如既往的沉穩笑容這麼說道。明明成為君騰以後，就要摧毀王族這個體制，他竟然能夠那麼得意洋洋地宣告，我完全無法理解他在想什麼。

「那麼，為了確保席格斯瓦德王子一定會履行諸神所提出的要求，之後將使用契約魔法，請您向光之女神與秩序女神蓋芭朵儂立下誓言。」

「契約魔法……？」

「是的。這是為了避免我的女神力量一消失，新任君騰就無視諸神的要求，或者一再拖延不肯履行。所以想當然耳，新任君騰必須與諸神定下契約。」

不是與我簽訂契約，而是使用魔法向諸神宣誓。由於是直接與諸神定下契約，相比起人類之間所簽訂的契約，規定會更嚴謹且幾乎沒有漏洞可鑽。聽說若是違反契約，諸神就會降下嚴厲的制裁。或許原本還心想著倘若對象是我們，就有辦法狡猾地規避諸神的要求，又或許是對契約魔法感到害怕，只見席格斯瓦德的臉色變得十分難看。

「噢？既然是諸神的要求，那與諸神定下契約確實是最妥當的吧。」

「是呀。或許也可以讓新任君騰在取得古得里斯海得之前，先在所有領地的奧伯面前宣誓，說明今後將會如何帶領尤根施密特。這樣一來他領的奧伯也能清楚知道，諸神究竟提出了怎樣的要求吧。」

戴肯弗爾格的領主夫婦也表示贊同後，就這麼敲定了屆時要定下魔法契約。我發現席格斯瓦德放在桌上的手緊握成拳。

只要席格斯瓦德同意了向神宣誓一事，接下來就可以決定繼承儀式要在何時舉行，以及要如何舉行。除此之外，還得討論其他王族今後的去向，與成了廢領地的土地要如何分配。

……該決定的事情還很多呢。

我在腦海裡列出談話流程時，斐迪南從座位上起身。

「席格斯瓦德王子，經歷過方才的情況後，相信您也明白君騰在接受女神化身所授予的古得里斯海得時，倘若無法一同站在祭壇上，恐怕並不妥當。所以您若要成為新一任的君騰，還請向羅潔梅茵獻名。如此一來，便會不受女神之力的影響。」

聽到斐迪南這番話，席格斯瓦德眨了眨眼睛。在繼承儀式上要成為新任君騰的人，如果因為承受不住女神的力量而暈倒，確實是不太好。

……可是，我真的不想把獻名當成一種手段來使用。這麼做就和祖父大人以前訓斥過的沒有兩樣嘛。

「我必須獻名嗎？要即將成為新任君騰的人，將名字獻給一個今後要成為奧伯・亞倫斯伯罕的人？那奧伯不就成為君騰的主人了嗎……」

這也太荒唐了——席格斯瓦德皺起眉說道。雖說這是一種保命的手段，但確實如席格斯瓦德所言，只要想想君騰與奧伯的上下關係，我也覺得這樣的要求很不合理。但斐迪南仍是主張，不獻名他就無法相信王族。

……其實我個人倒是認為，只要願意與諸神定下契約就夠了呢。

我正這麼心想時，特羅克瓦爾臉色凝重地輕輕舉起手來。

「特羅克瓦爾大人，怎麼了嗎？」

「羅潔梅茵大人，非常抱歉讓您看見這樣的醜態。」

特羅克瓦爾一邊起身一邊如此賠罪道，然後用思達普變出光帶，捆起席格斯瓦德。

「席格斯瓦德，我們本應遭到處刑，是女神的化身給了我們活路，還願意授予古得里斯海得。不願向她獻名並效忠的人，根本沒有資格成為君騰。既然你不願與諸神定下契約，也抗拒獻上自己的名字，就不再具有成為君騰的資格，快點認清這項事實吧。由於我們一直以來即便沒有古得里斯海得，也必須以王族的身分而活，或許因此深刻地影響到了你所接受的教育吧。但既然已經失去王族的地位，繼續戀棧只會顯得你既愚蠢又醜陋。」

特羅克瓦爾臉龐扭曲地說道，幾乎就要掉下淚來。羅芙莉妲則是靜靜垂下眼眸。斐迪南先是低頭俯視被綁起來的席格斯瓦德，再看向特羅克瓦爾。

「所以特羅克瓦爾大人，您的判斷就是新任君騰之位不該由席格斯瓦德王子來繼承吧？」

「以席格斯瓦德現在這副模樣，我實在不認為他能夠成為諸神所期望的新君騰。」

反而只會惹得諸神雷霆大怒吧——特羅克瓦爾垂首說道，在場也沒有半個人反駁。所有人臉上都帶著同意之色，看向被光帶捆起的席格斯瓦德。

新君臘的決定

「雖說席格斯瓦德王子無法勝任，但倘若王族當中無人要繼承君臘之位，所有王族便會被關入白塔。這樣當真無所謂嗎？」

斐迪南這麼開口確認道。特羅克瓦爾遲疑了一會兒後，先是看向被自己捆起的席格斯瓦德，再看向自己的妻子與孩子們，然後當場緩緩跪下。

「即便我現在已不再受圖魯克的影響……不對，正因為不受影響了，我更是打從心底認為尤根施密特的君臘，必須要是能夠自行取得古得里斯海得之人。既然斐迪南大人不僅上了祭壇，還與女神的化身一同消失，想必也持有吧？」

「父王，您在說什麼啊?!」

看到特羅克瓦爾居然向斐迪南下跪，甚至還加上了敬稱，現場一片譁然。其他王族成員都來回看著下跪的特羅克瓦爾與斐迪南，戴肯弗爾格的領主夫婦則是定睛端詳斐迪南的反應。

……果然戴肯弗爾格的人，也在懷疑斐迪南大人擁有梅斯緹歐若拉之書。

「特羅克瓦爾大人，您這一番話，我若解讀為您並不介意所有王族都被關入白塔，不知是否正確？」

斐迪南沒有回答特羅克瓦爾的問題，只是平靜地這麼反問道。聞言，亞納索塔瓊斯臉色慘白地站起來。

「父王，請您起身！您是君騰，不該向女神化身以外的人下跪。」

「亞納索塔瓊斯，要治理尤根施密特的君騰，非持有古得里斯海得不可。」

「現如今羅潔梅茵是梅斯緹歐若拉的化身，還會授予古得里斯海得。所以我希望能由父王取得，成為名副其實的君騰，也這樣請求過他們。因為從始至終，最憂心國家未來的人就是父王，我認為沒有人比您更能勝任君騰。」

面對懇求自己起身的亞納索塔瓊斯，特羅克瓦爾只是搖頭。聽著父子倆如此嚴肅的對話，我不由得發出感嘆，仰頭看向站在一旁的斐迪南。

……噢噢，一切真的都照斐迪南大人所想的在進行。

由於所有人的反應與提問都在預料之中，所以我有種眼前的人彷彿正照著劇本在演戲的錯覺。雖然對於在嚴肅爭論的兩人很過意不去，但斐迪南打從一開始就沒有打算要認真地與特羅克瓦爾應對。

「特羅克瓦爾大人，恕我失禮，但您所假定的前提有個非常大的錯誤。其實只要是取得了所有大神加護的人，都能走上祭壇，並非是持有古得里斯海得之人。」

斐迪南說完，艾格蘭緹娜忽然同意道：「沒錯。」在場眾人顯然都沒料到艾格蘭緹娜會開口發言，目光一致往她看去。

「從前我在貴族院上課，舉行取得諸神加護的儀式時，就曾經上過祭壇。那時候我進到了自己當年取得思達普、類似一片白色廣場的地方，但廣場上空無一物。而當時的我並未取得古得里斯海得。」

「重點在於必須是全屬性，而且取得了所有大神的加護。」
由於艾格蘭緹娜幫忙說了我本來要說的台詞，所以我只是再稍作補充。
聽到同為王族的艾格蘭緹娜這麼指正，特羅克瓦爾瞪大雙眼。看樣子比我來說更有效果。能夠走上祭壇，並不代表就持有梅斯緹歐若拉之書。
「但是即便如此，他……」
「沒錯。既然斐迪南大人曾提供過如何能取得古得里斯海得的線索，代表他自己應該早已取得，又或者已經到了只差一步就能取得的階段。」
說話時，艾格蘭緹娜筆直盯著斐迪南瞧。特羅克瓦爾也看著斐迪南。兩人臉上都寫著一樣的問題：「你是否已經取得了古得里斯海得？」只不過，兩人的表情卻是大不相同。艾格蘭緹娜像是在試探什麼，特羅克瓦爾則是帶著希冀。
「特羅克瓦爾大人，您果真是席格斯瓦德王子的父親。兩位真是非常相像。」
斐迪南俯視著下跪的特羅克瓦爾，表情冷若冰霜。剛剛親生父親才說「這樣既愚蠢又醜陋」，將席格斯瓦德捆了起來，現在聽到斐迪南說兩人十分相像，在場沒有人會覺得這是稱讚吧。所有人一致臉色丕變。瑪格達莉娜來回看著席格斯瓦德與特羅克瓦爾，紅色眼眸再瞪向斐迪南。
「特羅克瓦爾大人是哪裡與席格斯瓦德王子相像呢？」
「嗯。席格斯瓦德王子向來會遺忘對自己不利的事情，然後仗著王族的地位，強要他人順從自己的心意行事。這樣的性情顯然是傳承自他的父親，但瑪格達莉娜大人的雙眼似乎中了混沌女神的詛咒哪。」

直言瑪格達莉娜有眼無珠後，斐迪南就不再理會她，淡金色的眼眸裡盈滿輕蔑地看向特羅克瓦爾，同時盤起手臂。

「特羅克瓦爾大人，您似乎已經徹底忘了，那請容我再複述一遍。我既無意篡奪王位，也無意謀反，更從來不想坐上君騰之位。當初是您要我入贅至亞倫斯伯罕，好向所有人昭告這一點，我也遵從了您的旨意。希望我冒死待在亞倫斯伯罕的這一年半時間，不會只是一場徒勞。」

聞言，齊爾維斯特放在桌上的手猛地緊緊握起。此時此刻，恐怕齊爾維斯特已經氣得想要一拳揍飛特羅克瓦爾了吧。

「那個時候，我判斷那是最好的做法。」

特羅克瓦爾艱難地吐出字句後，接著開口的卻不是斐迪南，而是齊爾維斯特。

「當時您認為最好的做法，便是下令要斐迪南入贅至亞倫斯伯罕；這次更是僅假定他已取得了古得里斯海得，連確鑿的證據也沒有，就想逼他坐上君騰之位嗎？不光要為亞倫斯伯罕收拾善後，現在還得為王族至今的所作所為收拾殘局，這就是您認為的最好的做法嗎……？想讓席朗托羅莫現在就到來，恐怕還太早了些。」

言下之意就是「夢話等你睡著了以後再說」，但齊爾維斯特竟然有辦法面帶笑容，直接對著特羅克瓦爾說出這種話，讓我感慨地心想他果然是斐迪南的哥哥。

……話說回來，原來特羅克瓦爾大人也是對自己有利的時候，就會忘記自己說過的話啊。

齊爾維斯特與特羅克瓦爾互相瞪著彼此。一個是不想讓斐迪南再任由特羅克瓦爾擺布，一個是認為為了尤根施密特就該採取最好的做法，現場氣氛一觸即發。就在這時，一道溫柔的話聲打破僵局。

「那麼，斐迪南大人今後既無意取得古得里斯海得，也無意成為君騰吧？您不打算接受特羅克瓦爾大人的提議嗎？」

艾格蘭緹娜以手托腮，歪過頭問道。儘管臉上帶著一如既往的溫和笑容，那雙明亮的橙色眼眸卻是認真至極。斐迪南回望她的雙眼，再明確不過地點頭。

「一是由王族成為君騰，並完成諸神的要求，才能夠不被關入白塔；二是由奧伯‧戴肯弗爾格得到古得里斯海得，統治尤根施密特……梅斯緹歐若拉的化身僅僅提供了這兩個選擇。從一開始，就沒有由我成為君騰的選項。無論特羅克瓦爾大人如何期望，選項都不可能增加。」

「感謝您的回答。我明白斐迪南大人的意思了。」

斐迪南堅決表示，王族能做的只是作出選擇而已。艾格蘭緹娜明白地點點頭，但特羅克瓦爾顯然無法接受。他瞠大雙眼，極力主張：「應該要由自行取得了古得里斯海得的人成為君騰。」但是，斐迪南對他的主張置若罔聞。

「那個，特羅克瓦爾大人。」

眼看特羅克瓦爾跪在地上不停向斐迪南抗議，我看不下去地開口喚道。

「您主張該由自行取得了古得里斯海得的人成為君騰的想法，我認為並沒有錯。因此我們打算公開取得梅斯緹歐若拉之書的方法，從下一任開始便從候補當中選出君騰。只不過，現階段我還是希望由現在的王族先接下君騰之位。」

我看向阿道芬妮、艾格蘭緹娜與瑪格達莉娜等人。她們有的嫁給王族不過數年，有的則是身為第三夫人，很少有機會出席社交場合，我不認為罪行有嚴重到需要一輩子都被關入白塔之中。

「這麼做除了能保王族一命、免於連坐之外，也是因為與其由王族以外的人突然坐上君騰之位，有點緩衝的時間更容易被大眾所接受。畢竟變化越大，人們的反彈也會越劇烈……」

「只要持有古得里斯海得，沒有貴族會有任何不滿吧。」

特羅克瓦爾只是因為長年來都被稱作是冒牌國王，才會這麼想吧。我緩緩搖頭。

「特羅克瓦爾大人，您好像將古得里斯海得看得太過神聖崇高了。即便有了古得里斯海得，即便是持有梅斯緹歐若拉之書的君騰繼位，人們依然會有所不滿喔。人的不滿是無窮無盡的。雖然我也希望可以少點紛爭與摩擦，但絕不可能完全消除吧。歷史已經證明了這一點。」

說到一半，我忽然感受到一股強烈的視線，慢慢轉頭看去。目光與靜靜凝望自己的艾格蘭緹娜相接。

「怎麼了嗎？」

我開口詢問後，艾格蘭緹娜先是垂下目光，接著緩慢抬起頭來，筆直注視特羅克瓦爾。明亮橙色眼眸中有著毅然的光輝。

「為了尤根施密特，古得里斯海得乃是不可或缺。原本我以為，倘若羅潔梅茵大人能夠取得古得里斯海得，那麼為了在不引起混亂的情況下交予王族，您必須要成為君騰的養女，並且與身為下任君騰的席格斯瓦德王子成婚。」

艾格蘭緹娜說在她看來，無論是與自己成婚後便不再競爭下任君騰之位的亞納索塔瓊斯，還是可以預見將再次引發紛爭的錫爾布蘭德，都不是適合與我結婚的對象。

「然而，經過此次的動盪，羅潔梅茵大人以女神化身的身分給予了我們王族選擇的機會，還願意賜予古得里斯海得。如此一來，她既不需要與席格斯瓦德王子成婚，也不需要成為君騰的養女。那麼特羅克瓦爾大人，即使您現在渴望得到古得里斯海得，也不會給任何人造成困擾，您還是不想得到古得里斯海得嗎？」

艾格蘭緹娜這麼詢問後，亞納索塔瓊斯向特羅克瓦爾投去期待的眼光。他的妻子羅芙莉妲與瑪格達莉娜，還有結婚後成為王族的阿道芬妮，同樣注視著他。然而，特羅克瓦爾仍是堅決搖頭。

「必須是自行取得古得里斯海得的人，才有資格成為新任君騰。我已無法改變自己這樣的想法。該成為新任君騰的人並不是我。」

「這樣啊。我明白特羅克瓦爾大人的想法了。」

艾格蘭緹娜請特羅克瓦爾坐回位置上後，轉頭朝我看來，橙色眼眸中有著極為堅定的決心。

「羅潔梅茵大人，那麼由我接受女神化身所授予的古得里斯海得，成為君騰吧。我也願意向您獻名，並且向神宣誓，所以還請賜予我古得里斯海得。」

「艾格蘭緹娜，妳……」

亞納索塔瓊斯一臉愕然地看著艾格蘭緹娜。對此，她只是微微一笑。

「因為我不喜歡國家陷入混亂嘛。我曾經以為，最好是由眾所皆知為下任君騰的席格斯瓦德王子，從女神的化身手中取得古得里斯海得。因為如果能由席格斯瓦德王子取得，他將有非常充足的時間引領尤根施密特慢慢改變。」

她說在她看來，原本最好的做法，就是由席格斯瓦德從女神的化身手中取得古得里斯海得，並努力進行改革，好將君騰之位傳給恢復了古老取得方式的下一代；其他王族則是成為廢領地的奧伯，為國家鞠躬盡瘁。然而，席格斯瓦德已被判定失去資格。

「由於特羅克瓦爾大人的統治時間不可能比席格斯瓦德王子還長，所以儘管這點多少令人感到不安，但只要他有意願接受古得里斯海得，那麼一直以來的辛苦付出也能得到回報，是件教人高興的事情。」

畢竟特羅克瓦爾在沒有古得里斯海得的情況下，一直奮鬥到了現在。若他願意接受古得里斯海得、成為名正言順的君騰為國家效力，並且回應諸神的要求推動改革，她也樂於給予支持。然而，特羅克瓦爾卻沒有這樣的意願。

「亞納索塔瓊斯大人與錫爾布蘭德王子並未得到所有大神的加護，所以無法與女神的化身一同走上祭壇，從一開始便被排除在君騰的考慮人選外。」

亞納索塔瓊斯與錫爾布蘭德都懊悔得臉龐扭曲。無法走上祭壇，確實是難以彌補的缺失。他們並非生來就是全屬性，如果現在才要去各個小祠堂獻上祈禱，重新舉行加護儀式，取得所有大神的加護，時間上絕對來不及。

「畢竟亞納索塔瓊斯大人一直是負責輔佐，協助席格斯瓦德王子取得加護，在放棄王位之爭後，也極力避免自己的表現比兄長更出色。」

艾格蘭緹娜對亞納索塔瓊斯投以安撫的笑容後，再看向斐迪南。

「最後，是無論古得里斯海得的有無，倘若斐迪南大人有意成為君騰，那我絕對不會自薦。因為與得到了女神化身寵愛的人競爭君騰之位，未免太過有勇無謀了，我也不喜歡與人相爭。」

……咦？寵愛？又有人誤會了嗎？

艾格蘭緹娜帶有促狹意味地咯咯笑了起來。我很苦惱該不該反駁，往斐迪南瞄去一眼。只見他眉頭緊皺，臉色也沉了下來。雖然乍看下是和平常一樣的臭臉，但這是他打從心底感到不快時的表情。看來這時最好反駁一下。

「艾格蘭緹娜大人，我只把斐迪南大人當作是家人，對他並沒有男女之間的那種寵愛喔。而且，斐迪南大人雖然可以容忍家人之情與政治聯姻，卻打從心底厭惡受到男女間的那種寵愛。還請您不要誤會了。」

我話一說完，卻發現在場眾人都一臉錯愕，視線明顯在說：「妳在說什麼？」

「……咦？」

現場氣氛就好像是所有人都懂的事情，卻只有我一個人不明白。我下意識伸手抓住斐迪南的衣袖。

「斐迪南大人，我沒有說錯吧?!請您跟我一起反駁大家。」

我連連扯了幾下袖子後，斐迪南卻露出了非常厭煩的表情。明明是他告訴過我，說再怎麼嫌麻煩又不情願，但只要不反駁，沉默就會被人誤以為是肯定。

「噢……斐迪南，羅潔梅茵沒有說錯嗎？」

「奧伯・艾倫菲斯特，您跟著瞎起鬨什麼？」
「身為你的兄長和羅潔梅茵的養父，你不覺得這是我該知道的事情嗎？」
「完全不覺得。」
斐迪南掛上燦爛的笑容，眼底卻全然沒有笑意，反而惡狠狠地瞪著嘻嘻賊笑的齊爾維斯特。居然可以邊笑邊瞪人，斐迪南的臉部肌肉還是這麼發達。
「很抱歉，似乎是我用詞不當。我只是想說，倘若斐迪南大人有意成為君騰，那我絕對不會想當……」
「艾格蘭緹娜大人說得沒錯。羅潔梅茵，妳太偏離主題了。」
斐迪南請艾格蘭緹娜接著往下說後，再擺擺手要我重新坐好。這時的談話重要到了將左右尤根施密特的未來，確實沒有必要在這種場合上特意反駁這種事情吧。搞不好重視效率的斐迪南還打算就和以前一樣，先讓大家誤會下去。真是失策。
「是我打斷了艾格蘭緹娜大人，我才應該道歉。請您繼續吧。」
「既然比我更有資格的人都不想成為君騰，那麼我願意當。奧伯・艾倫菲斯特說得沒有錯，王族自己留下的殘局，不應該推給王族以外的人來收拾。況且我現在也是有孩子的母親了。可以的話，並不想被關進每個人都會隔離開來的白塔，而是希望能與女兒一起生活。」
……咦?!女兒?!什麼時候的事?!
我瞠大了眼睛。雖然不曉得艾格蘭緹娜是什麼時候懷孕生產，但回想一下她是在多久前結婚，不難想像她的女兒肯定還很小。

……原來艾格蘭緹娜大人成為母親了啊。

既然如此，與其一家人遭到拆散，父母親還被關入白塔，當然還是成為君騰或者奧伯，能夠一起生活會更好吧。

「艾格蘭緹娜大人的魔力是全屬性，倘若是您的女兒，有很大的潛力能夠成為下任君騰呢。只要亞納索塔瓊斯王子作好了輔佐艾格蘭緹娜大人的覺悟，要賜予您古得里斯海得應該是沒問題吧？」

我這麼表示後，亞納索塔瓊斯忽然充滿戒心地問道：「需要什麼覺悟？」何必那麼緊張呢，就和女性奧伯的配偶差不多喔。

「在艾格蘭緹娜大人懷孕與生產時，亞納索塔瓊斯王子必須要能擔任代理君騰。也就是說，在您藉由祈禱取得所有大神的加護，能夠代理艾格蘭緹娜大人的職務之前，都不能夠懷有第二個孩子吧。不過，只要帶著大量的回復藥水去巡行祠堂，相信很快就能取得喔。」

如果只是要輔佐君騰，那就算無法取得梅斯緹歐若拉之書，只要魔力能變成全屬性就足夠了。「為了決定要守護這個國家的艾格蘭緹娜大人，請您也好好加油吧。」我這麼鼓勵後，只見亞納索塔瓊斯的臉頰一陣抽搐。雖然臉色不太好看，但為了心愛的妻子與寶貝的女兒，他肯定什麼都願意做吧。亞納索塔瓊斯就是這樣的人。只要是艾格蘭緹娜的心願，他就會無所不用其極為她實現，在這一點上我可是非常信任他。

「如果要由艾格蘭緹娜大人成為新任君騰，那我們就會盡量掩蓋王族的罪責。像錫爾布蘭德王子也只要隱瞞他已取得了思達普一事，還是可以和常人一樣生活吧？」

聽到我這麼說，瑪格達莉娜驚訝地往我看來。

「現在已經確定要掩蓋其他王族的過錯，而且就算會比較辛苦，還是能以貴族的身分生活，那要是只對錫爾布蘭德王子施以更嚴厲的處罰，未免教人同情。或許可以把手銬改造成手環造型的魔導具，一直封印到同齡的孩子都取得了思達普為止……不知這樣是否可行呢？」

「要讓他的近侍改造手銬是無妨，但妳還是老樣子，對年幼的孩子特別心軟。」

被斐迪南一瞪，我稍稍別開目光。

「但羅潔梅茵說得也沒錯，此次錫爾布蘭德王子確實是有酌情處理的餘地。他因為年紀尚輕，多半沒能獲得應有的資訊，身邊的大人也完全沒有想過要提防勞布隆托。倘若身邊的大人都能隱瞞自己犯下的過錯，今後繼續如常生活，卻只有年幼的他要背負肉眼可見的沉重枷鎖，確實並不公平。」

反正他也逃不了他人看不見的懲罰，那好吧——說完，斐迪南看向錫爾布蘭德的母親瑪格達莉娜。

「瑪格達莉娜大人，既然連他身邊的近侍們都相信了君騰已經下達許可這種謊言，沒能大力阻止，那麼年歲尚幼的孩童會受人挑唆，也是情有可原吧。但是，至少您該預先告訴他思達普的特性，以及為何要提高取得思達普的年齡，否則他也不會接受勞布隆托的提議，還愚蠢地任由蘭翠奈維人去取得思達普了吧。雖說他是第三夫人的孩子，但終歸仍是王族，您對他的教育是否有所怠慢？」

面對斐迪南的指責，錫爾布蘭德臉色鐵青，瑪格達莉娜則是垂下眼眸說：「是的，都怪我對他的教育不夠充分。」但我眨了幾下眼睛，納悶偏頭。

……奇怪了？之前我在地下書庫，就對錫爾布蘭德王子說過了課程規劃會有變動這件事，向亞絲娣德問話的時候，也這麼告訴過斐迪南了啊？

或許是想以母親的教育不足為由，怪罪在身邊的大人身上，藉此減輕錫爾布蘭德的罪責吧。我要是在這時候多嘴糾正，說不定斐迪南反而會說：「所以他早就聽過說明，卻還是做出了那種愚蠢的舉動嗎？」「看來沒有必要從寬處置。」然後導致錫爾布蘭德得接受更嚴厲的處罰。我決定不該說的話就放在心底，先緩和斐迪南的怒火。

「斐迪南大人，您放心吧。既然艾格蘭緹娜大人要成為君騰，那麼特羅克瓦爾大人便會成為奧伯。錫爾布蘭德王子將不再是王族，成為領主一族以後，只要參考戴肯弗爾格的教育方針，相信能夠成為與漢娜蘿蕾大人一樣優秀的領主候補生吧。」

戴肯弗爾格出身的領主候補生，藍斯特勞德與漢娜蘿蕾都十分優秀。既然瑪格達莉娜也是戴肯弗爾格出身，要把錫爾布蘭德栽培成優秀的領主候補生肯定輕而易舉吧。

「那個，羅潔梅茵、大人……您願意支持我成為下一任的君騰嗎？」

錫爾布蘭德一臉不安地向我問道。從現實層面來看，錫爾布蘭德幾乎是不可能取得梅斯緹歐若拉之書，但只是要給予支持鼓勵的話，這我還辦得到。「當然啊。」——我剛想這麼回答，就被斐迪南兇狠瞪住。

「住口。如今妳可是睿智女神的化身，要在這種公開場合上隨便給予承諾嗎？即便他年紀尚幼，還未進入貴族院就讀，但有些現實仍然必須認清。」

明明我一個字都還沒說，斐迪南就開始說教了。

「我明白斐迪南大人的意思。可是，也沒有必要在這種公開場合上徹底摧毀小孩子的夢想吧？」

「日後才知道不可能，對他更殘酷吧。」

「您說不可能是什麼意思?!」

錫爾布蘭德瞠大雙眼，斐迪南於是告訴了他殘酷的事實。

「錫爾布蘭德王子所得到的思達普，品質與舊世代的孩童相當。」

下任君騰必須自行取得梅斯緹歐若拉之書。一旦在領主會議上宣布了取得的方法與祈禱的重要性，學生們在能夠採集思達普的三年級之前，肯定會努力壓縮魔力、增加屬性吧。與那些同年級生在三年級時取得的思達普相比，錫爾布蘭德在進入貴族院前就取得的思達普，品質可謂十分粗糙。

「以錫爾布蘭德王子的情況來說，您若過於努力祈禱、壓縮魔力，只會使得魔力超過思達普的容量限制，變得難以操控魔力。事實上，羅潔梅茵在三年級時舉行了加護儀式後，也曾有段時間難以控制魔力。」

斐迪南這麼為錫爾布蘭德說明。

「可是，羅潔梅茵現在看起來可以順利操控魔力了啊。肯定有什麼方法……」

「那是因為羅潔梅茵本就是全屬性，才能進入大神的祠堂。您因為屬性有所欠缺，進不了大神的祠堂，也就無法使用與羅潔梅茵相同的方法。今後成長途中，若不時時謹記自己思達普的魔力容量已無法增加，就有可能會產生對貴族來說足以致命的缺陷。這樣的苦果正是他人無法看見，錫爾布蘭德王子卻要背負一生的責罰。」

錫爾布蘭德的小臉扭曲，看似隨時都要哭出來。

「也就是說，我不可能成為下一任的君騰了嗎？」

「等您學會古文，能夠閱讀地下書庫裡的資料，便能清楚明白。過往都是成人之際才會取得思達普，在那之前還得獻上祈禱、取得所有大神的加護，才有機會成為君騰。而今錫爾布蘭德王子在變成全屬性前就取得了思達普，幾乎是完全不可能。」

聽了斐迪南給出的最終結論後，錫爾布蘭德的小臉上布滿絕望，頹然低下頭去。不光身為父母的特羅克瓦爾與瑪格達莉娜，就連戴肯弗爾格的領主夫婦也悔恨蹙眉。

罪人的處置與獎賞

看著低頭垂淚的錫爾布蘭德，到底該對他說些什麼才好呢……現場一片靜默中，斐迪南不耐地嘆了口氣。

「現在是嚴肅的開會時間，不需要只會哭泣的孩童在場。請讓影響到了會議進行的錫爾布蘭德王子離開吧。今天雖然已經安排整個下午的時間用來談話，但時間還是不夠用。羅潔梅茵，快點進入下一個議題。」

面對哭泣的孩子，難以相信斐迪南說得出這麼冷酷的話來，但他的個性就是這樣，再者說得也沒有錯。包括古得里斯海得繼承儀式的日期、要向他領公布的消息、罪人的處置、王族成為廢領地奧伯的事宜等等，還有很多事情得在領主會議到來前決定。

看著錫爾布蘭德被瑪格達莉娜帶往出口後，我收回目光，再看向依然倒在地上的席格斯瓦德。

「既然已經決定了新君騰的人選，那來討論往後的事情吧。請席格斯瓦德王子也就座。接下來還得討論新領地與領地界線的重新劃分，即將就任為奧伯的席格斯瓦德王子如果還被綁著，這樣也不太好吧？」

「方才席格斯瓦德對女神的化身那般無禮，您還要任命他為廢領地的新奧伯嗎？羅潔梅茵大人，這樣真的好嗎？」

特羅克瓦爾看向我與坐在一旁的斐迪南，這麼確認道。我微微一笑頷首。

「席格斯瓦德王子可是王族喔。雖說我身上現在有著女神的力量，但以我領主一族的身分來看，他這樣的態度並不會受到責罰。況且現在若是處罰席格斯瓦德王子，也會連累到他的兩位妻子吧？這我並不樂見。」

……只因為丈夫的關係，夫人們就要跟著吃苦，未免太可憐了。

阿道芬妮她們都已經要從下任君騰的妻子降級為奧伯的妻子了，席格斯瓦德要是還在這時被問罪，她們的未來將更黯淡無光吧。我可是期待著兩位妻子能夠好好教育席格斯瓦德。

但或許並不想被拖有這樣的期待，只見阿道芬妮一臉憂心忡忡。

「可是，席格斯瓦德王子根本不懂得如何服從上位者，若讓他擔任廢領地的奧伯，這樣的擔子是否太重了些呢？」

「我已經承諾過了，會盡量掩蓋王族在此次叛亂中的罪責，並給予古得里斯海得。況且席格斯瓦德王子只是沒有資格取得古得里斯海得，並未犯下罪行。」

「說得也是呢……」

阿道芬妮微微抬眸注視著我。那雙琥珀色的眼眸像是在試探什麼，是我的錯覺嗎？跟艾格蘭緹娜自薦成為君騰時一樣，阿道芬妮也是一副若有所思的樣子。接著，我把目光投向席格斯瓦德。

「席格斯瓦德王子成為奧伯以後，今後若是行為不當，將會由新任君騰下達該有的懲罰與處分吧。一時之間要改變想法肯定很不容易，但只能期待他往後的言行舉止，會盡快符合奧伯的身分。」

「羅潔梅茵大人果真是慈悲為懷。」

王族這樣說道，特羅克瓦爾則是解開了席格斯瓦德的束縛，說：「你要感謝羅潔梅茵大人的寬宏大量。」由於剛才目睹了眾人完全忽視自己的存在，逕自進行討論，似乎讓席格斯瓦德清楚明白到了，自己已徹底失去下任君騰與王族的地位。他恭敬地向我道謝後，重新回到位置上坐好。瑪格達莉娜將錫爾布蘭德交給在外待命的近侍後，也回來入座。

……其實我並不是寬宏大量喔。

我在心裡悄聲嘀咕。之所以要求解開席格斯瓦德的束縛，是因為若沒有人能接掌中央所管理的廢領地，就會打亂斐迪南的計畫。一旦少了能當廢領地奧伯的人，便得重新擬定計畫，我的圖書之都計畫也會往後推延。現在的我只想盡快結束與王族的談話、授予古得里斯海得，然後找回自己的記憶，再實行圖書之都的大計。

「那麼來討論繼承儀式的相關事宜吧。如今各領的貴族都正聚集前來，努力蒐集情報，所以要請艾格蘭緹娜大人盡快做好獻名石。等獻名石一做好，就會舉行授予古得里斯海得的繼承儀式，還有眾領奧伯要做見證的認可儀式。」

趁著這時候，各領奧伯正紛紛聚集前來，新任君騰的就任等各項儀式剛好可以一鼓作氣搞定。

「不需要這麼著急吧？只要先向各領奧伯宣布，現在已經定下了梅斯緹歐若拉的化身會授予古得里斯海得一事，儀式則等到領主會議時再舉行即可吧？大禮堂等地方還得進行準備，只怕是來不及……」

艾格蘭緹娜這麼表示後，斐迪南神色嚴厲地搖頭。

「不能讓女神的力量持續到領主會議那時候，所以有關新君騰的就任等各項儀式，必須要在領主會議之前舉行，領主會議上則要舉行羅潔梅茵的奧伯就任儀式。如今羅潔梅茵深受女神之力的影響，根本無法以奧伯的身分做事，包括認證胸針的製作在內，所有領主該做的工作都無法完成。再這樣下去，亞倫斯伯罕將無法出席領主會議。先前這一年半來，我已經奉國王之命，一邊忍受無能的愚蠢之徒一邊處理公務，難道艾格蘭緹娜大人又要我在沒有正當奧伯的情況下，再處理一年的公務嗎？」

「怎麼會呢……只是因為太臨時了，我想可能會給旁人造成極大的負擔。不過，從亞倫斯伯罕的立場來看，現況確實十分嚴峻呢。」

艾格蘭緹娜剛才會那樣表示，是為了減輕自己的近侍與在中央工作的貴族們，還有突然被召集前來的他領奧伯的負擔吧。從另一個層面來看，她完全是出於好意。由於斐迪南性急地想要進行到下一步，說不定還有人會覺得她阻止得好。但要是尊重王族的發言並採納，只會使得亞倫斯伯罕陷入困境。

「若是只考慮自身周遭的情況，脫口說出自己的想法，便有可能會害得旁人因此陷入絕境，所以請謹記君騰的發言就是有這麼大的影響力。此次行事，請容我優先考慮女神化身的情況，而非王族的情況。」

偶爾也嘗嘗只能任人擺布的滋味吧──斐迪南臉上明顯寫著這句話。艾格蘭緹娜順從地點一點頭，「我明白了。」

「只要奉獻舞的舞台與祭壇整理完畢，古得里斯海得的繼承儀式便能順利舉行。如果還帶領中央的文官與中央神殿的人進行準備，更是花不了多少時間。既然今後艾格蘭緹娜大人將成為中央神殿的神殿長，這次就由丈夫亞納索塔瓊斯王子負責輔佐吧。」

「我又要去中央神殿了嗎……」亞納索塔瓊斯皺起眉嘟嘟囔囔。但大概是早就料到會變成這樣，他並沒有太過抗拒，很快就答應了。

「聽聞去年的領主會議上，曾有王族提議要讓羅潔梅茵成為神殿長。那麼，相信艾格蘭緹娜大人與亞納索塔瓊斯王子也辦得到吧。」

聽到斐迪南這麼說，兩個人一致看向席格斯瓦德。單憑這個動作，就可以知道提議者，或者該說試圖促成這件事的王族是誰。

「艾格蘭緹娜大人成為君騰以後，就要解散現在的中央神殿，並將中央神殿的作用重新移回到貴族院內。還請自行整頓出自己願意進出的神殿。一旦成為君騰的艾格蘭緹娜大人也兼任神殿長，設立於貴族院內的神殿想必會成為他領的典範吧。」

明明王族對於神殿有著怎麼掩飾也掩飾不了的忌諱，斐迪南卻用一句「你們自己重新整頓吧」就撇得一乾二淨。畢竟前任神殿長離開後，我與斐迪南也是靠著自己對神殿進行了改革，所以君騰這樣的權力者不可能辦不到。

「亞納索塔瓊斯王子，放心吧。您不用太過擔心，相信所有領地的奧伯很快就會努力對神殿進行改革喔。即便進出神殿會遭到世人輕蔑，也只有剛開始的時候。」

領主會議上，我們還打算公開基礎的所在位置與聖典的作用，所以艾格蘭緹娜開始進出中央神殿後，世人帶有輕蔑的眼光並不會持續太久吧。

「雖然說順便是有些厚臉皮，但請您前往中央神殿為儀式做準備時，有關神殿的解散與遷移一事，先向神官們下達通知。因為政變過後，中央神殿曾向各領網羅青衣神官與青衣巫女，但領主會議上只要有奧伯提出請求，就會讓這些神官與巫女返回原領地。因為處理雜務的灰衣神官也就罷了，但今後祈禱的人將會增加，所以貴族院的神殿裡不需要有那麼多的青衣神官及巫女。」

現在應該所有領地都處於魔力不足的情況，不太會有奧伯拒絕領回青衣神官與青衣巫女吧。這樣一來，也有助於縮減中央的經費。

「可是，你們還要求君騰必須搬到貴族院居住。這話說來簡單，但貴族院內根本沒有可以住人的地方吧？」

亞納索塔瓊斯滿臉不情願，斐迪南則是微笑回道：

「有的。羅潔梅茵原本要以國王養女身分入住的離宮，就在貴族院內，而非中央。就將那裡當作暫時的住處即可吧？家具與內部裝潢的品質，理應都達到了符合王族公主身分的水準。」

「你，那裡可是……」

斐迪南倏地加深臉上的笑容，散發不容分說的魄力。只見亞納索塔瓊斯緊緊咬牙，艾格蘭緹娜則是不明所以地眨眨眼睛。我看著面色鐵青的王族男性成員，微微一笑。

「畢竟那本是特羅克瓦爾大人與席格斯瓦德王子為我準備的離宮呢。等到支撐尤根施密特的魔力充足了，有餘力可以施展因特維庫侖、建造自己的住所之前，暫時住在那裡應該就足夠了吧。」

雖然離宮目前正被用來供亞倫斯伯罕的人進出貴族院，還有關押罪犯，但我們已經預計要在領主會議前能夠使用宿舍，罪犯也只要移送到中央的牢裡就沒問題了。至於家具與寢具，王族也可以把正在使用的物品帶過來。

「既然在貴族院內的住處也有著落了，接著討論下一個議題吧。艾格蘭緹娜大人在繼承古得里斯海得之後，必須盡快為基礎染好魔力。因為如果沒能在領主會議前重新將基礎魔法染色，就無法重新劃分領地邊界與處罰罪犯。即使得到了古得里斯海得，也還是有太多的事情都不能做。」

「首先是獻名，然後是繼承儀式，再來要將基礎魔法重新染色。」艾格蘭緹娜一臉僵硬，確認著自己該做的事情。

「另外，此次叛亂的主謀傑瓦吉歐正被關在格里森邁亞的國境門中。也要請艾格蘭緹娜大人前去將他帶回。」

「既然羅潔梅茵大人能在國境門間移動，不由您去逮捕他嗎？」

亞納索塔瓊斯雖然語氣有禮地對我這麼說道，但雙眼卻瞪著斐迪南，臉上的表情明顯在說：別再丟更多工作給我們了。

「因為現在的我被禁止隨意外出……那個，正如您所見，如果不披著銀布，不知道會引起怎樣的騷動……」

「除了羅潔梅茵目前無法外出這個原因外，也因為在此次的叛亂中，艾格蘭緹娜大人並未立下任何功績，所以至少該去逮捕主謀吧？」

當時艾格蘭緹娜應該是守在離宮裡，但跟在大禮堂內奮戰的亞納索塔瓊斯以及討伐了勞布隆托的瑪格達莉娜相比，算不上什麼功績。為了讓多數貴族能夠信服，最好要有明顯可見的功績。

「現在傑瓦吉歐的思達普已被封住，這三天來也對他不聞不問，身體應該多少虛弱了些吧。雖然也要看他身上還有多少回復藥水、品質如何，但恐怕還有一週的時間都能活蹦亂跳。前去逮捕他時，建議帶十名左右的騎士同行。」

之前在祭壇上交手時，傑瓦吉歐曾釋放即死劇毒，由此可知他身上很可能帶有未知的蘭翠奈維道具。他說不定會趁著轉移過去的瞬間發動攻擊——斐迪南如此提醒道。

「倘若罪犯的懲處上不需要主謀的記憶，就此放任不管也是一個辦法。因為女神只是禁止奪人性命，所以我們可以等他自然死亡。」

雖然這樣就無法觀看記憶，但任其餓死也是辦法之一——斐迪南極其冷漠地道。看來他對傑瓦吉歐有很大的私怨。

「只不過若要觀看那個人的記憶，就會出現許多有關古得里斯海得的資訊，所以最好別交給騎士，而是由艾格蘭緹娜大人親自觀看。記憶當中，想必會有不少尤根施密特的君騰需要知道的事情。」

斐迪南說完，亞納索塔瓊斯面色慍怒。

「慢著，斐迪南。蘭翠奈維人的記憶對艾格蘭緹娜來說，未免太過沉重了。」

「亞納索塔瓊斯王子，君騰這個位置所要承擔的責任本就不輕。配偶的職責應該是與君騰共同承擔，而不是要她撇下君騰的責任。」

不准逃避——在斐迪南的瞪視之下，兩人用力吞嚥口水。曾放棄了君騰職責的特羅克瓦爾則是慚愧地垂下眼簾。

「那麼，接下來是傑瓦吉歐以外的罪人的處置……」

我這麼起頭後，斐迪南便站起來，將用布裹著的一枚登記證遞給艾格蘭緹娜。

「這枚登記證是我從中央神殿那裡沒收而來。是現在還在蘭翠奈維國內的國王的登記證。請即將成為新君騰的艾格蘭緹娜大人將其銷毀。」

「哎呀，不先與蘭翠奈維談判嗎？」

艾格蘭緹娜接過登記證後，偏頭問道。她說應該向蘭翠奈維求償，讓各領奧伯知道此次的叛亂皆因他們而起。

「因為蘭翠奈維人顯然不把尤根施密特的貴族視作人類，只當作是一種取得魔力的來源。根據證言，該國已經開發出了可封印魔力的道具與即死劇毒等各種物品。若您想要求償，請在決定派遣使者之前，先預想到使節團極有可能全員被俘，又或是慘遭殺害以奪其魔石。我因為在亞倫斯伯罕接觸過蘭翠奈維的人，所以個人認為國境門關閉後，就此不再理會是最好的辦法。」

王族全部僵在原地。因為圖魯克的蔓延雖然使得中央陷入一片混亂，但他們並沒有遭受過即死劇毒與其他道具的攻擊。像是使用銀布與銀色武器殺害貴族、擄掠貴族女性等這些在亞倫斯伯罕發生的事情，王族似乎還沒有收到詳細報告，所以並不清楚蘭翠奈維的危險性。我也以奧伯的身分發表意見。

「考慮到有太多危險，我也不打算從亞倫斯伯罕派出使者前往蘭翠奈維，更不打算開啟國境門。如果今後要再打開國境門，我希望是對蘭翠奈維以外的國家開放。當然，若艾格蘭緹娜大人想派人出使的話，我不會反對您在中央召集使節團，送往蘭翠奈維。出使時我也很樂意以收費的方式，出借亞倫斯伯罕所回收的蘭翠奈維船隻。」

之所以不是免費，是因為船很有可能回不來。而且為了將亞倫斯伯罕打造成圖書之都，資金當然是越充足越好。

「也就是說，您不打算放蘭翠奈維的俘虜回去嗎？但從治安與經費層面來看，留下太多的人恐怕只會帶來負擔……」

我對席格斯瓦德的意見搖了搖頭。其實我個人並不介意放他們回去，但這麼做會違反諸神的規範。

「艾爾維洛米大人說了，既然有人前來求助，他不允許不予接納……只不過他也說了，接納之後任憑我們以人類的規範去處置。但由於這些蘭翠奈維人已經來到尤根施密特，還想盡辦法取得了思達普，我們就不能擅作主張將他們驅逐出去。」

包括尤根施密特的起源與艾爾維洛米想贖罪的心願在內，我說明了神的規範與人類的規範有何不同。在場眾人聽完，緩緩地吐出大氣。

「此外，我們在貴族院逮捕到的亞倫斯伯罕罪犯與蘭翠奈維人，還是交由王族來處置會比較妥當。因為他們的罪行，已經超出了亞倫斯伯罕能夠裁決的範圍。」

說完，斐迪南慢慢地環顧王族。這次因為王族任由蘭翠奈維的人入侵，為了盡可能掩蓋過失，必須要針對他們一同奮戰的部分加油添醋一番，再向眾人宣稱王族抓到了所有罪犯。

「不過，當年政變過後的肅清，包含連坐在內處死了不計其數的人。如今這些罪犯不僅勾結外患，甚至闖進了貴族院，如果沒有半個人遭到處刑，只怕會引起落敗領地貴族們強烈的不滿。對此不知作何想法呢？」

面對戴肯弗爾格第一夫人齊格琳德的提問，我挺直了背脊開口回答。雖然有關懲處的討論不是個令人感到愉快的話題，但還是得作出決定不可。

「如今諸神禁止處死他人，但就算宣布了這件事情，相信人們心中還是會有所不滿吧。所以，我打算讓罪犯待在領地之外，然後銷毀他們的登記證。這樣的懲罰想必重得足以讓他領奧伯服氣，也能向所有人昭告，這些罪犯將再也不是貴族。」

「讓罪犯待在領地之外，再銷毀他們的登記證，是為了摧毀思達普吧？蘭翠奈維人也登記成為尤根施密特的貴族了嗎？」

阿道芬妮開口問道，我點一點頭。

「因為必須登記成為尤根施密特的貴族，才有辦法取得思達普，所以亞絲娣德說她已將他們都登記為亞倫斯伯罕的貴族。目前這些罪犯都在中央，只要我回到亞倫斯伯罕後銷毀登記證，就能夠不取性命，但剝奪他們身為貴族的資格。有人有異議嗎？」

現場無人反對。

「登記證銷毀後，再把罪犯們送往尤根施密特各地供給魔力。至於要分配多少人到哪一塊土地上，主要就由王族與戴肯弗爾格進行討論，然後請成為新任君騰的艾格蘭緹娜大人作出最後判斷。」

斐迪南認為，加入戴肯弗爾格來監督王族所下達的處分，不僅可以加大戴肯弗爾格今後的話語權，還能防止庫拉森博克從旁干涉。雖然我只是照著寫好的稿子唸出台詞，特羅克瓦爾還是鄭重其事地答應了。

「一定謹遵吩咐。」

處分罪人這項麻煩的工作成功丟給王族後，接下來我身為奧伯該做的工作，就只有銷毀登記證，以及處置在亞倫斯伯罕內胡作非為的蘭翠奈維士兵們。令人心情沉重的工作少了大半後，我如釋重負地吁了口氣。

「那麼接下來，還要討論艾格蘭緹娜大人成為君騰後的領地劃分，以及特羅克瓦爾大人與席格斯瓦德王子要成為新任奧伯的土地。」

聽我這麼一說，斐迪南變出思達普來，用魔力畫起地圖。

「原本君騰要治理的土地，就只有中央當中貴族院所在的這個中心地帶。為了盡可能減少君騰要負擔的魔力，將會削除掉長久以來王族為了能在中央的離宮生活，所擴大的外圍這一區。再來，原本由亞倫斯伯罕管理的舊孛克史德克會與舊夏爾法領還有中央的部分土地合併成一個領地，由特羅克瓦爾大人負責管理；舊托魯斯維克再與中央的部分土地合併成一個領地，由席格斯瓦德王子負責管理。」

我指著斐迪南畫的地圖，一邊說明領地的邊界要如何重新劃分，他則配合我的說明劃下新的邊界。舊孛克史德克與北方的舊夏爾法併在了一起。

「還有，政變後賜予獲勝領地的土地也要重新劃定邊界，讓這些領地的奧伯都能正式當作是自己的土地進行管理。這些年來，舊孛克史德克的另外半邊土地都是戴肯弗爾格在管理。可以選擇在重新劃定邊界後繼續管理，又或者如果需要更多的土地，也能再作擴張，若是不需要的話也能切割開來喔？」

我問向此次也立了功的戴肯弗爾格。於是領主夫婦選擇了重新劃定邊界後，繼續管理。艾格蘭緹娜接著表示，庫拉森博克應該也會選擇繼續管理舊卓斯卡，所以就決定與庫拉森博克併在一起。

「身為新任君騰，我想自己應該給此次的有功之人獎賞。不知戴肯弗爾格有沒有什麼要求呢？如果想要新的土地，地圖上的領地邊界就得重新劃分。」

艾格蘭緹娜指著地圖問道。奧伯沒有開口，反倒是齊格琳德想了一會兒後說道：

「戴肯弗爾格已不需要更多的土地。但是相對地，我們希望艾格蘭緹娜大人成為君騰以後，能讓我們擁有比庫拉森博克更大的話語權。在您統治期間，希望庫拉森博克的領地排名始終是在戴肯弗爾格之下。」

因為庫拉森博克在這場動亂中毫無貢獻，然而一旦艾格蘭緹娜當上君騰，有了她這個後盾，說話便會格外有影響力。齊格琳德是想壓制這一點。

「我之所以能得到古得里斯海得，坐上君騰之位，都是多虧了羅潔梅茵大人所率領的新亞倫斯伯罕，還有戴肯弗爾格與艾倫菲斯特。讓戴肯弗爾格擁有比庫拉森博克更好的待遇，也是理所當然。從小奧伯．庫拉森博克便教導我，對於提攜自己的人要時刻懷有感恩之心，所以這件事沒有問題。」

艾格蘭緹娜帶著溫婉的笑容答應下來，接著也問艾倫菲斯特。

「我聽說艾倫菲斯特既不希望領地排名上升，也不想要擴張土地，那是否想要什麼獎賞呢？」

「如今羅潔梅茵是要授予古得里斯海得的女神化身，而特羅克瓦爾大人今後將成為奧伯，我們希望能夠取消兩人原要成為養父女的協議。除了這件事想得到您的應允外，也希望原本在羅潔梅茵成為養女後要對艾倫菲斯特兌現的承諾，仍能悉數照舊。」

齊爾維斯特表示，雖然成為養父女的協議取消了，但希望已經收下的兒童用魔導具不必歸還，談好的聯姻時對他領貴族所設的限制也依然不變。

「我豈敢將女神的化身收為養女，未免不自量力。」

特羅克瓦爾也宣告他並不打算收我為養女後，艾格蘭緹娜點一點頭。

「那麼羅潔梅茵大人有什麼要求呢？」

「我希望艾格蘭緹娜大人能夠協助我推動圖書之都計畫。具體來說，就是我在尤根施密特內發展印刷業時，請下令要所有領地都遵循呈繳制度。」

「……這樣沒問題嗎？」

艾格蘭緹娜一臉不安地問向斐迪南。明明是在問我的要求，為什麼要問斐迪南可不可以呢？我完全無法理解。

「請當作這就是羅潔梅茵的請求吧。至少她沒有一開口就要求在各領建造圖書館，並且設置只有君騰能夠設置的活人轉移陣，讓自己能夠來去自如，似乎還多少懂得點分寸。」

我確實是希望最終可以自由往來，但也清楚知道現階段這是不可能的事情。畢竟記憶當中斐迪南曾為此狠狠訓了我一頓，而且身為女神的化身，我多少也知道什麼要求可以說，什麼要求不能說。

「我個人則是希望領主會議上，除了羅潔梅茵的奧伯就任儀式外，還能舉行亞倫斯伯罕的改名與決定新領地色的認可儀式。」

「兩位的請求我收到了。由於不能有兩個艾倫菲斯特，還請預先想好要取什麼樣的新名字吧。」

通常奪得基礎後，都會用領主的姓氏為新領地命名，但由於我是養女，用了姓氏的話就會有兩個艾倫菲斯特，因此現在似乎可以想個新名字。

……該取什麼名字好呢？我突然變得好興奮！

阿道芬妮的商量

為了想個適合圖書之都的新領地名，我內心正興奮不已時，阿道芬妮輕輕舉起手來。

「給予眾人獎賞一事似乎已經告一段落，請問能准許我發言嗎？」

「當然，請。」

阿道芬妮的琥珀色雙眼先是看向特羅克瓦爾與席格斯瓦德，再看向我投來微笑。

「我也知道這本是王族間該自行商議的私事，但我當初會嫁給席格斯瓦德王子，就是為了在下任君騰與多雷凡赫之間擔任橋梁。既然席格斯瓦德王子將不再是下任君騰，這樣便有可能違反契約。」

「違反契約嗎？」

「是的。一旦席格斯瓦德王子成為奧伯，對我與對多雷凡赫的承諾都將無法兌現，會違反我們成婚時定下的契約。雖說這不單是席格斯瓦德王子一人的責任，但契約的違反終究無庸置疑。為免遭到光之女神的責罰，希望睿智女神能夠借予我些許智慧。」

我不太明白阿道芬妮究竟想要什麼，不解地歪過頭。察覺到了我並沒有聽懂她的意思，斐迪南敲著太陽穴幫忙翻譯。

「阿道芬妮大人，您的意思是若要讓席格斯瓦德王子成為奧伯，希望羅潔梅茵能夠保障您在嫁予下任君騰時，多雷凡赫本該獲得的好處嗎？」

「是的。又或者，我希望曾為我與席格斯瓦德王子主持星結儀式的羅潔梅茵大人，能夠同意我們二人離婚。」

阿道芬妮微微一笑說道。她這時候的眼神，與賈鐸夫極力促成共同研究時的眼神非常相像。

「但這是您與席格斯瓦德王子成婚時，王族承諾過要給多雷凡赫的利益，羅潔梅茵並沒有義務給予保障。還請王族之間自行商議此事。」

斐迪南拒絕後，阿道芬妮再次微笑道：

「這我知道。但是，此事也算與羅潔梅茵大人有關。先前的政變結束後，庫拉森博克與戴肯弗爾格都得到了鄰近的土地作為獎賞。多雷凡赫因為沒有接壤的土地可獲得，便往中央送去了大量的上級貴族，藉此增強自己的影響力。」

雖然得隔著領地邊界管理土地的庫拉森博克與戴肯弗爾格十分辛苦，但中央的貴族減少後，送去大量上級貴族以填補空缺的多雷凡赫似乎也不容易。

「而今，庫拉森博克與戴肯弗爾格將能重新劃定領地邊界，正式接收一直以來負責管理的土地。然而，隨著中央的土地遭到劃分，中央神殿也遷到貴族院，那麼中央裡的貴族們又打算如何處置呢？」

多雷凡赫作為獲勝領地所得到的利益，能和庫拉森博克還有戴肯弗爾格一樣得到保障嗎？面對阿道芬妮的這個問題，斐迪南臉上浮現些許難色。

「隨著君騰遷到貴族院居住、其他王族也就任為奧伯，除了王族的近侍外，其餘中央貴族會要求他們先返回各自的原屬領地。之後，同樣再由各領往中央派遣貴族，只不過任用與否，全權交由艾格蘭緹娜大人與亞納索塔瓊斯王子決定。除此之外，往後也會要求中央的貴族以各領宿舍為住所。」

聽完斐迪南的說明，阿道芬妮像是早就料到這樣的結果般，不疾不徐點頭道：「果然如我所料，既然把青衣神官都送回了原屬領地，那麼中央裡的貴族，也打算讓他們都先回到各自的領地。」

她接著又道：「無論是讓新任君騰重新挑選自己身邊的人，還是為了減輕負擔而讓中央的貴族住進各領宿舍，這些事情我都不反對。只是這樣一來，多雷凡赫將與庫拉森博克還有戴肯弗爾格不同，不光是我成婚後本該得到的益處，就連政變後曾經得到的優勢也會消失。」

阿道芬妮連點了幾下頭，說自己會帶著這些消息回去與多雷凡赫的人討論。見她這副模樣，我不由自主開口。

「……我明白阿道芬妮大人的情況了。艾格蘭緹娜大人、特羅克瓦爾大人、席格斯瓦德王子，請各位也考慮一下如何守住對多雷凡赫的承諾吧。」

「羅潔梅茵，此事妳不該插嘴。」

斐迪南向我瞪來，說現在的我一旦幫忙說話，就等同於是命令。但是，我一點也不後悔。

「我也知道這是多管閒事。可是，我非常能夠理解阿道芬妮大人的心急與迫切，所以請允許我幫她說幾句話吧。畢竟阿道芬妮大人現在的情況，就好比是我明明已經成為特羅克瓦爾大人的養女了，本該對艾倫菲斯特兌現的承諾卻全部不作數。」

明明成為君騰的養女了，結果卻要被降級為奧伯的養女，所屬領地還是由廢領地拼湊而成，自領本該得到的好處也告吹了。換作是我，絕對會生氣怒喊：「這樣違反契約了吧！」不僅如此，別說是為自領帶來益處了，今後為了整頓新領地，還得向自領請求協助、增添負擔。那我肯定也會考慮要解除養父女的關係。

……只不過，離婚跟解除養父女的關係不一樣，會嚴重影響女性的聲譽，所以情況還是不太一樣啦……

「阿道芬妮大人既是政治聯姻，我也明白您的處境，但現在就決定要離婚會不會太著急了呢？畢竟事關領地的安排與自己的未來，或許不該這麼急著作決定……」

席格斯瓦德與阿道芬妮的聯姻，多半是考慮到了多雷凡赫與王族，以及尤根施密特領地間勢力關係的結果。不能僅憑阿道芬妮個人的意願就決定要離婚吧。

「當然我並非馬上就要決定此事。預計還會與多雷凡赫的雙親以及其他王族成員好好商議，然後在特羅克瓦爾大人與席格斯瓦德王子要就任為奧伯的領主會議之前，得出結論……只不過，當時我的星結儀式是遵循古老的方式舉行，所以想知道離婚的話，是否也需要舉行古老的儀式。」

若能按照往常的方式離婚當然最好，但阿道芬妮想問的是，當初他們的星結儀式是遵循誰也沒有見過的古老方式舉行，那麼依照舊有的方式還有辦法離婚嗎？明明是才結婚一年的新婚夫妻，但我怎麼聽她都是以離婚為前提。

……嗯～一般都是這個樣子嗎……

一旦達成政治聯姻的條件不成立了，婚姻也會告吹嗎？難得有緣成了夫妻，是不是應該互相扶持呢？儘管心裡有這樣的想法，但我終究是局外人，並不曉得他們是簽訂怎樣的契約才決定要結婚，所以沒有資格插嘴干涉。

「請您稍等，我查查看……古得里斯海得。」

我決定變出梅斯緹歐若拉之書，調查有關離婚的資料。在我搜尋的時候，聽見了席格斯瓦德與提出離婚的阿道芬妮在交談。看樣子他並不想離婚。

「阿道芬妮，我真沒想到妳竟如此執著於王族的地位。我們成為夫妻不是已經將近一年的時間了嗎？」

席格斯瓦德的語氣帶著責怪，覺得她以地位為目的太過無情。對此，阿道芬妮詫異地眨了眨琥珀色眼眸。

「我當初之所以答應與下任君騰聯姻，就是以得到王族的地位為前提呀。何況我們曾是夫妻過嗎？」

「但我們不是一起得到了最高神祇的祝福嗎？況且妳才剛成年，一旦離婚，將來會是如何？今後將再也無法成婚，只能一輩子待在多雷凡赫。」

聽到席格斯瓦德這麼說，阿道芬妮露出了非常困擾的表情。現在的兩人大概是雞同鴨講吧。但是，夫妻間的內情與狀況，不適合在這種公開場合上攤開來說。

阿道芬妮本想張口說些什麼，最終還是閉上雙唇，對席格斯瓦德投以了放棄說明的苦笑。儘管如此，她依然不改離婚的想法。

「席格斯瓦德王子，眼看時之女神德蕾梵庫亞的絲線就在面前，沒有人會不伸手抓住吧。就連黎蓓思可赫菲也抵擋不住這樣的誘惑。」

眼看有了可以離婚的寶貴機會，我絕對不會錯過——從阿道芬妮這樣的宣告，也能感受到她的決心有多麼堅定。

……「我們曾是夫妻過嗎」這句話，到底是指怎樣的情況呢？

雖然好奇，但這是兩家人要討論決定的事情，我無權過問。我放下梅斯緹歐若拉之書抬起目光，看向阿道芬妮與席格斯瓦德。

「阿道芬妮大人，據我查到的結果，只要辦理和往常一樣的離婚手續，應該就可以離婚了……只不過從今往後，您與席格斯瓦德王子都將難以獲得最高神祇的祝福。」

資料上寫著，與一般人在祈禱時相比，只能得到大約一半的祝福量。

「感激不盡，羅潔梅茵大人。謝謝您的幫忙，還撥出時間為我調查資料。」

阿道芬妮露出如釋重負的微笑。就算聽到最高神祇的祝福會減少，那雙琥珀色眼眸裡的決心依舊不變。緊接著，她立刻與艾格蘭緹娜還有特羅克瓦爾說好，要安排時間與多雷凡赫談話。真是太優秀了。

看到阿道芬妮問完問題、不再發言，斐迪南開口說了。

「那麼，只要有三天的時間就能做好獻名石。若再寬鬆一點，訂在四天後舉行古得里斯海得的繼承儀式與新任君騰的亮相，不知有無問題？和其他儀式一樣，儀式的開始時間是第三鐘。」

「四天後嗎?!」

艾格蘭緹娜訝聲喊道，但我隨即開口附和。因為這樣的安排，已經給予相當充足的時間了。斐迪南這次難得這麼好心。

「只要有原料，對身為王族的艾格蘭緹娜大人來說，獻名石的製作並非難事喔。先前在領主會議上，也已經教過治癒採集場所的禱詞與方法，所以要採到原料並不困難，有兩天的時間就足夠了。」

「只是製作獻名石的話，兩天的時間當然足夠，但這樣一來會來不及準備儀式。況且艾格蘭緹娜大人應該也得練習奉獻舞……」

「對耶，如果得跟艾格蘭緹娜大人比較的話，只有三、四天的練舞時間，對我來說確實不夠呢。」

這陣子練到現在，跳舞時總算不會跌倒了，但還是經常踉蹌不穩。若再被人拿來與艾格蘭緹娜比較，壓力實在很大。不如再多給一點練習時間吧——我試著這麼央求後，卻被斐迪南一口回絕。

「練習時間再不夠，妳還是得自己想辦法。因為若不盡快處理完這些事情、返回亞倫斯伯罕，就會趕不上祈福儀式，今年的收成將非常慘烈。」

「我知道了……啊，斐迪南大人，那服裝該穿什麼呢？」

我這麼詢問後，他卻只是輕輕挑眉，彷彿在說：「穿什麼都好吧。」但就是因為我現在能穿的衣服不多，才得先問清楚。

「已經成年的艾格蘭緹娜大人有在成年禮與星結儀式上穿過的正裝，想必是不成問題。至於妳因為要授予古得里斯海得給新任君騰，身穿神殿長的儀式服即可吧？」

太好了。因為神殿長的儀式服我已經穿慣了，也不用一直擔心服裝能否如期完成。看來還得拜託莉瑟蕾塔他們，去亞倫斯伯罕取來才行。

「儀式當天，還請艾格蘭緹娜大人換上魔石變成的鞋子跳奉獻舞。因為魔力必須要能往外釋出，才能立起光柱。」

「那我也要穿一樣的鞋子嗎？」

「妳早就處在不停釋放女神之力的狀態，所以不管鞋子的材質是什麼，結果都一樣。隨妳高興即可。」

……咦？我女神之力往外流瀉的情況這麼嚴重嗎？

雖然自己一點感覺也沒有，但連穿普通的鞋子都有可能立起光柱，這種情況根本非比尋常。

「此外，為了協助儀式進行，當天將由哈特姆特擔任神官長。從明天起直至儀式當天，是否要借用他做為亞納索塔瓊斯王子的指導人員？」

「慢著，斐迪南！你要讓哈特姆特去當亞納索塔瓊斯王子的指導人員嗎?!」

聽到斐迪南要讓艾倫菲斯特出身的上級貴族去當王族的指導人員，齊爾維斯特震驚大喊。斐迪南往他瞄了一眼後，看向亞納索塔瓊斯。

「在我們能夠指派的人才中，最了解神殿儀式的人便是哈特姆特。」

「斐迪南，最了解神殿儀式的人應該是你吧？」

多半是覺得與其請教他領的上級貴族，請教領主候補生還比較能接受，亞納索塔瓊斯直接指名斐迪南。然而，斐迪南想也不想就拒絕他的要求。

「我確實比他還要了解，但我必須代替羅潔梅茵向亞倫斯伯罕的貴族們下達指示，沒有時間去指導您。倘若亞納索塔瓊斯王子不滿意哈特姆特這個人選，抑或有信心沒有指導人員，也能為艾格蘭緹娜大人在四天後要舉行的繼承儀式做好準備，那我們便不出借人手了。請您自己與中央神殿的人做好準備，迎接當天的到來。」

斐迪南特別強調，他們依然讓中央神殿長伊馬內利「保有一命」。在這種情況下，亞納索塔瓊斯根本無法率領中央神殿的青衣神官們做到任何事情吧。不管怎麼看，他都需要哈特姆特的協助。

……一邊徹底斷了後路，一邊再賣給王族人情，斐迪南大人果真是魔王呢。

不過，我可不能輸給魔王的化身斐迪南。因為這時候在討論的，是出借我的近侍一事。但我才是哈特姆特的主人，這種事情怎麼能讓別人代勞呢。

「亞納索塔瓊斯王子，既然您要借走我的近侍長達四天，那得付錢才行喔。請王族支付出差的費用。」

一旁的齊爾維斯特等人全都瞪圓雙眼，對我說的話感到不可置信，但我絕不退讓。因為我能贏過魔王的地方，就只有經商的本事而已。

「還有，我已經答應過要授予古得里斯海得給新任君騰時，會邀請漢娜蘿蕾大人前來參觀。奧伯．戴肯弗爾格，請您屆時也帶著漢娜蘿蕾大人前來。」

「一定辦到。」

戴肯弗爾格的領主夫婦爽快地一口答應。我正感到心滿意足時，發現特羅克瓦爾陷入沉思，然後緩緩舉起手來請求發言。

「羅潔梅茵大人，我有個提議。」

「特羅克瓦爾大人，請說。」

「不如也邀請各領在就讀貴族院的領主候補生來參觀如何？今後這些孩子都很有可能成為下任君騰候補，正好可以藉著這個機會，讓他們親身感受到儀式的重要性與古得里斯海得的奧妙。」

今後孩子們都得向神獻上祈禱，努力增加自己的屬性。讓他們見識一下未來將會如何登上君騰之位，也算是為神殿的改革邁出了一步吧——特羅克瓦爾如是說。

「我贊成。」齊爾維斯特思索了片刻後開口附和。「但我希望邀請的不只是已進入貴族院就讀的學生，也包括已經受洗的孩童。因為如果可以的話，我想讓正在自領內擔任神殿長一職的犬子麥西歐爾，也前來觀看羅潔梅茵所舉行的儀式。」

聽完我輕笑起來。被他這麼一說，為了當好麥西歐爾的榜樣，那我當然得努力表現才行。

「如果要讓尚未就讀貴族院的孩童前來參觀，還得準備進入貴族院所需的胸針等必要物品，所以就由各領奧伯自行判斷，是否要帶他們前來吧。不過，讓孩子們從小就接觸儀式是很好的主意，所以我也贊成。」

「羅潔梅茵，讓年幼的孩童參加，倘若出了什麼問題，妳打算如何處理？」

斐迪南沒好氣地瞪來一眼，但我只是輕輕聳肩。

「先前在艾倫菲斯特的神殿，剛受洗完的見習青衣神官們也曾參觀過儀式喔。但他們除了開始認真看待儀式外，並沒有引發其他任何問題。受過良好教育的領主候補生更是不可能出問題吧？況且就算真的出了問題，由父母負起全責就好了吧？畢竟是奧伯自己決定要不要帶孩子來參加。」

要是孩子惹出了什麼麻煩，只會讓在場眾人知道，那個孩子並沒有接受到完整妥善的教育。各領奧伯想必也只會帶著能在人前露面的孩子來。所以就結果而言，不可能會出什麼問題吧。

「這次要舉行的繼承儀式算是特例，與過往在領主會議上舉行的星結等儀式並不相同。下任君騰如果能自行取得梅斯緹歐若拉之書，就不需要舉行這個儀式了。由於不會成為慣例，所以我認為可以破例允許，讓已經受洗的孩童前來參加。」

我挺起胸膛這麼主張後，斐迪南卻敲著太陽穴說：「以我對妳的了解，雖然妳講得頭頭是道，但只是想讓弟弟妹妹來看自己的表現吧。」

……真不愧是斐迪南大人。完全被看穿了呢。

就這樣，允許受洗完的領主候補生前來參加儀式後，我們再互相確認過一遍儀式的流程，談話便正式宣告結束。

艾格蘭緹娜的獻名

結束了與王族的談話後，領主夫婦、斐迪南與我都移動到宿舍的多功能交誼廳，向自己的近侍們下達指示。這時我的近侍們已在四周聚集。

「哈特姆特，請你為四天後的古得里斯海得繼承儀式做好準備，並在當天擔任神官長。記得要趕快前往艾倫菲斯特的神殿，準備好神官長的儀式服等用品。從明天開始，還要請你去指導亞納索塔瓊斯王子如何舉行儀式。」

向哈特姆特告知了接下來的行程後，他一臉鬥志高昂地接下任務。

「我一定會讓女神化身所舉行的古得里斯海得繼承儀式，能夠完美進行。」

接著，我也指示了之前在貴族院舉行儀式時，都會假扮成青衣神官及巫女負責護衛的成年護衛騎士們，前去進行準備。萊歐諾蕾問道：「要在儀式期間擔任護衛當然沒問題，但請問羅潔梅茵大人要授予古得里斯海得的新任君騰是哪一位呢？」

「是艾格蘭緹娜大人。今後艾格蘭緹娜大人將就任為中央神殿的神殿長，所以其實本該由她接受哈特姆特的指導，但這次因為她得優先準備其他的事情，就由亞納索塔瓊斯王子負責準備儀式了。」

我簡單說明了整個會議過程。這時，就在附近的斐迪南走來，將寫好的一份筆記交給哈特姆特。

「哈特姆特，這是此次儀式的詳細流程。既然你接下來要往來艾倫菲斯特與中央神殿，還要與亞納索塔瓊斯王子一起行動，那把鑰匙就交給羅潔梅茵保管吧。」

「遵命。」

哈特姆特將原本掛在自己脖子上的聖典鑰匙，戴在我的脖子上。隨後他看著筆記，向斐迪南問了幾個問題後，便轉過身開始行動。

「那我們也回一趟艾倫菲斯特。優蒂特、馬提亞斯、勞倫斯，接下來就交給你們了。」

「是！」

柯尼留斯、萊歐諾蕾、安潔莉卡與達穆爾跟著哈特姆特，也離開了多功能交誼廳。目送他們離開後，我喚來莉瑟蕾塔與谷麗媞亞。

「抱歉讓妳們來回跑這麼多趟，但要麻煩妳們準備好我帶去亞倫斯伯罕的神殿長儀式服，還有髮飾等各種用品。至於鞋子會用魔石變成，所以不必準備。」

「遵命。」

現在宿舍裡還有黎希達等人在，不必擔心沒有侍從在身邊照顧我。兩人立即往離宮開始移動。大概是斐迪南下達了什麼指令，只見尤修塔斯也追上莉瑟蕾塔兩人，離開多功能交誼廳。

「菲里妮，這份原稿麻煩妳帶回神殿，交由羅潔梅茵工坊印刷。我已經取得奧伯的許可了。也請妳向母親大人知會一聲。」

我預計要在王族推舉出新的君騰時發放公告，所以將準備好的原稿交給菲里妮。

「至於印量就多印一點，總共印二十五份吧。由於要在領主會議上發放，所以這份委託非常緊急。妳要與母親大人還有繆芮拉分工合作，並請她們把工作也分配給哈塞的小神殿。」

「遵命。」

菲里妮拿著原稿離開後，羅德里希一臉不安地看著我。

「羅潔梅茵大人，那麼我在寫的戴肯弗爾格故事該怎麼辦呢？」

「既然奧伯．戴肯弗爾格不會成為君騰，那就沒有截稿期限了。不過，奧伯可是期待到打算全部買下來，所以請你繼續寫下去吧。」

原本我要求羅德里希得在五天內寫完，他因此哀號不已，這時很明顯地撫胸鬆了口氣。雖然對他提出這麼無理的要求，我心裡很過意不去，但這也無可奈何。因為只有羅德里希才寫得出來嘛。

「那麼現在我可以冷靜下來，慢慢寫後續了。」

「但在十萬火急下趕出來的作品，說不定更有臨場感喔？」

優蒂特知道羅德里希在接下委託後有多麼焦慮，又回答過他關於迪塔的問題，所以在旁咯咯笑道。勞倫斯大概也見過羅德里希一邊哀號一邊拚命寫稿的模樣，笑著說道：

「別讓我的幫忙白費，一定要完成啊。」

似乎一直在等我下達完緊急的指示，斐迪南這時才走過來，往旁邊的椅子坐下。

「羅潔梅茵，萊蒂希雅妳打算如何處置？若要按照亞倫斯伯罕的慣例，在妳就任為奧伯的同時，她就得降為上級貴族。只不過沒有雙親的她，未來將在孤兒院生活……」

斐迪南說要根據今後的處置，來決定是否讓她出席繼承儀式。
「不能解除收養契約，讓她回到多雷凡赫的父母身邊嗎？個人認為與其讓她留在亞倫斯伯罕，最好是能回到父母身邊長大……」
「萊蒂希雅的養父母皆已登上遙遠高處，要解除契約會有些難度。此外妳多半沒有想過，但在他領闖下禍事的領主候補生若是想要回去，多雷凡赫未必願意接受。」
「……但她可是他們的親生女兒喔？」
怎麼可能不願意接她回去呢？對於我的反應，斐迪南先是咕噥「妳果然不明白」，然後盤起手臂。
「當初萊蒂希雅是以亞倫斯伯罕的領主候補生身分受洗。即便她的父母想將她領養回去，也不能僅憑父母作主，主要得看奧伯．多雷凡赫如何決斷。但此次亞倫斯伯罕的前領主一族釀成大禍，我不認為奧伯會高舉雙手歡迎她回去，再者對方若是為了與妳打好關係才將萊蒂希雅領養回去，日後很可能會給我們帶來麻煩。」
斐迪南看著我，說明了貴族間種種麻煩的利益糾葛。他的眼神看起來似乎對萊蒂希雅有所顧忌，我歪了歪頭。
「斐迪南大人，您覺得讓萊蒂希雅大人留下來，成為我們新領地的領主候補生比較好嗎？如果您想與她保持距離，我也會採取適當的措施喔……因為在關於萊蒂希雅大人的事情上，我會優先遵照斐迪南大人的意願。」
蓄意與否先撇開不說，但斐迪南畢竟差點死在她的手上，所以我會尊重被害者的意見。萊蒂希雅固然可愛，但既然性命保住了，全身也完好無損，那麼在我心中的重要程度自然比不上斐迪南。

「我先確認一件事情。這次因為蘭翠奈維的人恣意虐殺，導致許多孩童從此無依無靠，妳應該又打算以神殿的孤兒院為收容所，撫養他們長大吧？就連亞絲娣德的女兒也包括在內……」

「是的。因為小孩子是無辜的。」

就和之前在艾倫菲斯特施行過的一樣，我會把被害人與加害人的孩子都集中收容在孤兒院裡，撫養這些孤兒長大，並由身為奧伯的我擔任他們的後盾。讓法藍他們從艾倫菲斯特搬過來以後，我就會推行和上次一樣的做法——說出自己的打算後，斐迪南緩緩點頭。

「那麼，萊蒂希雅這件事就交給我吧……不用太過擔心，我不會去做妳打從心底排斥的事情。倘若我真的做得不妥，妳再下令禁止就好了吧。」

說完，斐迪南起身幫我做健康檢查。他伸手探向我的脖頸，皺起眉頭。

「妳似乎有些發燒，是否體內累積了太多魔力？」

「可能喔。像剛才我也有點太激動了……」

「那樣只是有點嗎？」

斐迪南揶揄地勾起嘴角，指示布倫希爾德再準備一塊銀布後，用銀布將我包起來。

「斐迪南大人，您究竟要做什麼呢？」

「接下來這四天妳又得待在房裡不可，所以最好趁現在先釋放一些魔力。也順便檢查妳在消耗魔力後，是否女神之力會跟著減少。」

被人以銀布從頭覆蓋住後，視野變作一片漆黑。緊接著我突然被人抱起，嚇得我發出小聲驚叫。與此同時，傳來斐迪南的聲音命令道：「僅限已向羅潔梅茵獻名的護衛騎士跟來。」

「斐迪南大人，已獻名的護衛騎士都是男士，還請讓我同行！」

接著是克拉麗莎要求同行的聲音，然後是優蒂特想要阻止的話聲：「可是克拉麗莎是文官吧！」

「……只要已經獻名，無論是文官還是護衛騎士都無妨。」

「嗚嗚～我明明是護衛騎士，卻老是被留下來，害我也想要獻名了。」

優蒂特這麼唉聲嘆氣道，但我只想勸她不要衝動。因為每當斐迪南指定已獻名的人同行，都是因為接下來看到的東西不能告訴任何人，或者接下來要去的地方不能讓其他人知道。不能洩露的秘密越多，對精神層面造成的壓力也就越大。我希望優蒂特臉上能永遠有著開朗純真的笑容。

視野一片漆黑的情況下，我被帶到了某個地方。隨後我聽見休華茲與懷斯的聲音：「公主殿下，來了。」「公主殿下，看書？」想來是到了圖書館吧。斐迪南請索蘭芝別讓其他人進來後，走上階梯。

「羅潔梅茵，到了。妳自己能站穩嗎？」

「沒問題。」

隨著身體一陣傾斜，我的雙腳被放到地板上。我自己使力站穩後，頭上的銀布便被取了下來。克拉麗莎與斐迪南拿掉了我身上所有的銀布。果不其然地點是圖書館，而我自己正站在梅斯緹歐若拉神像的前方。圖書館的梅斯緹歐若拉神像所通往的地方，當然只有一個。

「斐迪南大人，難不成……」

斐迪南命令護衛騎士們轉向後方，再向我遞來防止竊聽的魔導具點一點頭。

「一開始我本打算自己染色，但似乎是因為妳的魔力產生了劇烈變化，導致現在的我反倒被認作是奧伯．亞倫斯伯罕，所以遭到國家的基礎魔法彈開。無可奈何下，只好由妳以女神的力量為基礎盈滿到一定程度了。國家的基礎容量極大，也正好適合用來讓妳釋放魔力吧？」

他說不僅能將國家的基礎盈滿到艾爾維洛米不會有怨言的程度，又能順便釋放我體內多餘的魔力，可謂是一舉兩得。

「您就是為此要哈特姆特交出聖典的鑰匙嗎？」

「這也是理由之一。畢竟我不打算讓他身上帶著鑰匙，出現在亞納索塔瓊斯王子面前。但主要是繼承儀式上，必須讓所有人都知道妳是女神的化身，而且地位比王族還要高，否則日後會有危險。」

斐迪南邊說邊催促我使用鑰匙，為基礎灌注魔力。接著他打開梅斯緹歐若拉神像懷中的聖典書背，露出底下的鑰匙孔。

「妳只要灌注到一定程度，別讓身體感到不適即可。因為要是灌注了過多的女神之力，之後艾格蘭緹娜大人要重新染色可能會很吃力。」

於是我插入鑰匙，梅斯緹歐若拉神像便無聲滑動，出現了一道通往下方的階梯。隨後，我在斐迪南的目送下拾級而下。階梯盡頭有道彷彿覆蓋著虹色薄膜的牆壁，穿過之後，就來到了一處與亞倫斯伯罕基礎之間相同的地方。

「真不愧是國家的基礎，好大喔……但裡面的魔力真的只剩一點而已，也難怪艾爾維洛米大人那麼著急。」

我感嘆地注視著比領地基礎要大上好幾倍的國家基礎，接著開始灌注魔力。由於在這裡暈倒就完了，所以必須小心不能灌注太多魔力。

就連為亞倫斯伯罕基礎染色的時候，我都需要喝回復藥水，所以就算釋出的魔力已大量到令我感覺暢快許多，但眼前基礎內的魔力仍然不滿六分之一。但是即便如此，也算解除了魔力枯竭的危機吧。我仰頭看向在基礎上方旋轉的七顆貴色魔石，發現旋轉的速度比剛才快了一些。

「這樣應該可以了吧。」

感覺體內的魔力已經減少到不足一半，我停止供給魔力。

「久等了。」

回到外頭，重新關閉出口後，梅斯緹歐若拉神像自行移回原位。確認過這點後，斐迪南再向已獻名的近侍們下達指示。我再一次被銀布團團裹起，然後被帶回宿舍。明明接下來還有四天的空檔，卻不能在圖書館裡看書，真是教人哀傷。

魔力減少後神清氣爽的我，接著繼續練習奉獻舞、討論儀式的相關事宜，中間偶爾也穿插休息，四天的時間就這麼過去了。

……最終奉獻舞也得到了斐迪南大人「嗯，還可以」的評價，相信肯定沒問題吧！

到了繼承儀式當天，看著換上神殿長服的我，女性近侍們紛紛感嘆說道：「真是既神聖又莊嚴。」但我自己因為感覺不到女神的力量，所以在我看來，這明明就和往常的裝扮沒有兩樣。

「羅潔梅茵大人，請您伸出手來，要為您戴上護身符與飾品。」

貝兒朵黛拿著裝有護身符與飾品的盒子走來，我聽話地伸出手。莉瑟蕾塔邊端詳我的臉色，邊一一戴上。

「不過，今天要戴的魔石還真多呢。像這個和這個，我之前都沒有見過……」

「聽說是斐迪南大人為了不妨礙到跳奉獻舞，製作了新的護身符唷。」

新的護身符做成了手套造型，以細長的鍊子寬鬆地串連起來，從手背一直覆蓋到上臂。手套上還遍布著串珠般經過加工的虹色魔石，全都閃耀著奪目光輝，並且刻有守護魔法陣。

「明明答應過我會好好休息，斐迪南大人到底在做什麼呢？這應該不是三、四天就做得出來的東西吧……」

看來繼承儀式結束後，得施展席朗托羅莫的祝福，強迫他休息才行。發現斐迪南這麼不注重身體健康，我正噘起嘴唇時，克拉麗莎咯咯笑道：「斐迪南大人是希望準備萬全嘛。」

「他說他想防止羅潔梅茵大人跳奉獻舞的時候，女神又再次降臨。儘管我很想親眼目睹女神降臨在您身上的模樣……但聽說女神降臨的時候，羅潔梅茵大人會失去記憶，所以我會忍耐的。」

……我完全沒想過跳奉獻舞的時候，有可能讓女神再次降臨。想起自己失去的記憶，我不自覺輕撫手臂上那些細長的鍊子。有了這個護身符，即便女神再度降臨，我也不會失去自己的記憶嗎？

「馬提亞斯，我是萊歐諾蕾。一路是否安全？」

萊歐諾蕾送出奧多南茲問道，馬提亞斯很快捎來回覆：「沒有問題。」今天為免在入場前被其他領地的人看見，從茶會室離開後，我似乎會使用王族專用的通道，前往大禮堂附近的等候室。聽說那間等候室至今都是王族在使用。自己的排場還真大啊。而馬提亞斯、勞倫斯與優蒂特已被派了出去，負責沿路的把守。

「羅潔梅茵大人，準備已經就緒，我們往等候室移動吧。」

為了避免我被其他人看到，喬扮成了青衣巫女的安潔莉卡用銀布將我覆蓋住，然後將我抱起來。

「哈特姆特現在可是興致高昂喔。他說他動員了亞納索塔瓊斯王子與中央貴族，還有中央神殿裡的所有人，完美地布置好了儀式的舞台。」

聽到克拉麗莎得意洋洋地這麼說道，我反倒擔心起了中央那些不得不配合哈特姆特的人。

到達哈特姆特在待命的等候室後，很快地艾格蘭緹娜與亞納索塔瓊斯也來了。兩人一見到我便輕吸口氣，接著為了明白昭告身分的差距，跪下來向我問好。兩人身上穿的都是畢業儀式時的服裝。

「……以前畢業儀式入場時，我不是得到了羅潔梅茵大人的祝福嗎？這便是當時的服裝。之所以穿上這套衣服，是希望今天能再一次得到羅潔梅茵大人的祝福，也希望穿上誕生季節的貴色後能得到諸神的祝福。」

我看著感到懷念的服裝時，哈特姆特邁步走來。

「柯尼留斯，你留下馬提亞斯與勞倫斯，先去大禮堂吧。麻煩身為護衛騎士的你去做最後確認。」

雖然王族已經說了沒有問題，但中央騎士團內說不定還有勞布隆托的手下。至少我的護衛騎士們並不完全相信王族所說的話。大概也是因為看到斐迪南在護身符與護衛的安排上格外謹慎吧。穿著青衣神官服的柯尼留斯慎重地點點頭，帶著護衛騎士們去了大禮堂。見狀，亞納索塔瓊斯也向夫妻二人的護衛騎士們下令。

「你們也留下基本人手，其他人都過去確認吧。古得里斯海得的繼承儀式一定要平安順利。」

今天的儀式是睿智女神降臨在了艾倫菲斯特的領主候補生身上後，要授予古得里斯海得給新任君騰，可以說是史無前例。目前他領的貴族們又幾乎沒有得到任何說明，就受邀前來參加繼承儀式，所以似乎也有人在質疑，為什麼不是授予特羅克瓦爾、應該還有比艾格蘭緹娜更適合的人選才對，等等諸如此類。

「只有與儀式有直接相關的人，請往內移動。」

於是，將授予古得里斯海得的我、要接受授予的艾格蘭緹娜、要護送艾格蘭緹娜的亞納索塔瓊斯，以及將以神官長身分上台的哈特姆特，只有我們這四人往後方的房間移動。看來前面的房間是王族近侍們的待命場所，後方則是王族的休息室。

「繼承儀式之前，先完成獻名吧。由我與亞納索塔瓊斯王子擔任見證人。」

「好的。」

在哈特姆特與亞納索塔瓊斯的注視下，艾格蘭緹娜拿出了一個小巧的白色盒子，恭恭敬敬地以雙手呈獻給我。看著她的金髮來到自己視野下方，我深深地感到不可思議，接著看向獻名石。白色盒子裡的魔石有著全屬性特有的複雜色彩，上頭以金色的文字刻有艾格蘭緹娜的名字。

……雖然我一點也不想這麼做。

自始至終，我都覺得承擔他人的性命是件很可怕的事情。波尼法狄斯也對這種偏離原本用意的獻名表達過擔憂，而此刻他的話語就在腦海裡縈繞。

但斐迪南說了，為了讓艾格蘭緹娜能在儀式期間抵擋住女神的力量，也為了讓即將知道許多真相的她能夠保持緘默，獻名是勢在必行。而且，我也無法容忍再有王族向斐迪南下命令，但我又不敢肯定艾格蘭緹娜絕對不會這麼做。畢竟為了守住尤根施密特的安穩，她什麼事都願意做。

……儘管我沒有打算命令她，但還是得先奪走她的名字，以防萬一。

亞納索塔瓊斯用五味雜陳的表情看著我和艾格蘭緹娜。看得出來他雖然想要阻止，卻又阻止不了吧。恐怕在艾格蘭緹娜製作獻名石的時候，他為了阻止她獻名，已經什麼話都說過了。

……不過，亞納索塔瓊斯王子當然不希望艾格蘭緹娜大人身上纏繞著我的魔力吧。等到儀式過後，女神的力量消失了，身為埃維里貝印記之子的我，多半會變回與斐迪南一樣的魔力。亞納索塔瓊斯肯定會不快至極。但是，也只能請他多多包涵了。

……埃維里貝印記之子被女神大人的力量染色後，應該不會變不回原本的魔力吧？心裡忽然蹦出這個駭人的可能性。但既然斐迪南說過「在女神的力量消失之前」，那就應該會消失吧。我只能這麼相信。

「那個，羅潔梅茵大人。我可以開始了嗎？」

「請。」

艾格蘭緹娜與我四目相接後，先是緩慢地做了個深呼吸，接著俯下臉龐。

「我，艾格蘭緹娜謹在此宣誓，將奉睿智女神梅斯緹歐若拉的化身羅潔梅茵大人為主人，做為她忠實的臣子、做為尤根施密特的新任君騰，將竭盡一生為國為民，並獻上名字以此為證。懇請准許我的名字永遠與您同在，並請授予我古得里斯海得、給予我指引，以引領尤根施密特邁向和平美好的未來。」

艾格蘭緹娜動作恭敬地捧著獻名石，緩緩向上舉高。我連同盒子接過她遞來的獻名石，開始灌注魔力。

「嗯……」

由於體內的魔力產生抗拒，艾格蘭緹娜按著胸口，痛苦地小聲呻吟。

「艾格蘭緹娜！」

亞納索塔瓊斯下意識地想伸手去扶艾格蘭緹娜，但立刻被哈特姆特按住。

「亞納索塔瓊斯王子，請您千萬不能打斷。必須讓羅潔梅茵大人的力量完整包覆，獻名才會結束……而且根據過往經驗，魔力量相差越多的人會越痛苦，所以在向羅潔梅茵大人獻名的人當中，艾格蘭緹娜大人的痛苦應該已經是最輕微的了。」

我一鼓作氣灌注魔力，結束了獻名。艾格蘭緹娜難受地重重吐了口氣。

「艾格蘭緹娜大人，您還好嗎？」

「嗯，我沒事了。羅潔梅茵大人，感謝您的關心。」

艾格蘭緹娜抬起頭來，臉上帶著花兒綻放般的美麗微笑。我將她的獻名石放入腰間的籠子裡後，自己先坐下來，再請所有人入座。

在我們確認著今天的儀式流程時，第三鐘也乍然響起。

諸神的祝福

「所有人都進場了，請各位也往門口移動。」

這時候，忙著到處下指示的斐迪南走進等候室來，向我伸出了手。他今天要負責護送我。

「那麼我先失陪了。」

哈特姆特得以神官長的身分主持儀式，所以會從老師們上課時用的門扉進入大禮堂，這樣才能直接走到舞台前方。

我們則是從大禮堂的正門進去。這時候站在門前的，只有等一下要先入場的艾格蘭緹娜與亞納索塔瓊斯等人。兩人的護衛騎士已經做好準備，隨時都能開門。我與斐迪南則是站在門打開後也不會被人看見的地方。

「梅斯緹歐若拉的化身所選定的君騰候補，艾格蘭緹娜大人入場。」

門打開後，艾格蘭緹娜兩人先是往我瞥來一眼。瞬間我與他們的目光相接，輕輕點一點頭。為了裝作是諸神給予新任君騰的祝福，稍後我要重現兩人畢業儀式上的祝福。儘管斐迪南一臉不太情願地表示：「光是授予古得里斯海得魔導具就夠了吧？」但勉強還是同意了這麼做。

「若不讓貴族們心服口服地接受艾格蘭緹娜大人成為新任君騰，我就無法專心推動圖書之都計畫了吧？」

「妳的首要之務是圖書之都嗎？」

「不然還有其他的嗎？」

「……應該要有才對。但如果妳打算以後不再與王族有過多牽扯，那麼只是給予一次祝福也無妨。」

這是我們兩人實際上有過的對話，所以算是同意了沒錯。等到大禮堂的門扉暫且關上，我開始往戒指灌注魔力。

……艾格蘭緹娜大人與亞納索塔瓊斯王子以後一定會很辛苦，但請努力做好君騰的工作吧！我會給予精神上的支持！

我懷抱著這樣的心情，稍微多給了一點祝福，但自己感覺就和寒暄時給予的祝福差不多。這樣就沒問題了——我兀自點頭時，斐迪南卻按著太陽穴，用力皺起眉心。

「……真是糟糕透頂。」

「怎麼了嗎？」

「妳自己沒有感覺嗎？妳身上的女神之力又增強了。」

「咦？」

我看向自己的雙手，絲毫看不出差異。但雖然我看不出來，斐迪南卻是一臉非常頭疼的樣子。他看了看我，再看向大禮堂與天花板，然後盤起雙臂。不僅眉間的皺摺更深了，指尖也「咚、咚」地敲起太陽穴。看樣子情況非常不妙。

「斐迪南大人，那該怎麼辦才好呢？」

「不怎麼辦。他們二人已經進場，儀式也開始了，只能繼續進行。」

「……繼續進行沒關係嗎？魔石都開始發光了……」

雖然我感覺不出自己的女神之力增強了，卻能看到手臂飾品上的魔石開始發亮，連我也不得不意識到情況十分危急。

「我早就料到儀式期間會發生預料之外的狀況，只是沒想到還沒踏進大禮堂，竟然就開始了……妳還真是每次都教人始料未及。」

斐迪南一邊咂舌，一邊開始確認自己帶在身上的回復藥水與魔導具等物品。不時可以瞥見他處處藏著複數的危險物品。

「您這身裝備不像是要參加儀式，更像是要上戰場呢。」

「一想到妳會引發的突發狀況，這些裝備還未必應付得了。」

「但我至今舉行儀式時只用過回復藥水，從來不需要攻擊用魔導具喔。」

我噘起嘴唇抗議後，斐迪南哼了一聲。

「這是以備不時之需。不說這個了，再多點女神化身該有的樣子吧。很快就輪到妳進場了。」

斐迪南諄諄教誨地訴說著，表現出女神化身該有的模樣是件多麼重要的事情。這時大禮堂的門扉打開，哈特姆特的聲音從裡頭傳了出來。

「接下來，睿智女神梅斯緹歐若拉的化身，羅潔梅茵大人入場。」

……希望可以看起來有女神化身的樣子。

既然斐迪南與哈特姆特想了那麼多的對策，只要別出太大的紕漏，應該看起來多少會像樣吧。話雖如此，心裡還是很緊張。我盡可能地慢慢吸一口氣，將手放在斐迪南伸來的手上。

……噢噢，好亮的光芒。

聽著斐迪南嘮叨的時候，女神之力似乎也在一點一點慢慢增強。不知不覺間，覆滿手臂的無數魔石與護身符都強調起了自己的存在。由於對眼睛的刺激有些太過強烈，我稍微抬起下巴往遠處看，不讓魔石進入視野當中。斐迪南臉上則帶著社交性的禮貌笑容，明顯在責怪我說：「都怪妳多此一舉給予祝福。」所以我也盡量不去看他的側臉。

……我是給了祝福沒錯，但會變成這樣又不是我的錯。要怪就怪女神大人吧。

斐迪南曾說過，我為基礎魔法供給了女神之力後，身上的力量有減弱一些。那麼今天在儀式上跳完奉獻舞、消耗了大量魔力以後，應該就不會再全身閃閃發亮了吧。

……再忍耐一下就好。我要加油。

「詳細情況領主會議上再說明。今日梅斯緹歐若拉的化身，將要重新授予我們早已遺失的古得里斯海得。」

我一邊聽著艾格蘭緹娜這麼宣布，一邊與斐迪南一同走上奉獻舞的舞台。但腳才剛踏上去，腳底下便浮起了篩選用魔法陣。

……不——！這是怎麼回事？

原本應該要在跳奉獻舞的同時釋放魔力，才會讓魔法陣浮現，但我現在居然光是站到舞台上，魔法陣就浮起來了。我終於親眼見識到，自己女神之力的外流情況有多麼嚴重。難怪斐迪南會一臉厭煩，不停敲著太陽穴。這嚴重程度連我也大吃一驚。

……本來斐迪南大人上台後還打算說明：「接下來開始跳奉獻舞後，舞台上將會浮現魔法陣……」現在看來都不需要說明了。

我在心裡冷汗直流，但表面上仍是靜靜傾聽斐迪南對儀式與魔法陣的說明。當初本來是預計由我說明，但基於「會降低神秘感」這種理由，便被禁止開口發言。雖然我也覺得這是很正確的決定，但還是有點過分。

「跳舞時要盡可能釋放女神之力。」

對著眾人說明完後，斐迪南再小聲這麼提醒我，接著走下舞台。舞台下方的樂師們開始調音，傳來「鐙」、「噹」的聲響。接下來就要跳奉獻舞了。我屈膝跪在舞台上。

其實今天的儀式上，斐迪南也會奉獻音樂與歌聲。因為他預計要用隱蔽之神費亞勃肯的護身符，和我一起走上祭壇，所以說了要向諸神奉獻音樂。明明截至目前為止那麼沒禮貌，卻在這種奇怪的地方上莫名講究，甚至可以說是守規矩。在我這麼說出自己的感想後，斐迪南竟是回道：「已然失去神力的艾爾維洛米大人也就罷了，但既然其他神祇給予了我加護，總不能失了禮數。」

……啊，調好音了嗎？

調整琴弦的鐙噹聲響靜了下來，想必是做好準備了吧。於是我慢慢深吸一口氣。

「創世諸神，吾等在此敬獻祈禱與感謝。」

由於艾格蘭緹娜等一下也要跳奉獻舞，為了不讓觀眾席上的眾人覺得：「明明是女神的化身，舞藝卻普普通通……」也為了盡可能跳好一點，我得打起精神來。

……我得拚命灌注魔力，至少光柱的高度不能輸！

因為論舞藝我絕對比不過艾格蘭緹娜，那麼至少視覺上要做足效果，看起來才有女神化身的樣子。除了逕自往外流瀉的女神之力外，我再往舞台灌注了自己的魔力，只見光柱不斷往上延伸。

……嗯、嗯，很好很好。

旋轉身體時，我看見祭壇上的神像動了起來，形成一條通道。出現通道後，接著我要在祭壇前待命，觀看艾格蘭緹娜跳奉獻舞。因為由我先跳的話，就算艾格蘭緹娜跳了奉獻舞後光柱並不足夠，觀眾席上的貴族們也看不出來。

看到通道出現以後，安下心來的我便專心地繼續跳奉獻舞。此外，大概也是因為自己身上的魔石都在大放光芒吧。我完全沒有注意到溢出舞台的魔力化成了陣陣光流，湧向祭壇，也沒有注意到神像的神具全都亮起光芒。跳完奉獻舞後，我再度屈膝跪下。

「感謝獻予諸神。」

才剛唸完這句禱詞，突然耀眼的亮光迎面覆來，我忍不住用力閉上眼睛。緊接著，在身體忽然變輕的一陣飄浮感之後，一道話聲傳來：「梅茵，妳終於回來了。妳是第二名。」

……什麼？

我戰戰兢兢地睜開眼睛，再動作僵硬地慢慢抬頭。原本要等到艾格蘭緹娜跳完奉獻舞後，我才會與她還有帶著費亞勃肯護身符的斐迪南一起走上祭壇，然後進到創始之庭。結果不知為何，現在就只有我先到了，而且正與艾爾維洛米面對面。

……等一下，這跟計畫好的完全不一樣吧。

我嚇得面無血色，連忙環顧四周，卻沒有看見半個出入口，也沒有能夠供人進來的走道。明明我跳奉獻舞時已經打開了通道，現在卻莫名其妙被關上了。

……咦？艾格蘭緹娜大人沒問題嗎?!她一個人有辦法打開通道嗎?!斐迪南大人，這種時候我該怎麼辦?!

斐迪南多半也沒有料到，我會在跳完奉獻舞的同時就一個人被傳送到創始之庭來。

「梅茵，妳聽得見我說話嗎？」

「……因為突然被傳送到這裡來，我太驚訝了，剛才都沒在聽。您說了什麼呢？」

「我說這場君騰競賽，妳是第二名。」

……咦？第二名？

「艾爾維洛米大人，既然您說我是第二名，代表傑瓦吉歐回來了嗎?!」

斐迪南明明說了，他已經銷毀傑瓦吉歐的登記證，並將他關在國境門當中，難道是哪裡出錯了嗎？我瞪大了眼睛時，艾爾維洛米不疾不徐搖頭。

「不。泰爾札若能回來自然最好，但現在卻是下落不明，不知人在何方。」

看來是因為登記證被銷毀了，艾爾維洛米就感應不到傑瓦吉歐的魔力了吧。還是說他真的移動到了其他地方嗎？

「如果傑瓦吉歐沒有回來，那是斐迪南大人以第一名的身分回來了嗎？」

「嗯。出手妨礙泰爾札的那個卑鄙之徒比妳更早回來過。」

……咦？什麼時候？我怎麼從來沒聽說。

當我被要求待在艾倫菲斯特舍裡的時候，斐迪南想必正到處忙碌奔波。雖然不曉得

他是利用怎樣的管道來到這裡，但確實有的是機會。

「妳看那裡。雖說庫因特回來了，但他在宣告自己勝利後，卻沒有問我該如何前往基礎，只是放下某樣東西便離開了。敢情他把我這裡當成了倉庫。」

我往艾爾維洛米注視著的方向看去，發現那裡確實放著一樣東西。那樣東西以銀布包起，避免受到他人魔力的影響，還用繩狀魔導具與魔石綁起來，禁止他人隨意觸摸。我知道那是什麼。

……那是預計要授予艾格蘭緹娜大人的古得里斯海得魔導具！

之前我曾央求斐迪南先讓我看一眼，他卻拒絕道：「妳靠近後，萬一魔導具登記了妳身上時時往外流瀉的女神之力，我就得再重做一本。」之後就被他藏了起來。原來他老早就帶到創始之庭來，還順便向艾爾維洛米宣告了自己的勝利。

……嗯，確實很像斐迪南大人會做的事情呢。

「儘管妳比庫因特要晚回來，卻比那個無禮之徒要先找到了基礎。雖說妳所供給的魔力少到不足以將基礎染色，但基礎內的魔力無疑是增加了。很好，妳竟搶先了那個無禮之徒一步。」

……呃，其實是斐迪南大人下了指示，要我為基礎灌注魔力喔。

眼看艾爾維洛米正在稱讚自己，我也就沒有開口指正，但其實我並沒有搶先斐迪南一步。是斐迪南想要減少我身上過多的魔力，又想確認魔力減少後，女神的力量是否會跟著減弱，所以我只是照著他的指示灌注魔力而已。

「再者，幾乎所有國境門都染上了妳的魔力。由於這些功績不可抹滅，我決定剔除庫因特，任命妳為新任君騰。」

「什麼？」

我的大腦有些反應不過來。他怎麼可以任意指定人選呢。況且我現在正以梅斯緹歐若拉的化身之身分在舉行繼承儀式，要將古得里斯海得魔導具授予艾格蘭緹娜。我自己根本沒有成為君騰的打算。要是計畫就這麼被人打亂，斐迪南也會很生氣吧。

「梅茵，快搶在庫因特前頭，將基礎盈滿魔力。」

「您的要求太強人所難了，再說了第一名是斐迪南大人吧？由我成為君騰並不合規矩。而且我即將要成為奧伯．亞倫斯伯罕……」

請您回想一下這場競賽本來的目的——我這麼主張後，艾爾維洛米一派若無其事地說：「但妳不是為基礎灌注了魔力嗎？」

「我是灌注了魔力沒錯，但那是斐迪南大人要我……」

「重點是我不喜歡那個無禮之徒。我希望君騰由庫因特以外的人來當。」

如果對方的發言是基於個人好惡，那就不可能說服他了。畢竟斐迪南確實做過不少事情，會被討厭也是合情合理。

「回想斐迪南大人至今的無禮之舉，我可以明白您的心情。但您不是答應過，只要斐迪南大人贏了，就會如他所願嗎？」

明明比賽前艾爾維洛米這麼承諾過了，他不應該基於個人好惡，而是要看結果來行事。更何況，斐迪南也不是自己要成為君騰的，所以最終的結果應該能夠讓艾爾維洛米滿意吧。

「我答應的是等到庫因特為基礎注滿魔力，便不對他加以干涉。既然他現在尚未以魔力盈滿基礎，必須把握這個機會。妳要在庫因特奪走基礎前，就將基礎染色。」

……不不不，請別把這件事說得好像拍板定案了一樣……

我要是用女神之力將基礎徹底染色，之後艾格蘭緹娜要重新染色就會很辛苦。再說了我還想保存魔力，為亞倫斯伯罕的祈福儀式與因特維庫俞所用。即使艾爾維洛米要我成為君騰，我也沒有坐上這個位置的打算。況且現在為了讓艾格蘭緹娜成為君騰，已經所有人都開始行動了。

我拚命地思考著如何能夠說服艾爾維洛米。然而，對方是依照神的規範在行事的存在，我一時間根本想不到該怎麼說服。

「妳的魔力恐有不足，但梅斯緹歐若拉有著取之不盡、用之不竭的力量，她說願意幫忙。在她用梅斯緹歐若拉之力染完基礎前，暫時先借用妳的身體吧。」

艾爾維洛米自顧自地說完，隨即有光芒從天而降。下一秒，就像是在抗拒著梅斯緹歐若拉的降臨般，我手臂上的無數魔石發出劈哩啪啦的聲響。

「呀啊?!」

我還沒有開口回話，斐迪南所做的護身符便率先發動。發覺艾爾維洛米完全不顧我的意願，險些就要奪走自己的身體，我為諸神的蠻橫感到不寒而慄。

……我又要失去記憶了嗎?!

「不行！我不借！」

我大喊著這麼宣告，抗拒著想要進到自己身體來的存在。我交叉手臂緊緊環抱住自己，往魔石灌注魔力。

我也有不能妥協的時候。因為我不能再失去記憶了，也答應過斐迪南不會再不經大腦就借出身體。而且，我也不喜歡周遭的情況在自己不知道的時候就變了。因為之前我把身體借給梅斯緹歐若拉時，斐迪南並沒有完整告訴我到底發生了什麼事。

……我不想再讓斐迪南大人擔心，也不想再傷害到他了！

我絕對不借——我強烈地這麼心想時，從天而降的光芒倏地消失。與此同時，艾爾維洛米開始釋放出帶有威懾的力量。

「梅茵，妳要反抗我們嗎？」

「我沒有反抗的意思！只是上次把身體借給女神大人後，祂卻消除了我重要的記憶。現在記憶都還沒有恢復，我不想再失去自己重視的事物了。」

雖然艾格蘭緹娜在當上君騰以後會很辛苦，我之後想為亞倫斯伯罕的土地盈滿魔力也會很吃力，但如果只是要將國家基礎染色的話，那染就染吧，我不在乎。可是，我不能把身體借給女神。

「只要不失去記憶即可吧？那麼，我請其他神祇來幫忙吧。」

「咦？您要請其他神祇幫什麼忙……？」

「給予妳祝福，授予妳盈滿基礎的力量。」

艾爾維洛米緩緩抬起了手。剎那間，五顏六色的光芒從天而降。屬性截然不同的諸神之力，接二連三地灌進我已盈滿梅斯緹歐若拉之力的體內。

「嗚呀！」

最一開始，我有種很不舒服的感覺。就像是有細小到肉眼看不見的異物鑽進了自己全身上下的毛孔裡，整個人猛然竄起雞皮疙瘩來。複數神祇所給予的祝福灌進體內後，卻完全沒有被我的身體所吸收，反而各據一方，在我的體內開始互相排斥。與目前為止收到過的祝福全然不同，這樣的排斥帶來了疼痛。

而就連疼痛也是各式各樣。有的像是體內產生了靜電，有的像是手肘撞到了桌子，有的則彷彿關節遭人粉碎。然而，這些程度不一的疼痛卻是遍布我的全身，從頭部、脖頸、背部、腹部、雙手再到雙腳，而且毫不間斷地持續著，讓我不由自主發出慘叫。

「那麼，速速去將基礎染色……梅茵，妳怎麼了？」

我發出哀號，當場跌坐在地。艾爾維洛米卻是看著我，用納悶至極的嗓音問道。

「好、好痛……我辦不到！啊嗚……」

很快地我再也無法坐著，往旁倒了下來，為了強忍劇痛把身體縮成一團。如果只有梅斯緹歐若拉的力量，我的身體早已適應，甚至會在不自覺的情況下往外釋放，但複數神祇灌進來的力量卻是在互相排斥。那些力量誰也不讓誰，甚至不受控地想要擴大自己的勢力範圍，卻又與身蝕的熱意不一樣，我完全無法憑自己的意志去操控。在這種幾乎要將身體四分五裂的痛楚下，我除了呻吟什麼也不能做。

「……嗯。眼下的情況似乎也讓諸神有些始料未及，他們相當慌張。梅斯緹歐若拉說她想要降臨在妳身上，好整理諸神的力量，妳有辦法摘下手臂上的飾品嗎？」

「唔唔……嗯咕……」

艾爾維洛米望著上方這麼呢喃道，但我搖了搖頭。我現在連好好站著都沒辦法了，更不可能靈活地把袖子捲到肩膀上，單手找到扣環並解開。

艾爾維洛米在原地蹲了下來，往我伸出手，但根本搆不著。看來就算變成了人形，他也無法離開原地。

……就算變成了人形也派不上用場嘛！艾爾維洛米大人這個大笨蛋！

「這下可真是頭疼……」

艾爾維洛米重新起身，用一點也聽不出他是否真心感到頭疼的語氣這麼說。我痛苦得滿眼是淚，而在因淚水而模糊的視野中，發現艾爾維洛米正緩慢地環顧四周。

「……嗯？有人正試圖開啟通道到這裡來。雖然魔力稍嫌不足，但若他有辦法摘下飾品的話，邀請他進來比較好嗎？」

試圖開啟通道的人肯定是艾格蘭緹娜。我拚命點頭。此刻諸神的力量正在體內互相排斥，並且不斷膨脹擴張，再不找人來幫忙，我真的會沒命。

艾爾維洛米揚臂一揮，純白的創始之庭內驀地出現一道開口。有那麼一瞬間，出入口的虹色薄膜似乎晃動了下。緊接著，艾爾維洛米四周出現了好幾道小規模爆炸。

……啊，是斐迪南大人。

會帶著隱蔽之神費亞勃肯的護身符潛入創始之庭，並且攻擊艾爾維洛米的人，在這世上我想不到第二個。只不過，這波攻擊似乎沒有什麼效果，艾爾維洛米只是厭煩地皺起眉頭。

「庫因特，方才奉獻的魔力分明不屬於你，你又使了什麼卑鄙的手段吧。唉，也罷，快點摘下梅茵手臂上的飾品。」

「為何？」

「為了讓梅斯緹歐若拉降臨。」

「我拒絕。」

……等一下，不可以拒絕！

大概是拿下隱蔽的護身符了，這時已經可以看見斐迪南的身影。他手上拿著好幾個魔導具，正在目測我與艾爾維洛米的距離，整個人徹底進入了備戰狀態。但斐迪南要是拒絕的話，我將承受不了諸神的力量。我拚盡全力，顫抖地伸出手。然而，斐迪南只是與艾爾維洛米互相對峙，沒有看向我這邊。

……斐迪南大人，快救救我。

「原來如此。你想讓梅茵就此喪命，然後完成梅斯緹歐若拉之書，就能得到基礎了嗎？這個做法確實最有效率，也不用弄髒自己的雙手，很符合你那冷血卑鄙的作風……雖然我個人極不樂見，但看來除了認可你為君騰，已經別無他法。梅茵，很遺憾，看樣子沒有足夠的時間協助妳成為君騰了。」

艾爾維洛米搖頭說道，話聲中有著全然的死心與遺憾。

「庫因特，讓梅茵繼續痛苦下去也實在可憐。若你還有一點惻隱之心，就別讓她慢慢地痛苦至死，直接給她一個痛快吧。然後，你再盡快去為基礎染色。」

斐迪南露出了無比困惑的表情，來回看著我與艾爾維洛米。這時，他似乎終於察覺到了我求救的目光，一邊防範著艾爾維洛米，一邊來到我身旁跪下。

「……只要讓梅斯緹歐若拉降臨，羅潔梅茵就能得救嗎？」

「她體內的諸神之力只有神能驅動，凡人與我皆無能為力。」
看得出來斐迪南咬緊了牙。
「羅潔梅茵，妳同意讓梅斯緹歐若拉降臨在自己身上嗎？」
「嗯……幫、幫我……好痛！」
我好不容易點了下頭後，斐迪南立刻收起手裡的魔導具，並拿出其他東西來。「含在嘴裡。」他撬開我緊閉的嘴唇，往我嘴裡塞了某種固狀物體後，也往自己嘴裡塞了某樣東西。緊接著，斐迪南背對著我站起來，向艾爾維洛米施展了某種攻擊。隔著他敞開拉起的披風，另外一邊傳來輕輕的「砰」一聲。
「我事先已經減弱過效果了。在羅潔梅茵得救前，為免你又做些沒有必要的舉動，就麻煩你暫時無法動彈吧。」
「啊……唔……」
艾爾維洛米發出了痛苦的呻吟聲。明明一開始的攻擊並沒有效，斐迪南這次到底做了什麼呢？才剛這麼心想，我就看見斐迪南丟開手中的銀筒。原來他竟然向艾爾維洛米投放了即死劇毒。
……那我嘴裡的東西難道是解藥？也太苦了吧。
讓艾爾維洛米無法動彈後，斐迪南立刻捲起我的袖子，開始摘除飾品。
「好痛……唔咕……」
「妳可能會疼痛難忍，但先別亂動。」
請不要強人所難。現在只是稍微變換姿勢，就痛得我齜牙咧嘴。我完全不介意斐迪南和往常一樣，無視我的痛苦呻吟與胡亂掙扎的身體，只希望他快點拿掉護身符。

「……那個，斐迪南大人、羅潔梅茵大人，現在還在舉行繼承儀式，請問兩位在做什麼呢？」

艾格蘭緹娜充滿困惑的話聲忽然傳來。這麼說來，打開通道的人是她。雖然完全忘了，但原本該進來的人其實是艾格蘭緹娜，不是斐迪南。

「為了讓梅斯緹歐若拉降臨在羅潔梅茵身上，我正在摘除她身上部分的護身符。請別杵在原地，快點來幫忙。難道您還不明白羅潔梅茵若有什麼萬一，您也會跟著前往遙遠高處嗎？」

聽見斐迪南焦急的話聲，艾格蘭緹娜往我走來。一看到我痛苦呻吟的模樣，她立刻臉色大變。

「斐迪南大人，羅潔梅茵大人究竟是怎麼了？」

「我不知道。但唯一可以肯定的，就是如果不讓梅斯緹歐若拉降臨，羅潔梅茵就會死。」

斐迪南焦躁不耐地這麼回答時，拿掉了我一邊手臂上的護身符。

「斐迪南大人，請您抱起羅潔梅茵大人按住她，否則我找不到扣環。」

聽到艾格蘭緹娜這麼說，斐迪南便將我牢牢地按在懷裡，不讓我亂動。與此同時，艾格蘭緹娜則是迅速地掀起另一條手臂的袖子。在兩人同心協力下，另一邊的護身符也很快就被拆下。

護身符一被拆下後，睿智女神梅斯緹歐若拉的話聲直接在腦海裡響起。

「妳先退下吧。這次我不會讓妳進入圖書館。」

我感覺到自己的意識被人輕輕一推，然後就被留在了空無一物的雪白空間裡。

……意思是我被禁止出入女神的圖書館了嗎?!不————！

正當我還深受打擊，覺得自己失去了死後的樂趣時，睿智女神的話聲再度響起：

「結束了，妳回去吧。」

「那個，請問發生什麼事了?祢對我的身體做了什麼?」

我急忙向女神發問。因為上一次斐迪南不肯全部告訴我，感覺這次也一樣，所以我想從睿智女神這裡問到正確的資訊。

「上次我降臨在妳身上後，導致妳的身體完全染上了我的力量。因為這個緣故，複數神祇的力量才會在妳的體內互相排斥。原本隨著時間流逝，影響會逐漸淡薄，並不會讓妳這麼痛苦。然而，這次似乎因為相隔不久，才讓妳承受了這番無謂的痛苦。」

睿智女神梅斯緹歐若拉說了，這是造成我痛苦的原因之一。也就是說，還有其他的原因。我催促祂往下說：「那第二個原因是什麼呢?」

「庫因特不是製作了魔導具，想要阻止我的降臨嗎?所以其他神祇在接到艾爾維洛米的請託後，為了衝破魔導具的限制，便強力地往妳體內灌注了大量祝福。這是第二個原因吧。」

……那、那個，我說諸位神祇……

斐迪南所做的護身符是用來防止神的降臨，並不是為了要阻擋神的祝福。女神說其他神祇的力量因此如入無人之境，盡數進到了我的體內。而諸神在灌注力量時又以為會遭到魔導具的阻攔，最終就形成了人體無法負荷的祝福。

「雖說諸神並無惡意，但因為庫因特反抗過艾爾維洛米，所以祂們確實是有意想報復他一下呢。」

然而，結果卻是我在受苦，慘遭牽連的我也太慘了吧。

「因此把妳牽連進來，我也十分過意不去……不過，談話還是就此打住比較好呢。得在缺乏耐心的庫因特又失去控制前讓妳回去。」

居然用失控來形容斐迪南，彷彿把他視作了毒蛇猛獸。可是，斐迪南只是很注重效率又不擇手段，基本上是個很會忍耐的人。

「他這個人稱不上缺乏耐心吧……」

「是嗎？在我看來，庫因特可是深受埃維里貝的影響，只要事關他的蓋朵莉希，他就毫無耐心可言呢。可以的話，請你們別再靠近艾爾維洛米了。」

睿智女神是由衷在擔心艾爾維洛米的安危。我看過一些神話，都說梅斯緹歐若拉視艾爾維洛米為救命恩人，對他多有通融，難道那些神話是真的嗎？看來艾爾維洛米對梅斯緹歐若拉來說，是非常重要的存在。想想斐迪南可是一進到創始之庭就對艾爾維洛米發動攻擊，可以理解她為什麼不想讓斐迪南再靠近半步。

……也是啦，光是把斐迪南大人在創始之庭的所作所為一條條列出來，好像真的和毒蛇猛獸沒有兩樣。

「我知道了。回去以後，我會盡快帶著斐迪南大人離開創始之庭。」

「嗯。還有，妳必須為尤根施密特的基礎染色。因為這是艾爾維洛米的期望，諸神也是為此才將力量借給妳。」

儘管事態出乎預料，但諸神似乎仍然希望尤根施密特能夠存續下去。反正為了減輕諸神力量帶來的影響，我本來就得消耗力量，而且這次諸神又幫了我一把，至今也給了我那麼多祝福，所以我不反對要幫祂們實現心願。

「女神大人，感謝祢的幫忙。祈禱獻予諸神！」

祝福的影響

意識回到現實後，斐迪南的臉龐再度近在眼前。他和上次一樣，臉色憂心忡忡。

「妳是羅潔梅茵吧？身體感覺如何？女神降臨後雖然做了什麼，但妳身上散發出的諸神之力還是毫無變化。妳真的沒事了嗎？是否失去了什麼重要的事物？」

剛才我全身充滿了複數神祇的力量時，斐迪南似乎一眼就看出來了，但由於梅斯緹歐若拉降臨後，我身體的狀況依然沒有任何改變，他因此一臉懷疑。

我試著動動自己的手。儘管指尖還有些發麻，肩膀也僵硬緊繃，但至少不像剛才那樣完全動彈不得。

「身體感覺還有點不舒服，但不像剛才那麼疼痛了。」

「那就好。據我聽到的說明，女神只是將其他神祇的力量分開來並固定住。祂說就像魔力會隨著時間經過而恢復一般，諸神的力量也會慢慢增加，所以妳必須盡快將得到的力量消耗掉。」

「只要用掉就好了嗎？」

我已經答應女神要為基礎染色，之後也要舉行亞倫斯伯罕的祈福儀式，所以如果只是要消耗神力，應該不難才對。

「祂說妳自身的魔力一旦恢復，雖然多少能將其稀釋，但諸神的力量也會恢復……

直到影響完全消失前，妳身上的痛苦都不會消失。」

「請等一下，那究竟要過多久影響才會完全消失？我才不希望身體的疼痛持續那麼長時間，沒有其他辦法了嗎？」

「……並非沒有。」

斐迪南有些別開目光說道，扶我站起來。

「哎呀，斐迪南大人。您說得這麼模稜兩可，羅潔梅茵大人也會感到不安喔。應該照著女神大人說的告訴她……」

艾格蘭緹娜眨了眨眼睛，如此勸告斐迪南。對此我舉雙手贊同。有所隱瞞並不是好事，更何況還是與我自己有關的事情。我沒好氣地抬頭瞪向斐迪南後，他於是一臉厭煩地開始說明。

「女神說了，在妳目前全身充滿諸神力量的狀態下，很難以人類的魔力壓過諸神的力量，但若是在魔力消耗到幾近枯竭的狀態下就有可能。」

「也就是說，只要我把魔力消耗到幾近枯竭之後，再由斐迪南大人將我染色就好了吧？剛好接下來有很多事情都需要用到魔力，應該會有辦法的吧。」

聽到方法意外簡單，我如釋重負。然而，艾格蘭緹娜卻是垂下眉梢，露出有些傷腦筋的苦笑。

「雖然這樣一來，羅潔梅茵大人將會不等秋天，便讓冬天提早到來，但畢竟性命是無可取代的嘛，這也是無可奈何。雖說無可奈何……」

「您說會讓冬天提早到來，意思是要再次在亞倫斯伯罕舉行喚冬儀式嗎？如果使用埃維里貝之劍，確實是可以一口氣把魔力消耗到極限，但好像有點浪費魔力呢。」

再說現在春天都接近尾聲了，要是消耗所有諸神的力量喚來冬天，造成的影響恐怕太過巨大。感覺季節會直接變回冬天，太可怕了。

「不對，羅潔梅茵。不是那個意思。」

斐迪南擺了擺手，深深嘆一口氣，然後朝艾格蘭緹娜投以凌厲的目光，彷彿在說「妳別多嘴」。

「之後我會再向羅潔梅茵說明。艾格蘭緹娜大人，古得里斯海得您已經登記完畢了嗎？」

「嗯，我已登記完畢。」

回應時，艾格蘭緹娜一邊展示了手上鑲有著大魔石的手環。那個似乎就是古得里斯海得。聽說為了要看起來像是由思達普變成，平常會當作飾品戴在身上。當年為了讓自己寵愛的兒子成為君騰，君騰．阿爾芙桑緹是最先發明出古得里斯海得魔導具的人，她的技術就連斐迪南也嘆服不已。母愛真是太偉大了。

「這個古得里斯海得僅限一代，而且只有艾格蘭緹娜大人能使用。」

「我知道。由衷感謝二位，願意將古得里斯海得授予我以及王族。」

艾格蘭緹娜在我與斐迪南面前跪下來。

「既然梅茵回來了，你們速速離去。」

我看往聲音傳來的方向，只見艾爾維洛米板著臉孔，不高興地揮下手臂。變出出口後，他便緩緩地變回白色巨木。明明是希冀著尤根施密特能存續下去，還向諸神請求協助，結果卻遭到斐迪南的攻擊，從另一方面來看，艾爾維洛米也實在教人同情。

「艾爾維洛米大人，我已經答應睿智女神梅斯緹歐若拉，會將基礎染色，所以請您放心吧。」

在完全變回巨木前，我看見艾爾維洛米輕輕頷首。

「羅潔梅茵，妳說要為尤根施密特的基礎染色……」

斐迪南開口想要阻止，但我緩緩搖頭。

「諸神就是為此才把力量借給了我，而且既然得到了人體無法負荷的力量，就得盡可能用掉才行。其實就連現在與斐迪南大人交談，女神大人幫我整理好的諸神力量也慢慢在膨脹擴張。」

恐怕不用多久，全身又會疼痛難忍吧。但此刻我正扮演著女神的化身，絕不能在聚集了許多貴族的場合上暈倒，或在眾目睽睽下因為承受不住諸神的力量而痛苦呻吟。

「時間比我想的還要緊迫。那麼我會做好準備，讓妳能為基礎染色。現在要快點舉行完儀式。」

斐迪南一邊說著，一邊開始撿拾掉在白色巨木四周的樹枝。

「那是什麼？」

「是我在削掉艾爾維洛米的頭髮後出現的，所以應該是這棵巨木的樹枝吧。」

「咦？您說削掉頭髮是什麼意思?!就是因為斐迪南大人做了這種事情，才會連睿智女神梅斯緹歐若拉也對您那麼警戒喔！」

竟敢削掉艾爾維洛米的頭髮，這膽子也太大了吧。如果還是當著女神的面，那祂會視斐迪南為毒蛇猛獸也很正常。

「如果妳不要的話，我可以果斷地留在這裡，但難得掉了這麼稀有的原料，妳不想用來研究魔紙嗎？」

「掉都掉了，我看還是有效活用吧。」

斐迪南咧嘴一笑。我感覺體內的諸神之力好像再度膨脹鼓起。

……神啊！從今往後我絕對不會再讓斐迪南大人靠近創始之庭，這一次就請大人有大量！

斐迪南拿著費亞勃肯的護身符先走一步後，而痛苦與不適並未完全消除的我，則由艾格蘭緹娜牽著手，一階一階地緩慢走下祭壇。

「發生了這麼多事情，真不敢相信現在還是儀式途中呢。」

「就是說呀。這麼短的時間之內，竟然發生了這麼多事情。全都努力應對的斐迪南大人真教我佩服不已。」

我們一邊慢慢走下祭壇，艾格蘭緹娜一邊小聲告訴我剛才發生了什麼事。

她說我突然消失後，自己可是嚇得臉色發白。隨後她便照著斐迪南預先吩咐過的，先把灌有自己魔力的魔石按在舞台上，使魔法陣浮現；接著走上祭壇，進入創始之庭，驚訝地發現我竟然在痛苦呻吟。幫我摘下護身符後，女神隨即降臨，並與斐迪南吵了起來。而原本有著白色巨木的地方站著艾爾維洛米，斐迪南還毫不猶豫地對如此尊貴的存在發動了攻擊。

「女神大人與斐迪南大人吵了起來嗎？」

「是的。睿智女神是因為他對艾爾維洛米大人的言行舉止而生氣，斐迪南大人則是因為諸神對羅潔梅茵大人所做的事情而生氣。看來睿智女神非常重視艾爾維洛米大人，斐迪南大人也非常重視羅潔梅茵大人呢。」

「我剛才還想如果神話都是真的，那麼艾爾維洛米大人就是女神大人的救命恩人，相當於是斐迪南大人在我心目中的存在呢。」

是比在圖書館看書還要重要的存在吧。我這麼表示後，艾格蘭緹娜看著我的眼神，彷彿在看著令人頭疼的孩子。

「我完全可以明白，為何斐迪南大人會遲疑著不想讓冬天提早到來呢。」

艾格蘭緹娜突如其來地把話題轉到「冬天的到來」上，讓我納悶偏頭。話題突然轉到這邊也太奇怪了。但是，我總算意識到「冬天的到來」這件事，顯然跟我至今以為的意思不一樣。

……之後得問問斐迪南大人才行。

「艾格蘭緹娜大人，在創始之庭的所見所聞不能告訴任何人喔。雖然我不太想命令您，但這件事非得下令不可。」

「我知道，況且這些事情也實在無法告訴他人。不說這個了，羅潔梅茵大人，我們快點完成儀式吧。」

諸神的力量正在體內一點一點膨脹，我的手因此有些顫抖起來。艾格蘭緹娜用力握了下我的手後，露出十足有王族風範的社交笑容。我也點一點頭，臉上擠出微笑，努力讓自己有女神化身的樣子。

我們走下祭壇後，只見哈特姆特一臉陶醉地這麼喃喃道：「太神聖了，神聖得教人難以直視……」想必是先下來的斐迪南向他說明過情況了吧。

「那麼，請新任君騰與光之女神定下契約……羅潔梅茵大人，魔導具放在這裡可以嗎？」

哈特姆特站到我身旁，像麥克風一樣將可以擴大音量的魔導具湊到我嘴邊。我點點頭表示沒問題後，轉向艾格蘭緹娜。

「得到眾神祝福的新任君騰啊，在此向司掌契約的光之女神與其眷屬宣誓吧……布勒希克羅涅。」

我用思達普變出了光之女神神具的頭冠，輕輕地放在跪於自己身前的艾格蘭緹娜頭上。除了要戴正，還得小心別讓艾格蘭緹娜一站起來就掉下去，所以其實相當有難度。雖然老早前就知道，但連戴個頭冠都手忙腳亂的我，果然沒有成為侍從的潛力。

我後退一步後，哈特姆特接著上前，將擴音魔導具遞給艾格蘭緹娜。

「我，艾格蘭緹娜，謹在此向光之女神與侍其左右的十二眷屬女神宣誓，會讓在漫長的歷史中逐漸走上岔路的尤根施密特與君騰重回正軌，並以中央神殿長的身分恢復過往的古老儀式，更會遵守對女神化身羅潔梅茵大人的承諾，引領尤根施密特邁向嶄新的未來。」

隨著艾格蘭緹娜說完誓言，光之頭冠亮起一陣格外耀眼的光芒。瞬間，體內諸神的祝福有一部分產生了反應。看來諸神的力量中，也包含了光之眷屬的力量。

……那如果我在這種情況下給予全屬性的祝福，會發生什麼事？

不安使得體內的諸神之力又稍微增強，雙手也開始顫抖。接下來，我預計要給予全屬性的祝福，艾格蘭緹娜再佯裝藉由我的祝福得到了古得里斯海得。事到如今，不能不與哈特姆特還有艾格蘭緹娜說一聲就取消這個步驟，而且我一時間也想不到還有什麼方法，可以看起來很神聖莊嚴地授予古得里斯海得。

哈特姆特在調整擴音魔導具的位置時，與我四目相接。剎那間，他像是察覺到了什麼般眨眨眼睛，表情顯得有一絲驚慌。緊接著他的眼神在空中游移起來，似乎是在尋找帶著費亞勃肯護身符的斐迪南。

……不行！這麼重要的儀式絕不能在這時候中斷。

「方才在創始之庭，艾格蘭緹娜大人已經得到諸神的認可，成為新一任的君騰。如今君騰也向光之女神宣誓完畢，接下來便授予古得里斯海得。」

我制止了想要動作的哈特姆特，如此宣告後，變出思達普詠唱「司提洛」，照著原定計畫給予壯觀的全屬性祝福。

「司掌浩浩青空的……」

在我唸出禱詞後，大神的符號便亮起光芒。每當光芒亮起，體內的諸神之力便蠢動著膨脹擴張。全屬性的祝福灑落在艾格蘭緹娜身上時，我已經像在發燒般渾身發熱。

「艾格蘭緹娜大人，請向眾人出示君騰的證明。」

我往後退開，將舞台讓給艾格蘭緹娜。哈特姆特跟在我的後方，小聲問道：「您沒事吧？」我還沒開口回答，便聽見斐迪南的話聲不知從何處傳來。
「我已大致做好了前往基礎的準備……妳現在的表情就和發燒沒兩樣。」
「諸神的力量在感應到祝福以後就變強了。」
「看來果真如女神所說，妳得前往基礎一趟。為免他人知道基礎的所在，必須讓所有人都留在大禮堂內不能離開。哈特姆特，交給你拖延時間了。」
面對斐迪南突如其來的無理要求，哈特姆特「啊？」了一聲。但是，艾格蘭緹娜高舉起古得里斯海得後，他的訝叫便完全被現場所爆出的歡呼聲蓋過。
「稍後原定要由新任君騰對各領奧伯宣布的事項，就交給特羅克瓦爾大人吧。如果這樣還是拖不了多久時間，就講些有關領主會議的事情，拖住眾人。」
「……遵命。」
兩人這番草率又簡短的討論結束後，歡呼聲也慢慢平息。看樣子大家都相信了古得里斯海得的存在。眼看自己所扮演的「女神化身」這個角色圓滿達成任務，我安心地吐了口氣。
……接下來，只要在退場前別暈倒就好。
「那麼各位。」
被迫攬下重任，必須變更儀式流程並且拖延時間的哈特姆特，用有些感覺得出緊張的話聲宣告儀式結束。
「祈禱獻予諸神！」
既然是閉幕語，這時候就避免不了要獻上祈禱。然而，隨著祝福的光芒從戒指浮起，體內的熱意再度洶湧起來，讓我想要抱頭哀號。

……不——我這個大笨蛋！

「羅潔梅茵大人與艾格蘭緹娜大人即將離場，請高舉思達普恭送兩位離開！」

哈特姆特向儀式相關人員告知了流程的變更後，接著催促主角離場。收起了費亞勃肯護身符的斐迪南，以及拚命掩飾臉上驚訝的亞納索塔瓊斯，都來到祭壇前準備護送。

「事態都這麼緊急了，妳是笨蛋嗎？」

「……既然事態緊急，請斐迪南大人不要明知故問。」

我們面帶禮貌性的社交笑容，小聲地互道牢騷，並以最快速度走出大禮堂。但就算走得再快，我還是感覺得出自己的腳步開始變得有些不穩，抓著斐迪南手臂的手也無法抑制地顫抖起來。

「趁著哈特姆特他們在拖延時間，必須盡快了結。」

大禮堂的門扉才剛合上，斐迪南立刻消掉臉上的社交用笑容，轉頭朝我瞪來——說得更準確點，是瞪著我身上的諸神之力。

「羅潔梅茵，妳還好嗎？」

「不太好。就算說我不成體統，或是身為女神的化身應該要怎麼樣，但我現在只想當場坐下來。」

我渾身不舒服得想吐。只不過想吐出來的，是諸神灌進我體內的力量就是了。

「羅潔梅茵大人，這邊請。」

不知為何，谷麗媞亞與克拉麗莎已經拿著銀布等在大禮堂外，然後立即為我披上。銀布披上的瞬間，感覺得出周遭眾人都放鬆了緊繃的身軀，讓我深刻意識到了體內的這股力量有多大的影響力。

「谷麗媞亞、克拉麗莎，妳們怎麼會在這裡……？」

「儀式進行到一半，斐迪南大人便命令我們已獻名的近侍準備好銀布，來到這裡待命。」

回答的同時，克拉麗莎一邊整理銀布製成的斗篷下襬。谷麗媞亞則幫我戴上帽子加以整理，一臉無奈地說：

「克拉麗莎，明明妳為了看羅潔梅茵大人舉行儀式，中途還曾跑回大禮堂吧？」

「反正我最後還是比羅潔梅茵大人要早來到這裡、乖乖待命，有什麼關係嘛。」

兩人拌了下嘴，但表情很明顯是在擔心我。她們幫我整理儀容時，斐迪南仍不停地在下達指示。

「能同行的護衛騎士只有艾克哈特、馬提亞斯與勞倫斯這三人。即便是護衛騎士，但只要無法靠近現在的羅潔梅茵，跟來也沒有用。再者接下來要去的地方事關國家機密，我們必須要能確實把控同行者的言行。除了已經向我、羅潔梅茵還有艾格蘭緹娜大人獻名的人以外，其他人禁止同行。」

想同行的話就先獻名吧──斐迪南用這句話堵住了艾格蘭緹娜近侍們的嘴巴後，目光接著投向亞納索塔瓊斯。

「當然，亞納索塔瓊斯大人也一樣。」

「你說什麼?!」

「您既不是君騰，在沒有獻名的情況下也無法約束您的言行，所以接下來要去的地方不能讓您同行。」

聽到斐迪南要自己與我假扮成青衣神官的近侍們一起待命，亞納索塔瓊斯臉頰抽搐。但斐迪南沒有理會他的反應，將披著銀色斗篷的我打橫抱起來。光是不必靠自己站著，就讓我覺得輕鬆許多。

「斐迪南，既然如此你……」

「亞納索塔瓊斯大人。」

亞納索塔瓊斯還想反駁時，艾格蘭緹娜拍了拍他的手臂加以制止，然後以優雅的動作從他身邊走開，站到斐迪南的半步後方。

「你當真不曉得我們接下來要去哪裡，也看不出羅潔梅茵大人此刻身體不適嗎？現在真的是刻不容緩。請別忘了羅潔梅茵大人若有什麼萬一，會發生什麼事。」

亞納索塔瓊斯不甘心地看著我與斐迪南，最後倒退一步說道：「只要能拖延時間就好了嗎？」但斐迪南卻搖搖頭。

「等我們事情辦完，艾格蘭緹娜大人便要履行她新任君騰的職責，前往國境門逮捕罪犯。請亞納索塔瓊斯大人與護衛騎士們為此做好準備。」

接到了任務後，亞納索塔瓊斯與近侍們揮開披風，轉身開始行動。很快地，在場只剩下已經獻名的人。艾格蘭緹娜環顧周遭，再仰頭看向斐迪南。

「斐迪南大人，那我們快走吧。我感覺諸神的力量在不斷增強。」

「……羅潔梅茵，妳有辦法下令，要眾人不可洩露同行期間的所見所聞嗎？」

「同行期間的所見所聞……不可告訴任何人。」

我下令要同行的人不得洩露隻字片語後，斐迪南便大步開始移動。移動時所造成的晃動讓我體內的熱意翻騰起來。為了盡可能讓自己不那麼搖晃，我用力抓緊眼前斐迪南的衣服。他的腳步更是加快。

斐迪南用幾乎要撇下艾格蘭緹娜的速度抵達圖書館後，向前來迎接的索蘭芝說道：

「索蘭芝老師，如同我方才以奧多南茲告知的，請您暫時在辦公室裡待命。同時，也別讓任何人進入圖書館。」

「好的，我知道春天來訪時該如何行事，請包在我身上。」

索蘭芝說完後，再往後退了一步跪下來，方便我們通行。

「……艾格蘭緹娜大人，我由衷在此恭賀新任君騰的誕生。往後請您多多賜教。」

「索蘭芝老師，我才請您不吝指教。」

一旦知曉圖書館與君騰的誕生有多麼深的淵源，絕不可能輕忽怠慢吧。與索蘭芝說好下次再談後，艾格蘭緹娜重新邁開步伐。

「羅德里希，你去通知哈特姆特可以離場了。尤修塔斯、艾克哈特，你們負責留意靠近圖書館的人。除此之外的護衛騎士都轉過身，在此負責守衛。」

「是！」

斐迪南向跟著走上二樓的護衛騎士們一一下達指令後，再指示谷麗媞亞與克拉麗莎取下我身上的銀布，並拿出我脖子上的鑰匙。

「羅潔梅茵大人，失禮了。」

谷麗媞亞先這麼知會一聲，但我能做的只是點頭而已。在斐迪南依然打橫抱著的狀態下，我頭上的銀布被摘下，鑰匙也從衣領間被拉出來。谷麗媞亞在克拉麗莎的協助下拿到鑰匙後，動作輕柔且迅速地取下。

「然後把鑰匙交給艾格蘭緹娜大人，妳們也背過身去吧。」

確認兩人都轉身背對後，斐迪南再向艾格蘭緹娜說明鑰匙的使用方式。艾格蘭緹娜照著他說的打開神像懷中的古得里斯海得書背，插入鑰匙。梅斯緹歐若拉女神像隨即滑開來，出現通往基礎的階梯。

「哎呀……」

艾格蘭緹娜睜大了雙眼。斐迪南要她先走，再抱著我走下階梯。穿過了虹色薄膜，尤根施密特的基礎便映入眼簾。

斐迪南一將我放下來，我馬上雙手貼到基礎上，開始供給魔力。魔力連同諸神的力量一起被大量吸出，流往基礎。這時候我總算可以順暢呼吸，痛苦也減輕了，還能感覺到熱意開始退去。

……啊啊，活過來了。

「中央神殿長的聖典鑰匙可以通往尤根施密特的基礎，而各領神殿長所持有的聖典鑰匙則可以通往領地的基礎。這就是從前君騰與奧伯曾擔任過神殿長的證明，也是今後王族與領主一族必須擔任神殿長的理由。」

請您之後再看古得里斯海得，了解詳情──斐迪南這麼說著，為艾格蘭緹娜說明了鑰匙與基礎的關係。

「國家的基礎將如艾爾維洛米大人與睿智女神所願，先以羅潔梅茵的魔力染色。如此一來，強烈希冀著基礎能免於魔力枯竭、尤根施密特能免於崩毀的諸神，想必就會心滿意足了吧。」

只要回顧過往的歷史，就能知道諸神在基礎盈滿魔力後，對於要被重新染色就會非常寬容──斐迪南如是說。

「雖然我無法知曉要替換掉諸神的力量會有多麼辛苦，但畢竟這一切全是王族的無知所造成的，只能請您與亞納索塔瓊斯大人多加努力。」

「是。」

接著，斐迪南以只有現在才有時間談話為由，單方面地向艾格蘭緹娜告知了接下來的安排，艾格蘭緹娜則是努力地記下來。

「領主會議之前，您必須重新劃定領地邊界與建造新領地，否則將無法任命特羅克瓦爾大人與席格斯瓦德大人為奧伯。這可說是您的首要之務。若有辦法在建造新領地前回收舊領地的神具，您就可以減輕負擔，不必製造新的神具。」

……雖然可以感覺到諸神的力量在不斷往外釋出……

之前我為亞倫斯伯罕的基礎染色時，中途還需要喝回復藥水，但現在明明正灌注著比領地基礎要大上好幾倍的國家基礎，我卻一點也沒有魔力即將枯竭的感覺。

「斐迪南大人，不好了。不管我再怎麼供給，魔力都沒有減少的感覺。雖然感覺得到魔力在往外流出，但體內的魔力卻幾乎沒有減少。為基礎注滿了魔力後，魔力真的會枯竭嗎？要是沒有的話怎麼辦？」

我說明這種感覺就像是之前舉行了加護儀式後，魔力的消耗量就變得比以前還要少，只不過這次的情況更極端。斐迪南聽了陷入沉思。

「需要消耗的魔力大量到光是為基礎盈滿魔力還不夠嗎……妳的聲音聽起來倒是有精神多了，身體感覺如何？」

「釋放了諸神的力量以後，身體就不再發熱了，所以感覺還可以。但是，我傷腦筋的是魔力完全沒有減少。」

「是嘛。既然如此，那一併由妳重新劃定領地邊界吧。至於新領地的基礎與神殿，得與新任奧伯商量過後才能創造，那又是艾格蘭緹娜大人展示自己君騰力量的機會，所以不能交給妳，但關於邊界要如何重新劃分，之前已經討論過了。不會有問題吧。」

斐迪南這番發言完全是以我的身體狀況為先。對此，艾格蘭緹娜點點頭。

「如果能交由羅潔梅茵大人重新劃定領地邊界，也能減輕我的負擔。只不過關於此事，有個地方需要稍作修改。在我與奧伯．多雷凡赫以及阿道芬妮大人談過話後，已經決定原定成為席格斯瓦德大人新領地的部分土地，要劃給多雷凡赫。」

她說因為席格斯瓦德與阿道芬妮本就是政治聯姻，男方卻沒能履行契約裡的條件，所以雙方已正式決定離婚。然後當作是違約金，席格斯瓦德要將原定成為自己領地的部分中央土地，讓予多雷凡赫。

「那麼是哪裡的土地呢？」

「從藍登塔爾北方到與多雷凡赫接壤的這一帶。」
斐迪南照著艾格蘭緹娜指出的範圍，重新繪製地圖。由於面積與小領地差不多大，使得多雷凡赫的領地面積大幅擴張，席格斯瓦德的領地預定地則是大幅縮小。
「這樣一來，席格斯瓦德大人會變成中領地的奧伯呢。」
「由於他是王族出身，第一年的領地排名會給予優待。只不過，由於與娜葉拉耶大人的出身領地哈夫倫崔也是相隔遙遠，很難期待得到有力的支援吧。從隔年開始，大概會過得很辛苦。」
聽到艾格蘭緹娜這番話，我聳了聳肩。
「但也不可能比特羅克瓦爾大人還辛苦吧。因為特羅克瓦爾大人就算能夠透過瑪格達莉娜大人得到戴肯弗爾格的援助，但他所要管理的部分舊孛克史德克裡，可是有許多意圖造反的貴族。對比之下，席格斯瓦德大人得到的都是原本由中央在管理的土地，不至於太過勞心勞力吧。」
之前在貴族院舉行奉獻儀式時，向眾人搜刮來的魔力都用在了中央與中央所管理的土地上，所以土地應該並不貧瘠。只要認真當好奧伯，想必不會太過辛苦吧。
「阿道芬妮大人說她回到多雷凡赫以後，預計要成為這塊土地的基貝。因為受到羅潔梅茵大人圖書之都的啟發，想將這裡發展成研究之都。」
曾經嫁予王族的阿道芬妮，很難在領地外找到再婚的對象。因此據說離婚後的她打算回到多雷凡赫，成為基貝。多雷凡赫不僅領主一族人數眾多，原本去了中央的貴族也都要先回到領地，所以若在領內，就不愁找到再婚的對象。我本來還很擔心，離婚之後她的前途未卜，但現在聽來她已經開拓出了屬於自己的道路，真是太好了。

「羅潔梅茵，基礎如果注滿魔力了，就來重新劃定領地的邊界吧。和奧伯重新劃定基貝的土地邊界一樣。至於邊界要怎麼劃，就參考我畫的地圖……對了，艾格蘭緹娜大人，雖然十分冒昧，但麻煩您為羅潔梅茵打分數。」

「打分數嗎？」

面對斐迪南的要求，艾格蘭緹娜瞪大眼睛。

「您同時也是領主候補生課程的教師吧？我聽說羅潔梅茵因為失蹤了整個冬天，並未修完貴族院的課程。既然她接下來要重新劃定領地邊界，之後還要回到亞倫斯伯罕銷毀登記證，請您以此為她的領主候補生課程打分。」

他順便還拜託艾格蘭緹娜，請她去找奉獻舞課的老師商量，以我今天在儀式上跳的奉獻舞來評分。這也太強人所難了吧。對於這突如其來的無理要求，眼看艾格蘭緹娜一臉驚慌，我更是應該堅決反對吧。

「斐迪南大人，您太強人所難了。這就像臨時抽考一樣，完全讓人措手不及。艾格蘭緹娜大人也需要作點心理準備喔。」

我這麼抗議後，斐迪南哼笑一聲，以冷冽的目光瞪來。

「只要妳還記得我教過的內容，肯定可以合格。當時我可是百忙中還抽空教妳，妳該不會已經忘了吧？」

「我、我當然還記得！」

應該啦——我在心裡補上這一句。

「那就不用擔心。況且妳若要再安排時間，重新參加貴族院的考試，妳想傷腦筋的會是誰？」

斐迪南冷冷地低頭看來，我於是想了一下。倘若得另外安排時間補考，屆時傷透腦筋的人會有誰？

「最頭疼的應該就是斐迪南大人了吧。其次是我與斐迪南大人的近侍們。」

「沒錯。所以妳所有的補考都由我來安排，我也會趁著領主會議期間找老師們協商。屆時，妳只要一次性通過所有考試即可……好了，快為領地重新劃定邊界吧。」

在斐迪南的催促下，我變出思達普。

於是我沒有使用教材，而是對著真正的尤根施密特基礎變更領地邊界。得到大量神祇祝福的女神化身，順利地通過了補考。

魔力枯竭計畫

「斐迪南大人，雖然我很高興通過補考了，但我的魔力並沒有達到枯竭喔。現在該怎麼辦？」

都已經將基礎染色，還重新劃定了領地邊界，體內卻仍然有魔力殘留……正確說來是數種的諸神之力。離開圖書館前，我還為一路上看到的魔導具都供給了魔力，但仍然剩下四分之一左右。這種情況怎樣想都非比尋常。居然在供給了這麼大量的魔力以後還有剩餘，那我到底該怎麼做才能把魔力消耗到幾近枯竭？

「總之，先去今後在治理亞倫斯伯罕時，本就需要供給魔力的地方吧。」

於是乎，此刻我們正往亞倫斯伯罕的採集場所移動。艾格蘭緹娜與亞納索塔瓊斯他們則是前往國境門逮捕傑瓦吉歐，所以我在目送一行人離開後，再從中央樓裡的轉移門移動到阿妲姬莎離宮，這時正與斐迪南共乘騎獸。

「真可惜，居然因為騎獸魔石上登記的魔力與我現在體內的諸神之力相差太多，結果無法使用小熊貓巴士。要是能使用騎獸，就可以消耗掉一些魔力了……」

在我表示想要使用自己的騎獸時，斐迪南卻說：「在妳恢復記憶前，我勸妳最好先別使用。」他這麼奉勸的理由，似乎存在於我消失的記憶當中。

「回想妳今天的活動量與身體狀況，雖然很想讓妳在睡前喝瓶回復藥水，但恐怕在魔力枯竭前都不適合飲用吧。再不快點消耗掉魔力，妳的體力會先消耗殆盡。雖說為了以防萬一，我也準備好了消耗自身魔力，來讓外傷與體力完全恢復的藥水，但這種藥水並不適合妳。」

「不適合我是什麼意思呢？」

……難道是味道比超級難喝回復藥水還要可怕嗎？

「因為使用那種藥水的前提是必須受傷。倘若要以魔力枯竭為目的，就得讓妳受到重創才行。說白點，就是要在確保妳不會斷氣的情況下砍斷手腳，或是刺穿……」

「咿嗚?!我絕對不要！不管發生什麼事情，都請不要使用這種藥水！我最怕痛也最怕血了！」

我立刻瘋狂搖頭，大力拒絕。然而斐迪南的表情卻是非常認真，就像瘋狂科學家在打量著要做實驗的動物一樣。拜託請別再想「怎樣的外傷不會讓人斷氣」了！

「由於得用魔力讓傷口一鼓作氣復原，所以過程中伴隨而來的痛苦也非常劇烈。因此我一開始就說了，這種藥水不適合妳吧？」

「……那斐迪南大人用過嗎？」

「當然。我也給過別人這種藥水，但並不曉得對方是否使用了。」

斐迪南大概只是做了實驗，測試藥水的效果，但我還是希望他別說得這麼一臉若無其事，也別把這麼恐怖的藥水送人。收到的人也很為難吧。

「既然妳怕痛又怕血，那就只能多方嘗試，看哪一種方法適合妳了。現在要來測試若只是供給魔力、不詠唱禱詞，是否就沒有問題，還是只要參加儀式就有危險。」

如果只要不詠唱禱詞就沒問題的話，那麼解決起來就會輕鬆許多。所以為了測試，我們來到了亞倫斯伯罕的採集場所。而且還讓離宮內的貴族們同行，負責採集原料。

「這還真是慘不忍睹，跟艾倫菲斯特的採集場所完全不一樣呢。」

大概是因為無人管理、遭到棄置，亞倫斯伯罕採集場所內的原料少得可憐，讓我目瞪口呆。照這樣看來，學生們很難採到上課所需的原料，也幾乎無法進行調合吧。

「明明之前在領主會議上就教過禱詞，我還以為多數領地都懂得開始治癒土地了……」

「即便知道禱詞，但實際上有能力治癒採集場所的，也只有上位領地吧。落敗方的中小領地就算知道怎麼治癒，也沒有足夠的人力與魔力，多半難以執行。至於亞倫斯伯罕，則是因為蒂緹琳朵對妳與對王族的敵意，加上她生性怠惰，才導致這樣的結果。」

斐迪南哼了一聲，要求近侍以外的亞倫斯伯罕騎士與文官們在上空待命後，往採集場所降落。

眼前的採集場所荒蕪到了幾乎不見魔獸的蹤影。那麼治癒這裡，想必會消耗掉不少魔力吧。想起頭一次治癒艾倫菲斯特的採集場所時，我還喝了回復藥水，便不由得對魔力的減少幅度產生期待。

「羅潔梅茵，開始吧。」

「是。」

谷麗媞亞與克拉麗莎幫忙摘下銀布後，我再跪下來，將雙手平貼在地面上，往埋藏在採集場所下的魔法陣灌注魔力。魔法陣隨即帶著綠光浮現。

「諸神的力量有變化嗎？」

「沒有。但現在這樣的話，只是讓魔法陣浮現而已，並無法治癒土地。好像還是需要詠唱禱詞。」

「禱詞我來詠唱，妳接著灌注魔力吧。」

說完，斐迪南開始向芙琉朵蕾妮獻上祈禱。魔法陣發動後，便綻放著綠光緩緩地往上升去。隨著魔力不斷地灌進魔法陣裡，土地逐漸盈滿魔力；草木開始向上伸展，冒出青翠綠葉，花苞也探出頭來嫣然盛開。

這在艾倫菲斯特早已是司空見慣的光景，但由於此處的採集場所從未施展過治癒，所以亞倫斯伯罕的貴族們似乎都覺得看到了奇蹟。

「噢噢噢噢噢！太驚人了！這就是女神化身的力量！」

「採集場所竟然一眨眼就變得如此茂密繁盛，我簡直不敢相信。」

親眼見識到女神化身的力量後，貴族們興奮的吶喊聲從高空遠遠傳來。然而，我卻感覺到體內的諸神之力有些膨脹起來。

「羅潔梅茵，怎麼了嗎？」

「……體內的力量有些許反應。不過，跟使用光之女神的神具時比起來，已經小得多了。這裡因為荒蕪貧瘠，消耗掉了大量魔力，所以並沒有增加到比施展治癒前還多。」

「是嘛。那正好亞倫斯伯罕多的是荒蕪貧瘠的土地，可以由妳來灌注魔力。」

斐迪南稍稍放鬆了臉部表情。但真的只是稍微而已，其他人根本看不出來。大概是知道了還是有辦法能讓我的魔力枯竭，所以鬆了口氣吧。

「那麼我為亞倫斯伯罕的土地灌注魔力時，如果不詠唱禱詞也不舉行祈福儀式，而是使用思達普變成聖杯，再任由魔力往外釋出，這麼做行得通嗎？」

「雖然值得一試，但妳方才在儀式上，使用光之女神神具時的感覺如何？」

被斐迪南這麼一說，我回想了使用光之女神神具時的感覺。當艾格蘭緹娜說完誓言、神具發出光芒的那一瞬間，諸神的力量就增加了。好像是不太妙。

「看妳的表情，想來是不用期待。」

「那如果是往神殿裡的神具灌注魔力呢？既然是從前君騰所做的神具，應該沒那麼容易損壞吧。我可以往蓋朵莉希的聖杯灌注魔力，一邊騎著騎獸在亞倫斯伯罕的上空飛行，往下散布魔力……」

我隨口說出想到的辦法。斐迪南以手支著下巴，垂下目光為此沉吟起來。

「嗯。雖然腦海裡的想像畫面不太美麗，但若能採用這個辦法，祈福儀式就能輕鬆完成。透過調合消耗魔力，或許也是個有用的辦法。剛好也拿到了新原料。」

「可是，魔石與魔導具很可能會化作金粉喔。」

想起自己只是想要歸還，卻害得席格斯瓦德的許可證變作金粉，我輕輕聳肩回道。魔石倒還好，但我很害怕要觸碰魔導具。因為一不小心就會被我碰壞。

「反正魔石就算化作了金粉，也能用在妳的圖書之都計畫上，所以完全不是問題。為了盡快施展因特維庫命，本來就安排妳要把在這裡採到的原料都變成金粉。」

他說必須盡快重建遭到蘭翠奈維人破壞的城市，並且摧毀蘭翠奈維之館。因為蘭翠奈維之館與艾格蘭緹娜他們今後要住的離宮相連。

「要不是因為施展因特維庫侖時會詠唱到最高神祇的名字，我現在就可以建造圖書之都了……明明不能用在自己想用的地方上，但只要魔力不枯竭，我就會有生命危險，這也太不公平了。」

我噘著嘴唇嘟囔抱怨，斐迪南便安撫地輕拍我的頭。

「現在抱怨也無濟於事。既然還有解決的辦法，就只能一一嘗試了。」

「……說得也是。而且這次有斐迪南大人陪著我，真教人放心呢。」

我嘿嘿笑道後，斐迪南卻用力皺起眉，舉目看向上方。

「別再嬉鬧了，快點下來採集！」

他大聲喝斥在半空中喧譁吵鬧，說著這是神的奇蹟的貴族們。

「你們採集到的原料將會製成金粉，用來施展因特維庫侖，重建慘遭蘭翠奈維人破壞的亞倫斯伯罕。採集時要想著這些原料會變成自己的居所，盡可能採些屬性值高的原料。」

貴族們立刻一臉正色，開始採集。這時，身上仍穿著神官長服，把儀式的善後工作都丟給中央貴族、跟著跑來這裡的哈特姆特，繼續用剛才在祭壇上的語氣開口說了。

「這次是因為採集場所太過荒蕪，才會借用羅潔梅茵大人的力量，但採集完了因特維庫侖所需的原料後，今後就要由學生與出席領主會議的貴族們，自行為採集場所供給魔力。不知各位是否知道，如今貴族院已預計要重新舉行古老儀式，他領貴族為了取得諸神的加護，也都在領內開始向神祈禱了呢？」

雖然亞倫斯伯罕從未參加過在貴族院舉行的儀式就是了，哈特姆特如此微笑道。聞言，披著戴肯弗爾格藍色披風的克拉麗莎也連連點頭，「現在戴肯弗爾格領內，已經很頻繁地在舉行儀式了喔。」

……但戴肯弗爾格在舉行的，比起儀式，說是迪塔更正確吧？

記得漢娜蘿蕾告訴過我，他們為了研究迪塔前後的儀式，比迪塔的次數和以前相比變多了，結果學生們得到的加護因此增加後，大人們也開始增加比迪塔的次數。雖然我已經忘了是什麼時候的事。

「亞倫斯伯罕的貴族若不快點開始舉行儀式，就會演變成明明是在羅潔梅茵大人的治理之下，卻有最多的人都得不到加護。請別忘了，都怪已是罪人的蒂緹琳朵排斥至今的關係，使得亞倫斯伯罕現在才開始接觸儀式與祈禱，已經落後了他領許多。」

「難得女神的化身願意成為奧伯，淨化這塊遭到混沌女神卡歐賽珐毒害的土地，倘若領內的貴族厭惡舉行儀式，說不定在不遠的將來，女神也會厭棄而去呢。」

聽到哈特姆特與克拉麗莎用來洗腦亞倫斯伯罕貴族的話語，在場的貴族們全都臉色大變，開始認真採集。

「休特朗，這裡交給你指揮。原料採集完後，就送到艾倫菲斯特舍。我會交給羅潔梅茵變作金粉。羅潔梅茵的近侍們都先回艾倫菲斯特舍吧。莉瑟蕾塔他們應該已經做好準備了。」

「是！」

一回到艾倫菲斯特舍，齊爾維斯特他們就大步迎上前來。似乎就連觀眾席上的眾人也看得出我身上的神力增加了，但儀式結束後，明明先走一步的我們卻遲遲沒有回來，讓他們非常擔心吧。

「如同通知過的，我已經準備好了談話用的房間。斐迪南，儀式期間我看你一直鬼鬼祟祟的，羅潔梅茵她還好嗎？」

「這件事我也會一併說明。」

斐迪南暗示了我是這場談話的主題後，催促齊爾維斯特帶路。除了齊爾維斯特、芙蘿洛翠亞、斐迪南與我之外，其他人都被要求離開房間，接著指定範圍的魔導具發動。

「……太過複雜的內情我一概省略，總之，就是羅潔梅茵不僅讓梅斯緹歐若拉再次降臨在她身上，還得到了其他神祇所賜予的力量。而這些力量，都是為了要盈滿尤根施密特的基礎。」

「那為基礎注滿魔力了嗎？」

「嗯。但是，羅潔梅茵體內還殘留有諸神的力量。女神說了，由於那股力量人體難以負荷，所以她必須盡快讓魔力枯竭，再以人類的魔力蓋過去。」

畢竟不能告訴他們，其實是因為諸神一時激動下，不小心灌注得太多了，所以斐迪南說得相當含糊。多數人應該很難聽出斐迪南這樣的說法有什麼蹊蹺，但齊爾維斯特卻是敏銳地察覺到了。

「……所以你的意思是在諸神的命令下，要讓冬天提早到來嗎？」

「齊爾維斯特，你別胡思亂想。羅潔梅茵因為身世特殊，即使不讓冬天提早到來，也能夠輕易染色，要完整染色更是不難。所以我不會做那種事情。基本上只會以藥水進行，再和以前一樣使用窺看記憶的魔導具。這也不是現在談話的重點。」

斐迪南一臉不快地瞪著齊爾維斯特。發現兩人的氣氛劍拔弩張，我納悶偏頭。

「請問，讓冬天提早到來是什麼意思呢？我最近很常聽到，但實在不太明白……啊，不過我知道，意思並不是指發動喚冬魔法陣喔。」

瞬間，會議室內的氣氛降到冰點。齊爾維斯特與芙蘿洛翠亞都面帶著笑容，僵在原地不動。這種感覺就像是我往他們拋了一顆震撼彈一樣。我全身所有細胞都感覺得到：我搞砸了。

「真是抱歉。難道這是不該問的事情嗎？可是，這跟我有關係吧？不然請告訴我，我可以找誰問這個問題。」

「……現在宿舍裡的人，去問黎希達是最妥當的吧。但如果羅潔梅茵真向黎希達問了這個問題，恐怕妳之後會吃不完兜著走。」

齊爾維斯特往斐迪南瞥去一眼，後者則是大感厭煩地嘆了口氣。這件事也跟斐迪南有關係嗎？那到底該不該問黎希達呢？我正苦惱不已時，芙蘿洛翠亞以手輕托臉頰。

「由我來為羅潔梅茵說明吧。畢竟對男士來說，確實不太方便。若想知道不等秋天降臨，便讓冬天提早到來這句話的意思，首先要了解秋天有著怎樣的含意。」

芙蘿洛翠亞問我，秋天在與諸神有關的譬喻中代表了什麼意思，我開口回答：

「秋天代表了果實與收穫吧？然後從舒翠莉婭的神具，還衍生出了防禦與守護的意思；又因為許多眷屬神都與藝術相關，所以也象徵了各種技藝，有時還意指時間、速度與情報。除了這些以外……好像還有別離吧？」

想起戀愛故事裡有很多跟秋天有關的譬喻，我接著又說：

「近年推出的戀愛故事當中，尤葛萊莎經常是指失戀與別離的意思，但就我在聖典中看到的記述，尤葛萊莎更常是在離家獨立的時候出現，很少用來比喻失戀。比如成年的男性領主候補生要搬出城堡的時候、女性因為結婚要離開領地的時候，從前都是向尤葛萊莎祈求庇佑。」

但就是因為有這樣的認知，我看起戀愛故事才會那麼容易混亂吧。這麼心想的我，只見斐迪南按住太陽穴，「明明知道得這麼清楚，為何還會聯想不到？」

「羅潔梅茵，這次就是要從這方面去解讀喔。秋天除了收穫以外，還有成熟與成年的意思。至於冬天是怎樣的季節，請以大神的行動為基準去思考。照著妳在聖典上看到的記述去解讀就好了。」

芙蘿洛翠亞微笑說道。

「呃，照著聖典上的意思去解讀的話，也就是不等成年……嗚呀啊啊啊啊！」

聯想起來的瞬間，我羞恥得整個人像著了火一樣。怪不得身邊的人都一臉尷尬。與此同時，我也想起自己說過了什麼。自己竟然當著艾格蘭緹娜的面說：「那消耗完魔力以後，再由斐迪南大人將我染色就好了。」這根本是露骨到不能再露骨的勾引。

……不要啊啊啊啊啊！拜託了，誰快幫我把時間倒轉回去！

終於明白艾格蘭緹娜當時為何神情複雜，我不僅想哭，還丟臉得想一頭撞死算了。要是這裡能挖洞，真想當場把自己埋起來。我立刻滑下椅子蹲到地面上，先試著敲敲地板再說。然而地板鋪著厚厚的毛毯，顯然是挖不出洞來。

「妳終於聯想到了嗎……現在又是在做什麼？」

「養父大人，我完了。因、因為，不等秋天降臨就讓冬天到來，還有染上魔力這些話，意思不就是那個……我……」

我蹲在地上仰望齊爾維斯特，嘴巴只能茫然地一張一合，不知道該說什麼才好。斐迪南和齊爾維斯特一樣低頭看著我，一派了然於胸地說：「我不會做那種事情，所以妳快冷靜下來。」

明明以前就學到過，「請將我染上你的顏色」是相當直接的求愛語句，為什麼在談到要重新染上魔力的時候，我會聯想不到閨房之事呢？因為我被斐迪南染色時，他是使用了藥水與魔導具啊。

「結果這全是斐迪南大人害的嘛！」

「是因為妳出身特殊的關係，並不是我的錯。而且也怪妳自己愚鈍，理解不了委婉的貴族用語。」

「羅潔梅茵的出身很特殊嗎？」

芙蘿洛翠亞眨眨眼睛，環顧我們三人。她多半不知道我是平民出身的身蝕，也不知道我是埃維里貝印記之子吧。要在這種時候告訴她嗎？我觀察著現場情況，只見斐迪南與齊爾維斯特交換了個眼神後，搖了搖頭。

「詳情恕我無法告知。總之，羅潔梅茵的體質與一般的貴族截然不同。因此早在她成為齊爾維斯特的養女前，魔力似乎就受到了我的影響。即便我現在將她重新染色，已獻名的人們也只會覺得她的魔力恢復如初吧。」

魔力量還有可能，但魔力的顏色並無法以肉眼辨識。就算魔力有了變化，也只有全身薄薄覆著主人魔力的獻名者感知得到，除此之外的人根本不會曉得吧。

「之後會告訴眾人，妳的神力在將古得里斯海得授予艾格蘭緹娜大人後就消失了，所以妳不必在意其他人的想法。」

「怎麼可能不在意嘛。艾格蘭緹娜大人可是在我身上有了女神之力後才獻名的，那麼這樣還是無法解開她的誤會吧！像養父大人他們不是也誤會了嗎？明明之後只是要使用藥水而已……那個，雖說是要染上魔力，但、但是，絕對不會有需要舉行星結儀式的那種行為……嗚嗚，明明只是誤會而已……」

明明自己要做的事情沒有半點不知羞恥——我抱著頭雙眼噙淚，斐迪南卻是冷靜至極地提醒我。

「羅潔梅茵，妳別太過激動。現在不只魔力，就連諸神之力也開始不穩定了。」

「我哪有辦法保持冷靜嘛，這種事情……」

至今我從來沒有成為這種話題的主人翁過，甚至可以說是與戀愛扯不上邊。就連前未婚夫也對我說過：「當兄妹還可以，但當妳的未婚夫實在太痛苦了。」我哪想得到與男女情事有關的話題會出現在自己身上嘛。簡直丟臉死了。

「現在就算誤會解開了，還是會感到很難為情吧。只不過，斐迪南可不懂女孩子的這種心情，我勸妳最好趕快明白這一點。」

「這我早就知道了。」

我往齊爾維斯特瞪了一眼，斐迪南卻是一臉不快。

「……既然如此，就別再不成體統地蹲著了。在妳魔力枯竭之前，現在都不能讓妳飲用回復藥水，所以要盡可能別消耗體力。」

斐迪南催促我回位置坐好。於是我慢吞吞起身，坐回椅子上。

「那麼言歸正傳。為了消除諸神力量的影響，無論如何都得讓羅潔梅茵的魔力達到枯竭不可。但是，這件事情很難達成。」

斐迪南說明，現在我體內的諸神力量不僅很難消滅，而且魔力只要一恢復，諸神的力量就會互相排斥，讓我有性命之憂。齊爾維斯特與芙蘿洛翠亞聽了，雙雙瞪大眼睛。

「由於必須盡快在亞倫斯伯罕施展因特維庫侖，我打算利用羅潔梅茵現在的狀態，讓她製作金粉。正好先前羅潔梅茵在格拉罕之戰中摧毀了基貝的宅邸，所以我想趁此機會也做好重建所需的金粉，還給你們。至於變作金粉所需的原料，請在今天之內送到羅潔梅茵的房間。」

斐迪南說光靠在亞倫斯伯罕採集場所取得的原料，消耗不了我多少魔力，所以想請艾倫菲斯特也提供協助。

「還有，施展因特維庫侖時，也預計要建造古騰堡們搬來後的住處。所以，請借我閱覽之前在葛雷修施展因特維庫侖時的設計圖複本。」

他說普朗坦商會與奇爾博塔商會的店面應該都是自己設計的，至於原先沒有預計要搬遷的工坊，則會參考亞倫斯伯罕的建築物。

「另外，能順便請你向古騰堡成員下達搬遷的命令嗎？我希望一部分的人能在領主會議後就搬過來，以羅潔梅茵的專屬之身分開始行動。那些人原本就做好了要搬到中央的準備，所以應該是沒問題。」

斐迪南強調，這個要求對平民來說絕非強人所難。他說那些平民若不在我搬遷的時候一起移動，往後就很難以專屬的身分在新的土地上生活。既然是這樣，那命令他們搬過來應該沒問題吧。

「……要我下命令是無妨，但平民區的這些商人將與妳一同搬遷，妳不親自與他們見一面嗎？」

齊爾維斯特這麼說著，往我看來。腦海中浮出了班諾等等幾個古騰堡夥伴的臉孔。我當然感到懷念，有機會的話也想見一面，只不過現在的我完全沒有了有關平民區的記憶，所以先是看向斐迪南。

「女神降臨在我身上後，我因此失去了一部分的記憶……如果安排會面的話，髮飾工藝師也會出席嗎？」

「應該會吧。所以，現在最好還是別碰面。我已經可以預想到，一旦讓妳們見面，無論妳的記憶是否連結了起來，妳一定會陷入混亂。萬一諸神的力量失控，屆時不光是妳，妳身邊的人也會有危險。因此至少要等到諸神的力量消失之後，而且會面時要能夠屏除近侍。」

我偏了偏頭，不太能理解斐迪南的擔憂。因為我完全想像不出與不在自己記憶中的人見面，究竟會發生什麼事。見我只是歪著頭，斐迪南略微垂下目光。

「齊爾維斯特，今晚我會讓羅潔梅茵留在這裡製作金粉，但如果魔力還是沒有減少，明天便會返回亞倫斯伯罕。好不容易魔力在這時候已有大幅的消減，若不趁勢消耗掉

諸神的力量，一旦魔力恢復、諸神的力量跟著增加，羅潔梅茵將會因為承受不住而登上遙遠的高處吧。連帶所有向她獻名的人也是……」

聽到成為新君騰的艾格蘭緹娜也有可能登上遙遠高處，齊爾維斯特緊閉雙眼。

「現在這種情況，等同羅潔梅茵正掌握著尤根施密特的命運。再加上她還失去了記憶？她身上的擔子未免也太沉重了。」

「養父大人，您放心吧。只要不去在意，我根本不會意識到自己失憶了，所以生活上沒有什麼不便喔。」

這麼說的我想讓齊爾維斯特放寬心，斐迪南卻緩緩搖頭。

「就算沒有任何不便，妳仍會感到不安吧。一定要盡快讓妳的魔力枯竭。現在這樣也無法取回妳的記憶。」

說完斐迪南將我抱起來，朝著房間的出口走去。

「我會竭盡所能提供協助。斐迪南，羅潔梅茵就拜託你了。」

齊爾維斯特送出奧多南茲，告知談話已經結束。緊接著門扉打開來，各自的近侍都準備進入屋內。

「斐迪南大人，只是要回房間而已，我可以自己走。請放我下來。」

我剛剛才了解了不等秋天就讓冬天提早到來，以及所謂用魔力將自己染色有著怎樣的含意，很想叫他別挑這種時候抱著我移動。

「如果讓妳自己走路，妳的體力會比魔力先耗盡吧？要是今晚魔力沒有減少，妳就得在無法飲用回復藥水的情況下，前往亞倫斯伯罕供給魔力。這樣妳還不明白事情的嚴重性嗎？現在就安分點別亂動。」

……我就是為了要安安靜靜待著，才叫你放開我啊！斐迪南大人這個大笨蛋！太遲鈍了吧！

金粉的製作與回領

「我們要離開了，後退。別擋路。」

斐迪南抱著我，斥退齊爾維斯特二人想要進屋的近侍們，離開房間。我和斐迪南的近侍們也都在房間外待命，所以一看到我被抱著走出來，全都雙眼圓睜。

「斐迪南大人?!羅潔梅茵大人有哪裡不舒服嗎?!」

最先衝過來的人是哈特姆特。本來還以為他會指責我不知羞恥，或是出言調侃，結果完全沒有，話聲中反倒有著焦急又迫切的擔憂。柯尼留斯的表情也看得出有話想問，但絕不是要對現在的情況加以指責。

……奇怪了？難道莫名在意現在這種情況的人只有我？

「你們必須時時注意，盡量別讓羅潔梅茵消耗到體力，也別讓她獨自到處走動。視情況而定，接下來有可能都無法使用回復藥水。」

「是完全無法使用嗎？就連能大幅恢復體力的藥水也是？」

哈特姆特這麼發問後，所有近侍眨也不眨地注視斐迪南。

「那種藥水在恢復體力上雖有強大的效果，但多少還是會恢復魔力。現在光是魔力有少許的恢復，似乎都會讓諸神的力量大幅擴張，對羅潔梅茵的身體造成負擔。我是希望最好別使用。」

斐迪南不快地說著：「現在也沒有時間能研究完全不恢復魔力的回復藥水。」一邊將我交到安潔莉卡手中。

「羅潔梅茵大人現在似乎很不得了呢。」

安潔莉卡用似懂非懂的奇妙語氣這麼安慰我，但我微微別開目光。因為大家認為的「不得了」與我自己認為的「不得了」，好像有不小的落差。

……明明我正心想著「怎麼辦?!」自己竟然對艾格蘭緹娜大人說出了那麼不知廉恥的話」，但現在好像不是煩惱這種事情的時候。

不單是斐迪南，包括周遭的近侍們也是，不管由誰抱著我，大家好像都不在意。由於大家的反應太鎮定了，對於自己這麼難為情，我反倒開始覺得尷尬。仔細回想起來，從麗乃那時候起，我就一直與男女情事八竿子打不著關係。事到如今也不可能突然有人八卦起我的感情關係，而且為了沒有發生的事情驚慌失措，反而很奇怪吧。

……反正我本來就只要與書談戀愛就好，況且內在要是完全沒變的話，我這個愛書妖怪也不可能談場正常的戀愛。再說了，斐迪南大人這個人怎麼可能談戀愛嘛。像現在這樣胡思亂想，根本是我自己想太多了。嗯、嗯。

我用從前世開始就常常聽到的話來說服自己，慢慢地做了個深呼吸。雖然對艾格蘭緹娜做出的失言是個慘痛的教訓，但身邊的人對於我與斐迪南的肢體接觸，似乎並不如我所在意的那般牴觸。

……嗯？可是明明不久之前，大家還要我與斐迪南大人保持距離，為什麼現在卻不在意了呢？是因為事態緊急嗎？呃，但那時候也一樣事態緊急吧？

納悶的我抬起頭來，正想要發問時，斐迪南剛好環顧起近侍們，開口說道：

「稍後羅潔梅茵要製作金粉。若能在今晚把魔力消耗到枯竭為止，那樣自然最好，但從她目前為止的魔力消耗率來看，情況恐怕不容樂觀。此外睡了一個晚上，她體內的魔力多少也會恢復吧。雖然需要調查羅潔梅茵的魔力會恢復多少，但肯定不會是零。所以我打算預先做好準備，明天就能啟程前往亞倫斯伯罕，散布魔力。」

明明臨時變更行程，卻沒有半個近侍出聲抗議。大家的表情反而變得著急，就好像在說：「時間已經這麼緊迫了嗎？」

「已獲准陪同前往亞倫斯伯罕的近侍們，接下來要收拾好宿舍裡的行囊，先一步返回亞倫斯伯罕，為出發舉行祈福儀式做好準備。亞倫斯伯罕因為領內收成欠佳，所以在廚師與食材的安排上得格外留意。另外，為了能在緊急時刻使用大幅恢復體力的藥水，羅潔梅茵的藥水就由我來準備。哈特姆特，你直接穿著神官長服前往神殿，借來神具。只要告訴他們是貴族要舉行祈福儀式，相信不會有意見吧。」

反正都要借了，那就把所有神具都借來，一併注滿諸神之力——斐迪南這麼說道。他說因為祈福儀式上會用掉聖杯裡的魔力，所以之後還有聖杯能承接剩餘青衣神官們的魔力就足夠了。

「黎希達，不久後亞倫斯伯罕的騎士們會送來要變作金粉的原料，麻煩妳找些艾倫菲斯特的侍從或文官，前往玄關待命。還有，由於今天舉行了儀式，也許會有人直接寄送奧多南茲給羅潔梅茵。若有他領的奧伯或王族請求會面，一律予以回絕。」

他說現在沒有比消耗完諸神力量更緊急的事情，所以等到領主會議上再商議就夠了。聽了斐迪南的吩咐，黎希達應道：「遵命。」

「羅潔梅茵，稍後我會盡可能準備好大小一致的虹色魔石，供妳變作騎獸。妳以魔力染色後，要將所有魔石融合成大魔石，變出一頭以妳現在的魔力能夠使用的騎獸。」

「但之前不是不建議我製作騎獸嗎？」

「……坦白說，為了妳之後會恢復的記憶，我也不想讓妳對魔石進行加工。但考慮到妳現在魔力恢復的速度與體力，已經顧不了那麼多了。」

斐迪南一派艱難下定決心的模樣。雖然對他很過意不去，但其實我完全不曉得自己缺失的記憶與騎獸的魔石有什麼關係。有了自己的騎獸，行動起來就會更不受拘束，還能順便消耗魔力，所以只要斐迪南允許，我當然樂於製作。

「……可是諸神的力量消失以後，這個騎獸用魔石就無法再使用了吧？要用掉那麼多的虹色魔石，好像有點浪費。」

融合了複數的珍貴虹色魔石，做出騎獸以後，一旦魔力被重新染色，我就再也無法使用了。斐迪南或許有辦法用在某些調合作業上，但騎獸用魔石都染上諸神的力量了，也沒有再變作金粉，我一時間實在想不出能有什麼用途。

「或許吧。但接下來的行程可以預期會持續好幾天，妳與不習慣外出旅行的近侍們也需要可以休息的場所吧。若要借住基貝的宅邸，只會無謂消耗體力，所以我並不打算去叨擾。再者騎士也就罷了，但侍從們恐怕從未住過農村的冬之館，或是在外露宿野營。所以，最好能有個安全又舒適的休息空間。」

聞言，我拍了下掌心。要是借住基貝的宅邸，確實一抵達就要先說冗長的問候語，之後還得一起用餐。但斐迪南可是已經囑咐過我，要盡可能避免使用回復藥水，所以當然不可能還耗費體力，連著好幾天在陌生的土地上與陌生的貴族社交。

而且一般不是騎士的貴族女性，應該從未有過在外野營的經驗吧。為了同行的近侍們，能夠變大的小熊貓巴士肯定可以派上用場。

……斐迪南大人終於也明白了小熊貓巴士的過人之處！

「妳做好騎獸用魔石後，要接著把送到房裡的原料一一變作金粉，盡可能消耗魔力。明早我會問妳睡了一晚之後，魔力大約恢復了多少，所以妳得時時留意體內還剩下多少魔力。還有，絕對不要做些會額外耗費體力的事情，或是讓自己的情緒有太大的起伏，妳只要安分地把送來的原料變作金粉即可。」

一旦我有生命危險，向我獻名的人也全部都有危險──斐迪南面色嚴峻，千叮嚀萬囑咐。吞嚥口水的聲音從四周傳來。生命的重量沉甸甸地壓到自己肩上。

「目前在離宮裡的貴族，我會讓他們依序返回亞倫斯伯罕。你們準備就緒後，也往離宮移動吧。黎希達，羅潔梅茵就交給妳了。」

「遵命。」

下達完了一連串的指示後，斐迪南便帶著尤修塔斯與艾克哈特快步離開。哈特姆特沒有留在原地目送，緊接著轉過身走上階梯。

「那我們也快點去做準備吧。」

由於要先行返回亞倫斯伯罕的近侍還不少，大家都忙碌地在房間裡來回走動。就在這個時候，夏綠蒂與她的近侍們送來了騎士們在艾倫菲斯特採集場所採到的原料。

「母親大人只對我做了簡單的說明，說是因為諸神的力量會給姊姊大人的身體造成負擔，所以需要盡快消除影響。那麼有了這些原料，可以稍微減輕負擔嗎？現在為了姊姊大人，卡斯泰德已經率領騎士前往採集場所了喔。」

夏綠蒂一邊吩咐自己的近侍將裝有原料的袋子搬進來，一邊注視著房內忙進忙出的近侍們。此刻近侍們大多優先在做出發準備，並沒有前來迎接訪客。我環顧房間後，接著看向黎希達。因為我以為來送原料的會是文官或侍從，完全沒有做好要迎接夏綠蒂的準備。

「黎希達……」

「我也告訴過夏綠蒂大人，說大小姐房內現在一片忙亂，不便讓她過來。但夏綠蒂大人態度堅決，說是有話想跟您說。」

聽了黎希達這番話，我再看向夏綠蒂。明明黎希達婉拒過了，她卻堅持要過來，是發生什麼事了嗎？夏綠蒂一臉為難地垂下眉梢。

「雖然我不顧黎希達的阻止過來，但在我開口之前，姊姊大人就已經在為出發做準備了呢。這樣我就稍微放心了。因為在聽母親大人說明的時候，我突然覺得姊姊大人應該盡快離開貴族院，所以才想過來給您建言。」

嘴上雖然說放心了，但注視著我的那雙藍色眼眸卻依然盈滿擔憂。我強烈感覺到，夏綠蒂似乎察覺到了某些我並未留意到的事情。

「夏綠蒂，妳為什麼會覺得我應該盡快離開呢？」

「姊姊大人不是用話語與行動證明過了嗎？也就是只要舉行儀式便會立起光柱的貴

族院，是尤根施密特境內距離諸神最近的所在……所以在這裡，諸神所帶來的影響可能會格外巨大。如果想要減輕諸神帶來的影響，盡早離開貴族院，對姊姊大人身體造成的負擔會小一些吧？」

聽完夏綠蒂的說明，我眨眨眼睛。經她這麼一說，還確實是這樣。雖然早就知道了這個事實，卻沒有意識到。我應該盡快離開貴族院。

「既然叔父大人已經在做準備，那我就放心了。因為姊姊大人明明很重視他人的性命，有時候卻不怎麼在意自己的生死呢。」

「……才沒有這回事呢。我以後可是要打造圖書之都，在書本的環繞下生活。」

回答時會有些遲疑，是因為我確實曾想過：「要是能夠前往女神的圖書館，那死亡也不可怕。」但是，現在梅斯緹歐若拉已經禁止了我出入祂的圖書館，所以在得到祂的許可前，我絕對不能死。

然而，夏綠蒂注意到了我剎那間的沉默，因此皺起眉頭。她本來朝我伸出手，卻又重新按回胸前並交叉十指，欲言又止地閉上雙唇。

「夏綠蒂？」

「我也很想去姊姊大人打造的圖書之都遊玩呢。所以，請您一定要消除身上的諸神之力……那我先失陪了。」

不然會妨礙到近侍們——夏綠蒂這麼說著，很快就離開了。雖然想再多聊一會，但現在實在沒有時間好好招待她，真是無可奈何。

接著，我把手伸進送來的袋子裡，開始把袋裡的原料一一變作金粉。實際上的步驟就是在袋子裡劃圓亂撈，撈不到任何固狀物後，再把手伸進下一個袋子裡。以前就算沒有諸神之力，我變起金粉來也不覺得有多吃力，現在有了諸神的力量後，把再多的原料變作金粉，更是一點也不覺得魔力有消耗到。

……嗯～為了艾倫菲斯特與自己的圖書之都，我當然很樂於製作金粉，但變了這麼多，魔力好像完全沒有減少。

在我忙著將艾倫菲斯特的原料變作金粉時，亞倫斯伯罕的騎士也送來了原料。文官與侍從把原料搬進房間後，我接著繼續變作金粉。

晚餐時間，斐迪南則是送來了一個皮袋，皮袋裡裝了滿滿的虹色魔石。晚餐過後，我便讓那些虹色魔石染上自己的魔力，再一邊默唸著「變圓吧、變圓吧」，一邊製成騎獸用魔石。多半因為諸神之力的關係，變出來的小熊貓巴士不再是原本熟悉的淡黃色，而是彩虹色。

……噢噢，小熊貓巴士往我並不想要的方向進化了。彩虹色好奇妙。

不過，融合了大量的虹色魔石以後，感覺魔力稍有減少。我不由得高興起來，直到就寢之前都辛勤地製作金粉。

隔天用完早餐，我在近侍的協助下換上神殿長儀式服，再被帶到多功能交誼廳。到了交誼廳後，我也努力製作金粉直到最後一刻，一邊等著斐迪南到來。

「羅潔梅茵，經過一晚，妳的魔力恢復多少了？」

「關於這個嘛……使用虹色魔石製作騎獸所消耗掉的量，與製作金粉所消耗掉的量全部都恢復了。」
昨晚製作騎獸的時候，我還覺得自己往魔力枯竭邁進了一步，結果一覺醒來，卻發現自己又退了兩步。昨晚睡前的身體狀況還比較好──我噘著嘴唇這麼抱怨後，斐迪南看著製作好的金粉量，按住太陽穴。
「不過一晚而已，魔力竟恢復了這麼多嗎？那諸神之力所帶來的痛苦與影響呢？」
「果然隨著魔力恢復，情況就不太妙呢。但現在魔力仍是四分之一左右，所以目前還沒什麼問題。」
並沒有痛苦到我會站立不住，或是除了呻吟什麼也做不了。頂多就是有些發燒，腦袋昏沉沉的，以及身體有些沉重而已。聽完我所說的，斐迪南臉色一沉。
「明明沒喝回復藥水，卻還是恢復了這麼多嗎……看來時間真的所剩不多。」
說完，斐迪南看向我的護衛騎士。現在宿舍裡的護衛騎士，就只剩下達穆爾與優蒂特。除了這兩人，其他人都前往亞倫斯伯罕做準備了。
「羅潔梅茵我們會護送。為了讓與羅潔梅茵有關的人員，能在領主會議過後盡快從艾倫菲斯特搬到新領地，你們要傾力相助。」
「是！」
接著斐迪南一派理所當然地抱起我，開始移動。一出宿舍，卻發現不只是亞倫斯伯罕的騎士們，他領的貴族也在。那些貴族一見到我，便跪下來擋住去路。
「女神的化身啊，懇請您別只關照亞倫斯伯罕，也向我們這些領地施予智慧與祝福吧。」

但現在的我就連只是做做樣子、佯裝給予祝福都有困難，面對他們這樣的要求，我究竟該怎麼回答才好呢？我不自覺揪住斐迪南的衣服。他隨即神色嚴峻地搖頭。

「他們希望妳能撇下引發此次動盪的亞倫斯伯罕，先向政變的落敗領地伸出援手。大概是心想著比起新任君騰，女神的化身更有力量，才想來奉承討好吧。但妳身上的諸神之力一旦消失，他們肯定馬上翻臉不認人，所以無視即可。」

斐迪南小聲地為我說明現在情況，再用眼神向亞倫斯伯罕的騎士們示意。

「與政變有關的糾紛，理應由王族設法解決，不該來煩擾女神的化身。我們正在趕時間，快讓開。」

斐迪南說完，亞倫斯伯罕的騎士們便說著：「不要擋住去路，羅潔梅茵大人過不去了。」然後開始將他領貴族推到一旁，騰出走動的空間。但他們其實也是極力想要抓住救命的稻草吧。畢竟女神的化身是否願意來到自己的領地，攸關領地今後的地位。

斐迪南快步走在有著成排轉移門的走廊上，經過通往王族離宮的門扉，再往更後方的門扉伸出手。阿妲姬莎離宮有兩棟建築物，一棟是供女性與受洗前孩童居住的本館，一棟是已受洗旁系王族所住的別館。以轉移陣與亞倫斯伯罕的蘭翠奈維之館相連的，是旁系王族所住的別館，因此斐迪南往別館走去。到了離宮以後，斐迪南同樣只是從中大步穿過，完全沒有停下腳步。

「原本在這裡的騎士們大多都返回亞倫斯伯罕了嗎？感覺離宮這裡空蕩蕩的，毫無人影呢。」

「沒錯。可以使用轉移陣後，只要移交了所有俘虜，並等到繼承儀式結束，就無須再留在貴族院。最主要是領主會議過後，這座離宮就會成為新任君騰的居所，所以我們還是盡快撤離為好。」

「說得也是呢。那要讓侍從過來打掃嗎？」

「不必多費這番工夫。現在更重要的是關閉此處，讓亞倫斯伯罕的人今後無法進出新任君騰的居所。」

走過長長的走廊，接著我聽見騎士們匆忙的腳步聲，然後是門打開的聲音。由於披著銀布，本就狹窄的視野忽然變得一片昏暗。看來是抵達了沒有窗戶的轉移廳。

「我們先走一步。」

轉移陣一次最多只能傳送三人。我、斐迪南與艾克哈特三人一起轉移後，張眼就看到近侍們已經在等候我的到來。斐迪南幾近硬塞地把我交給安潔莉卡後，馬上又轉身發動轉移陣，再次返回離宮。

「斐迪南大人說他會做最後檢查，然後徹底關閉離宮與這棟使館。因為要是出了什麼差錯，有敵人從離宮入侵這裡就不好了。」

萊歐諾蕾這麼向我說明。關於離宮與使館的關閉，明明我聽到的說法是「為了讓亞倫斯伯罕的人再也無法進出」，但亞倫斯伯罕這邊的人，聽到的卻是「為了防止他領人士入侵」。

「羅潔梅茵大人，出發的準備已經就緒。斐迪南大人已吩咐過要我們先回城堡，接下來要以騎獸移動。若您想盡可能消耗魔力的話，要不要也使用騎獸呢？我聽說您以諸神的力量製作了新的騎獸。」
哈特姆特這麼問道，毫不掩飾臉上興奮期待的神情。聞言，我點了點頭。請安潔莉卡放我下來後，再向近侍們展示虹色小熊貓巴士。
「雖然外觀還是和以前一樣，但顏色變成了彩虹色，沒有以前那麼可愛了。」
我垂頭喪氣地坐進單人座的虹色小熊貓巴士後，大家紛紛安慰道：「怎麼會呢。」
……嗚嗚……大家真是太溫柔了。
「雖然並不可愛，但非常神聖莊嚴喔。完全就是女神化身該有的坐騎。」
「是呀。我還是第一次看到這種散發全屬性光輝的騎獸！果然與眾不同。」
本來還在想大家真是溫柔，這麼努力安慰我，但他們似乎是真心覺得彩虹色的騎獸看來非常神聖。明明個人覺得以前淡黃色的小熊貓巴士要可愛好幾百倍，但曾經因為長得像窟倫而不敢苟同的眾人，此刻看著綻放全屬性光輝的騎獸，竟然都非常高興。
……抱歉，我果然還是不懂這個世界的審美。
操縱著騎獸回到城堡後，一路上都被稱讚說這個顏色很符合我女神化身的身分。看來覺得彩虹色很奇怪的人只有我而已。見到小熊貓巴士那全屬性的光輝，城堡內亞倫斯伯罕的貴族們也都瞠目結舌，出來迎接的萊蒂希雅與其近侍更是雙眼發亮。
「羅潔梅茵大人，好美麗的騎獸喔。」
「我能在新奧伯的騎獸上感受到所有神祇的力量，真是教人心生敬畏……」
……明明外形和以前一模一樣！現在竟然改口說美麗！

我自己在心裡頭完全無法接受時，哈特姆特收起騎獸喚道：

「羅潔梅茵大人，請您收起騎獸，坐到這裡來。」

亞倫斯伯罕的城堡附有能供騎獸起落的大陽台，從陽台進入建築物內部後，就是能夠眺望大海的大廳。聽說如果有客人要求，有時也會在這裡用午餐。但是現在，大廳有一半的空間都堆滿了行李。這些大概都是近侍們的東西吧。角落則擺有一張供我休息的桌子。緊接著，神具一一被放到桌上。

「這是我從亞倫斯伯罕神殿借來的，要請您為這些神具灌注魔力。另外斐迪南大人也吩咐過，要您先測試這個聖杯能否用來消耗魔力。」

於是我開始往桌上的神具一一灌注魔力。通常神具都要由好幾名青衣神官花上好幾天的時間，才能盈滿魔力，但我卻一下子就注滿了。雖說體內的魔力少了一些，但離枯竭依然遠得很。發現減少的幅度不如預期，我大失所望，但在一旁看著的貴族們卻喜形於色。

「哎呀，神具一般無法這麼輕易就盈滿魔力吧？」

「魔力量竟如此豐富。」

我接著傾倒盈滿了魔力的聖杯，虹色的液體便往自己流淌溢來。看來只要不詠唱獻給水之女神的禱詞，倒出來的液體就仍然是自己魔力的顏色。由於以前在祈福儀式上看到的都是綠色，現在看到聖杯流出了虹色的液體，讓人覺得十分奇怪。

「羅潔梅茵大人，您體內的魔力現在情況如何？」

哈特姆特仔細地觀察我的一舉一動，這麼問道。我集中精神感受體內的魔力。

「大概是因為沒有詠唱禱詞的關係吧。諸神的力量並沒有增加，也沒有失控。」

「那麼讓您直接往神具灌注魔力，應該是沒有問題。」

太好了——哈特姆特一臉如釋重負。我則指向從聖杯裡溢出來的虹色液體。

「只不過祈福儀式時會詠唱禱詞，讓液體變成芙琉朵蕾妮的貴色吧？虹色的液體也能為土地盈滿魔力嗎？」

「來試試看吧。」

哈特姆特拿起聖杯，隨手將裡頭的魔力灑向城堡的庭院。我因為被吩咐過不能亂動，所以仍是坐在椅子上，但上前俯瞰庭院的貴族們都發出驚嘆。

「快看，有花朵盛開了。」

「綠意是不是比原先更盎然了呢？」

看著從聖杯裡溢出的虹色液體，周遭的貴族們無不發出驚呼與讚嘆：「真不愧是女神的化身。」然而，這些讚美卻沒來由地令我感到有些刺耳。因為我只想趕快消除這份力量。諸神的力量只是被灌進了這副身軀裡，但我自己一點也沒有厲害或不平凡之處。究竟有多少人理解到，一旦諸神的力量消失，我就會變回原樣呢？

……諸神的力量消失後，這些人還會認可我是這塊土地的奧伯嗎？

這樣的不安開始在胸口蔓延。明明想要早點消除，但我現在卻又有些害怕失去諸神的力量。甚至產生了繼續保有諸神力量，是不是會對大家比較好的想法。

「羅潔梅茵大人會用這份力量淨化亞倫斯伯罕的所有土地，並且注滿魔力吧。」

貴族們都露出了感動不已的欣喜表情。哈特姆特環顧眾人以後，冷笑一聲。

「你們是不是誤會了什麼？羅潔梅茵大人才不是為了你們，要淨化罪孽深重的亞倫斯伯罕並注滿魔力。她只是要整頓這塊不適合打造成圖書之都的土地。」

「因為現在這樣，根本不是適合羅潔梅茵大人居住的土地嘛。請你們認清自己只有兩個選擇，一個是主張自己仍是亞倫斯伯罕的貴族，然後成為罪犯；另一個則是崇拜羅潔梅茵大人，成為新領地的子民。看來是教育還不夠徹底呢。」

克拉麗莎一派理所當然般地大力點頭，贊同哈特姆特的主張。原先心裡的不安雖然消失了，但萬一我的圖書之都變成了領民都是這種狂熱信徒的領地，老實說我也不是很樂見。我只希望領民都是愛書人士，可以正常一點。

「哈特姆特、克拉麗莎……」

「羅潔梅茵大人，其實新任君騰捎了書信過來。她說為了在領主會議上宣布，若您已經想好新領地的名字、顏色與徽章，再請回覆告知。雖然斐迪南大人說了，這些事情等到祈福儀式結束後再決定即可，但為了讓眾人能夠清楚意識到，從今往後亞倫斯伯罕將不存在，並且這裡會變作圖書之都，是不是該早些決定新領地的名字呢？關於適合圖書之都的名字，不知您心裡有無想法？」

聽到哈特姆特這麼問，我微微沉思起來。

新領地的名字。適合藏書量豐富的圖書之都的名字。

只是思考而已，我的心情就有些雀躍起來。甚至有股渴望開始萌芽，那就是不管亞倫斯伯罕的貴族們說什麼，我都要在這裡打造屬於自己的圖書之都。差點要向萌芽女神布璐安法獻上祈禱時，我急忙打消這念頭。

……現在可不能祈禱。要忍耐、忍耐。

但光是思考新的名字、徽章要怎樣的圖案，我就覺得自己往圖書之都又近了一步。從前在貴族院上課時提出過的都市計畫，開始在腦海中鋪展開來。

……現在可以想到的，有圖書館還附設了藥草園的古代都市亞歷山卓，以及印刷業蓬勃發展後，書店數量曾高達世界第一，成了書本皆在此匯集的貿易都市的威尼斯，該選哪一個好呢？還是要以世界知名的圖書館來取名？啊啊啊，好煩惱。

我陷入快樂的苦惱中時，斐迪南一行人騎著騎獸回來了。

「讓你們久等了，馬上出發去舉行祈福儀式吧。」

「斐迪南大人，您覺得亞歷山卓與威尼斯，哪一個更適合當新領地的名字呢？」

我興沖沖地發問後，斐迪南卻以冷冰冰的眼光朝我看來。

「如今事態緊急，這是現在非回答不可的問題嗎？」

「事態緊急時更該想些開心的事情，才能讓心情保持樂觀嘛。但這確實不是現在非回答不可的問題，也不需要拿來煩斐迪南大人呢。不然我問問神祇，自己決定吧。」

……神．啊．請．告．訴．我．該．選．哪．一．個．好．呢……

我自己在腦海中假定右邊是亞歷山卓，左邊是威尼斯，開始來回晃動手指，卻被斐迪南一把抓住。

「慢著，現在絕不能向神祈禱。妳到底在想什麼？想要保持樂觀是很好，但妳取的名字都需要經過慎重考慮，因為發音大多很陌生。妳應該要先說明這些名字的由來與推薦的理由，我們聽完以後再作判斷。」

斐迪南說完，我的近侍們都點頭如搗蒜。

「是啊。領地的名字非常重要，最好別由羅潔梅茵大人獨自決定，還是在聽取過大家的意見以後，慢慢斟酌考慮吧。」

「因為領地的名字不只是羅潔梅茵大人，往後歷任的奧伯都要使用。」

之前我曾想把圖書館的魔導具取名為「小尋」或「小錄」，結果卻被駁回，甚至還在不知不覺間就決定要叫「阿德雷」了。我發覺現在的氣氛就和那時一樣。

……嗯？難道這次又要被大家不經意地駁回了？

由於圖書館的魔導具只要再次製作，我就可以取自己想取的名字，所以上次並不計較，但為圖書之都取名的機會只有這麼一次而已，我絕不打算讓出命名權。

「亞歷山卓就是……」

「我說了，現在事態緊急。晚上會有時間討論，所以晚上再說吧。正好關於妳的圖書之都計畫，我也打算與妳談談。因為必須畫好設計圖，才能施展因特維庫命。屆時一併決定新領地的名字吧。但現在先別管這些，我想盡可能從荒蕪的土地開始治癒，所以使用轉移陣移動吧。」

斐迪南擺了擺手，兩三句話就結束這個話題。既然可以晚上再討論，那好吧。我詠唱「古得里斯海得」，變出梅斯緹歐若拉之書，用複製貼上魔法變出了轉移陣。轉眼間大廳內就出現了一個轉移陣。

正當眾人發出「噢噢」的感嘆聲時，斐迪南湊到我身邊來，小聲問道：

「妳可以使用神具嗎？」

「……是我一時疏忽了，但既然轉移時會消耗魔力，應該沒問題吧。」

「妳真是笨蛋。」

接著行李一一被搬到轉移陣上，要一同前往祈福儀式的人也站了上來。除了我與斐迪南的近侍們，需要轉移的還有專屬廚師與食材等等，總量相當驚人。

雖然準備轉移陣、為其灌注魔力的人是我，但負責發動轉移陣的，則是被亞倫斯伯罕基礎認定為奧伯的斐迪南。斐迪南拿著一顆稍大的魔石，變出思達普。這是為了讓不知道我原本的魔力已被斐迪南染色的人們以為，他是使用魔石在代理奧伯的工作。

「涅盧瑟爾，賓德瓦德。」

轉移時所耗掉的魔力超出了我的預期。只不過與剩餘的魔力相比，還是微不足道。

散布魔力的祈福儀式

「到處都空蕩蕩的，好冷清喔。」

先前來賓德瓦德的時候，除了曾遇到「天呀！」合唱團，為了宴會與迪塔而亢奮不已的戴肯弗爾格騎士們也還在，但現在四下卻是一片荒蕪，土地的綠意也是稀稀疏疏。

「因為宅邸已經徹底封鎖，下人也送去鄰近的城鎮了。在妳任命的新基貝來此上任之前，這裡都會是這幅模樣。」

他說我必須等到在領主會議上正式成為奧伯，才能任命新的基貝，所以賓德瓦德的宅邸只能繼續封鎖。說得更準確些，是雖然有辦法任命，但那麼做等於不把新任君騰放在眼裡，所以最好還是避免。

「再不快點任命新的基貝，在這裡生活的平民也會過得很困苦吧。」

如果沒有貴族舉行祈福儀式與收穫祭，然後徵收稅賦，平民就無法納稅。但在沒有負責管理的貴族時，一旦沒有繳稅，要受罰的卻是平民。

「我會在領主會議前列出幾個候補人選，讓妳屆時可以及早任命，所以現在就安心變出騎獸，讓侍從與廚師開始工作吧。」

「是。」

於是我變出虹色小熊貓巴士，一邊想像露營車會有的內部裝潢，一邊讓騎獸變大。

畢竟不光是我，也要讓所有人都有地方可睡。

「怎麼樣啊？這樣子大家都有安全的睡覺空間了。」

我展示了大小等同雙層公車的小熊貓巴士後，斐迪南卻敲著太陽穴，提出了更多的要求。比如男女就寢的樓層要分開、下人的休息空間也要隔開來、空間太狹小了、天花板太低了等等。他所要求的空間遠遠超過了一般露營車會有的大小，最終看起來簡直就像是兩層樓的住家。

「斐迪南大人，小熊貓巴士看起來根本已經不是『車子』了呢……」

這樣還叫做騎獸嗎？我正想提出這個疑問時，斐迪南卻一臉心滿意足地連連點頭，

「雖然妳的騎獸還是老樣子，非常人所能理解，但這樣很好。」

……就只有斐迪南大人沒資格這麼說喔！哼！

「你們可以使用這裡的水井，開始準備餐點與睡舖吧。我與羅潔梅茵會帶著護衛騎士去治癒土地。」

我放好魔石免得騎獸消失後，再留下侍從與廚師們，抱著聖杯與斐迪南同乘騎獸。他說以賓德瓦德的夏之館為中心，上午要治癒東北方的土地，下午再往南移動。

「那我們快點前往農村吧。」

坐在起飛升空的白色獅子上，我對斐迪南這麼說道。但他卻搖了搖頭，直接從農村上空經過。

「不，要從人煙罕至的地方開始灌注魔力。」

「為什麼？既然是祈福儀式，應該去農村吧？」

如果想要增加收成，自然該去農村。況且現在土地的魔力變得這麼稀薄，更應該優先為農村灌注魔力。

「不行。如今整個領地的魔力都非常匱乏，若只往農村灌注魔力，很可能會把魔獸引到農村去。首先要往魔獸棲息的地帶灌注魔力，接著再去農村，不然農民會遭受到魔獸的攻擊。」

他說領地現在魔力貧瘠，魔獸也同樣渴求著魔力，所以必須先為高山與森林施展治癒，魔獸才不會在農村有了豐富的魔力後前去襲擊。

「那麼，得趕快前往山林才行呢。聖杯裡面的魔力開始往外溢出了。」

看到我懷中的聖杯開始有虹色液體滿溢而出，斐迪南的騎獸倏地加快速度。

傾倒聖杯灑下虹色的液體後，可以清楚看見土壤旋即變作黑色，被綠意所覆蓋的範圍也急遽擴大，眼下的景色就好像恢復了本來的色彩般變得鮮豔繽紛。

以我本來的魔力，如果不唸禱詞，根本無法像這樣治癒土地本身，頂多只能讓渴求魔力的魔獸與魔樹變大而已。

……諸神的力量真是太了不起了。

然而，我俯瞰著眼下山林，發出感嘆的時間並未持續太久。因為兩條手臂很快就開始發起抖來。

「斐迪南大人，不好了。我捧著聖杯的手開始沒力了……」

「這要持續到第四鐘為止，妳再堅持一會。」

「我很努力在堅持了，可是聖杯就快要掉下去了。」

神具的聖杯相當龐大，高約八十公分，有著葡萄酒杯的造型。雖然將神具以自己的魔力染色後，就會輕得幾乎感覺不到重量，但要一直抱著卻不容易。

直到第四鐘響為止，我都在斐迪南的協助下努力捧著聖杯，但老實說我好想大聲吶喊：「我不行了！」可以感覺到兩條手臂都在抖個不停。我的手本來就沒有什麼握力了，現在好像更是直接歸零。雖然魔力慢慢消耗掉了不少，也治癒了土地，但看樣子得重新思考散布魔力的方法才行。

我們回到小熊貓巴士停著的地方，準備要用午餐，只見早一步回來的哈特姆特正對著留守的侍從們滔滔不絕。

「羅潔梅茵大人散布魔力的景象真是太神秘、太美麗了，說是女神降臨於世也沒有人會懷疑吧。女神的化身不僅得到了諸神的力量，渾身綻放耀眼光芒，還以那優美的雙手傾倒出聖杯裡的全屬性光輝。蓋朵莉希因此得到了治癒與滋潤，草木也隨著布璐安法的到來接連冒出嫩芽，綠葉更在安瓦庫斯的指引下益發青翠……」

「哈特姆特，這些話你現在非說不可嗎？如果不急的話，等羅潔梅茵大人休息之後再告訴我們吧。」

「我當然也十分好奇主人的非凡表現，但現在必須優先服侍羅潔梅茵大人用餐，所以恕我先失陪了。」

莉瑟蕾塔與谷麗媞亞一副非常熟練的樣子，對哈特姆特的讚美充耳不聞，再用幾句話打發他之後，優先做起自己的工作。然而，斐迪南的侍從賽吉烏斯卻是一副不知所措的模樣，努力出聲附和。

「斐迪南大人，您不過去對賽吉烏斯伸出援手嗎？」

「尤修塔斯去了，不用擔心。」

然而，尤修塔斯走向賽吉烏斯後，卻是從他手中拿走了要用來服侍斐迪南用餐的各種餐具，再走回來這裡。

「……那個不叫伸出援手，是把他推出去當活祭品喔。」

「侍從的首要之務本就是照顧主人，不成問題。」

……賽吉烏斯，加油！

我在心裡為賽吉烏斯聲援後，看向莉瑟蕾塔端來桌上的餐盤。注視著冒出騰騰熱氣的餐盤時，莉瑟蕾塔微微傾身端詳我的臉色。

「羅潔梅茵大人，您的臉色看來有些疲倦呢。」

「因為抱著聖杯太吃力了。下午或許需要繩子之類的東西，把聖杯固定在肚子上，這樣我只要扶著就好。」

「用繩子把聖杯綁在肚子上……嗎？」

莉瑟蕾塔抬眼向上，稍微想像了那幅畫面後，露出難以形容的表情看向斐迪南。我則對著若有所思的斐迪南大力主張。

「就算嫌我沒有女神化身的樣子，但我真的沒有辦法獨自優雅地抱住聖杯喔。」

「這點我在上午就已經理解到了。那魔力減少的幅度如何？值得妳做出把聖杯綁在肚子上如此不美觀的行為嗎？」

現在的事態可是緊急到連為圖書之都命名一事也被往後推延，難道只有我覺得美不美觀根本不是重點嗎？

「減少的幅度相當大喔。照這樣一整天都為土地散布魔力的話，就算睡醒後魔力會恢復……也應該五天的時間就可以達到枯竭狀態吧。」

「五天嗎……但妳才一個上午就感到疲累，完全沒把自己的體力考慮進去吧？」

「但這是斐迪南大人的工作吧？評估我還有沒有體力。」

請不要那麼煩躁地瞪我嘛。當初可是主治醫師斐迪南判斷，這個做法最有效率，我只是遵從他的判斷而已。

「……也就是說，得再想些更有效率的辦法吧。」

整個午餐時間斐迪南都在沉思，但是到了下午，還是決定先把聖杯固定在肚子上，再和上午一樣往土地散布魔力。

「累死我了……」

下午為整個賓德瓦德與南邊的堪那維齊注滿魔力的我，回到小熊貓巴士上時，整個人已經是筋疲力竭地癱坐在騎獸上。我根本無法自己挺直腰桿坐好，完全是靠著斐迪南在支撐。

「都怪妳在堪那維齊太過興奮，白白浪費了大量體力吧。」

「沒辦法嘛。因為堪那維齊有賓德瓦德沒有的大海耶。」

「妳來到亞倫斯伯罕以後，不是已經見過好幾次大海了嗎？」

「我在城堡確實是見過了好幾次海景。可是，剛才堪那維齊的大海本來還漆黑混濁，在我灑下諸神的力量後，就逐漸變得蔚藍澄澈，最後甚至有閃閃發亮的魚跳出海面來，那幅畫面跟之前見到的大海完全不一樣嘛。」

出海捕魚的漁夫們看到大海逐漸變乾淨後，全都發出了歡呼聲，從船上向我揮手。我也忍不住揮手回應，還額外再多灑了點魔力，導致自己現在非常疲憊。聽到斐迪南責怪我無謂浪費魔力，我自然是無法反駁，但親眼看到海鮮天堂誕生的瞬間，會有些興奮過度也是人之常情嘛。

這時回到虹色小熊貓巴士後，很快就要用晚餐了。我看到同行的近侍們把魚交給了雨果與艾拉。因為當地的土產必不可少，所以他們去向漁夫買魚了。接下來會放進保存食材用的暫停時間魔導具裡，一路上再慢慢享用。

「羅潔梅茵大人，請坐。斐迪南大人，您這邊請。」

身為領主一族的我與斐迪南要先用晚餐。而餐後負責護衛的部分騎士則會在另一個房間用餐，除此之外的近侍們則是在旁服侍用餐或負責護衛，等著被分下去的食物。因此我努力進食，好讓近侍們能盡快吃到飯。

餐後則是悠閒喝茶，等著近侍們用完晚餐。這時擔任護衛騎士的，是先用完了晚餐的艾克哈特與勞倫斯。侍從們為我們泡好茶後，便退下去用餐。

我坐在小熊貓巴士裡的沙發上，喝了口茶。等到坐在旁邊的斐迪南也喝過茶後，才開口向他攀談。

「好了，斐迪南大人。我們來討論圖書之都的計畫吧。」

「妳方才不是說過自己很疲倦嗎？今天最好別再討論會讓妳情緒激動的話題。」

「多虧艾拉臨時做了鹽燒烤魚，幫我加了這道菜，我現在已經恢復活力了。而且您不是說過，到了晚上要討論這件事情嗎？我一直很期待要討論圖書之都計畫喔。」

斐迪南碰了碰我的額頭與手腕，檢查過身體狀況後，一臉無奈地重新坐好，遞來防止竊聽魔導具。

「妳提出來的選項有『亞歷山卓』與『威尼斯』吧？從妳過往取過的名字來看，這次的發音還算正常，但由來是什麼？與妳夢裡的世界有關吧？」

「居然說這次的發音還算正常，這種說法也太失禮了吧。」

「妳好意思這麼說嗎？當初妳想幫自己取的名字可是一個個都詭異至極。」

斐迪南哼笑說道，我沒好氣地別過頭去。想當初為了變成貴族，需要改掉梅茵這個名字，我心想著必須要有變強後重新登場的感覺，便舉出了好幾個名字，卻被斐迪南說「別這麼亂來」。但是，前後發生的事情與細節我卻想不太起來。

……記得好像發生了什麼事情……但話說回來，我為什麼會變成貴族呢？

戴莉雅、戴爾克、賓德瓦德伯爵、前任神殿長的臉龐一一掠過腦海。明明記得有人保護了我，我卻不曉得保護自己的人是誰，內心不禁十分懊惱。

……我又是為什麼會進入神殿呢？對了對了，是為了看聖典和進入神殿圖書室吧。

就算我試著回想進入神殿以前的事情，記憶卻到處都坑坑洞洞，很難回想起來。只記得當時的生活和麗乃那時候不一樣，沒有半本書，所以我拚命在找書。

「羅潔梅茵？」

斐迪南的呼喚讓我驀然回神。有關消失的記憶，要之後再解決。現在我就已經被諸神的力量弄得心力交瘁了，最好別再想些會讓自己不安的事情。

「啊，由來嗎？亞歷山卓是古代都市的名字，曾經建有巨大的圖書館，裡頭還附設有藥草園。是個會從世界各地網羅書籍的圖書之都。威尼斯則是在古騰堡發明了印刷術之後，書店數量曾一度世界最多的貿易都市。我想像威尼斯一樣出版很多書籍，讓城市在貿易下有源源不絕的書籍到來。」

聽完我的說明，斐迪南思索了一會兒後，有些難以啟齒似地開口。

「威尼斯這個選項最好刪除。因為發音與蘭翠奈維有些許相似。即便是從諸神的世界取來這個名字，還是會讓他人產生不好的聯想。」

「我明白要避免會讓人聯想到蘭翠奈維的發音了。那麼亞歷山卓可以嗎？」

「亞歷山卓嗎？其實個人認為，最好是取個能看出與艾倫菲斯特有淵源的名字……」

名字最好讓別人能夠看出，是艾倫菲斯特的領主一族奪得了這個領地的基礎——聽到斐迪南這麼說，瞬間我腦海中蹦出了「艾倫山卓」這四個字。但這個名字聽起來就像是食物一樣，嚇得我趕緊揮開。

……絕對不能組合在一起！

「但我想取名為亞歷山卓。因為我想打造的圖書之都裡，不僅有古騰堡夥伴經營的印刷工坊，還有斐迪南大人的研究所與我的圖書館，取這個名字再適合不過了。從前亞歷山卓的藥草園還有大量的標本與研究資料，圖書館也非常巨大，旅人絡繹不絕……」

在我的大力推薦下，斐迪南露出了有些傻眼的表情。

「明明在徵求我的意見，但妳根本無意退讓吧？也罷，這是妳自己得來的領地，只要名字別太過荒謬，就隨妳高興吧。」

「謝謝斐迪南大人。那我們繼續討論亞歷山卓的圖書之都計畫吧。」

我喜孜孜地這麼表示後，斐迪南的表情卻變得有些複雜。

「話說回來，妳現在對夢中世界的留戀，似乎比以前要強烈許多……」

「嗯……大概是因為記憶被切斷了吧。平民時期的事情我幾乎想不起來，就連自己踏入商人世界的原委、在神殿生活的日子，也只能斷斷續續地回想起零星片段。只要試圖回想以前的事情，記憶就會直接跳到我把看書擺在首位的麗乃那時候，所以反倒那時候的記憶變得比較深刻呢。」

現在的我遺失了許多梅茵時期的記憶。反而成為羅潔梅茵以後的記憶，我都不覺得有哪裡不對勁。如果斐迪南說的是真的，我失去了比看書更重要的記憶，代表我在梅茵時期有過很多很多極其重要的回憶。斐迪南還說過，我多半沒有了有關髮飾工藝師與染布工匠的記憶，那她們對我來說又是怎樣的存在呢？

「……雖然對日常生活沒有任何影響就是了。」

「不，大概是因為奠基妳這個人的重要記憶不見了，我有好幾次都覺得妳所做出的舉動，與我原先認識的妳不一樣。這很可能會帶來影響。」

是怎樣的不一樣呢？——我無法不假思索就問出這個問題。因為我不想從斐迪南口中聽到否定自己的話，不管那是怎樣的自己。於是我微微一笑，改變話題。

「如果想要取回記憶，首先得消除諸神的力量才行吧？那麼現在想這些事情也無濟於事。不說這個了，領地的代表色要定什麼顏色呢？從前都是配合國境門的貴色吧？如果要這麼做，亞歷山卓或許該定個接近黑色的顏色。」

純粹的黑色還是會讓人強烈聯想到王族，所以顧及其他貴族的反應，最好還是避免使用黑色吧。我這麼表示後，斐迪南靜靜觀察著我的表情，開口說道：

「如果要和過往一樣配合國境門的貴色定下領地代表色，最好向君騰提出進言，說隨著她遷移到貴族院，中央也該改為使用白色披風。因為君騰本來都是披白色披風。」

「但如果公開了原本的由來，我們也得披上白色披風喔。」

從前得到梅斯緹歐若拉之書的君騰候補，為了不被誤認為是梅斯緹歐若拉而遭到埃維里貝的襲擊，都會披上白色披風。因此，從前君騰與奧伯的披風都是白色。這便是神殿長服的起源。

「若要完全配合最初的由來，能夠披上白色披風的人只有妳而已。因為艾格蘭緹娜大人得到的並非是梅斯緹歐若拉之書，表面上我也並未持有。」

「那讓中央改成白色披風就夠了呢。」

要是整個尤根施密特只有我一個人披白色披風，那簡直就像遭到排擠一樣，我才不要。我只想埋沒在人群中，過著安心看書的生活。

「若妳想要接近黑色的顏色，以妳的髮色為亞歷山卓的代表色即可吧？這也是黑暗之神賜給梅斯緹歐若拉的髮色，很適合當作是女神化身所治理的新領地的顏色。雖然這樣就襯托不出妳的髮色……」

斐迪南一臉遺憾地說著，伸手觸碰我的頭髮。看著他極其自然而然伸來的手指，我不由得在心裡納悶地「咦？」了聲。

……斐迪南大人以前會像這樣摸別人的頭髮嗎？

「羅潔梅茵，怎麼了嗎？」

「不，沒什麼。今後領內的所有貴族都要披上領地的代表色，所以總會有人的髮色適合，也有人不適合吧？至於適不適合我的髮色，這倒是無關緊要。」

老實說，領地要定怎樣的代表色我根本不在意。我在眼角餘光中留意著斐迪南觸碰自己髮絲的指尖，一邊主張道：「然後徽章的圖案我想採用小熊貓巴士。」

我話一說完，斐迪南倏地抽回手指。

「不行。往後歷任的奧伯．亞歷山卓都要使用這個徽章，不能因為妳個人的喜好就採用窟倫。既然領名已經沒有關聯了，那妳更得繼承獅子的徽章，好昭告領地與艾倫菲斯特間的關係，再不然就是依妳會在圖書館內大量設置的圖書館魔導具，採用蘇彌魯作為領徽，絕不能使用窟倫。」

明明我覺得這個領徽很有我個人的特色，卻被斐迪南當即駁回，甚至接二連三地提出了替代方案。從這副態度可以看出，他無論如何都不會接受小熊貓巴士成為領徽。

「但您不是說過蘇彌魯太弱了，沒有領地會採納為徽章的圖案嗎？」

「一般的蘇彌魯是很弱，但圖書館的魔導具很強。只要精心設計額頭上的魔石，與一般的蘇彌魯作出區別即可。」

我怎麼也沒想到，曾經說過蘇彌魯絕不能當作領徽圖案的人，現在竟然在考慮要採用蘇彌魯。

「您就這麼討厭小熊貓巴士嗎?!」

「萬一窟倫變成了領徽，得佩戴這種詭異徽章的人可不只有妳。既然妳這麼堅持，不如也問問其他人的意見吧。肯定沒有半個人會贊同。」

於是我放下防止竊聽魔導具，看向站在一旁擔任護衛的艾克哈特與勞倫斯。正好這時候，用完餐的莉瑟蕾塔等人也過來察看我們的情況。

「大家，你們認為我的騎獸與圖書館的魔導具，哪一個更適合用來當作新領地亞歷山卓的領徽圖案呢？」

眾人面面相覷之後，異口同聲答道：「圖書館的魔導具吧。」

「蘇彌魯的領徽一定非常可愛。」

「可是斐迪南大人以前說過，領徽的圖案要能象徵強大才行喔。」

我這麼向莉瑟蕾塔抗議後，在旁聽著的谷麗媞亞微笑道：

「根據優蒂特的描述，手持巨鐮的魔導具可是非常強大喔。不如蘇彌魯旁邊再加上鐮刀的圖案如何？」

……這我絕對不要！

「與其讓它們拿鐮刀，那還不如拿書！」

「不愧是羅潔梅茵大人，這真是好主意。如果以手拿書本的圖書館魔導具作為領徽圖案，完全足以象徵羅潔梅茵大人所打造的圖書之都。」

勞倫斯露出爽朗笑容，拍向掌心說道。

「手拿書本的圖書館魔導具……既然要符合女神化身的身分，那手上要拿著古得里斯海得嗎？」

谷麗媞亞這麼提議後，艾克哈特與勞倫斯接連反駁。

「圖案要是太過精緻，往後在應用上會很麻煩吧？」

「羅潔梅茵大人畢竟不是君騰，如果在領徽的圖案中使用古得里斯海得，恐怕不太妥當……」

「羅潔梅茵工坊的徽章是由書本、墨水與植物所構成，說不定可以與這個徽章作呼應呢。」

莉瑟蕾塔以手托著臉頰，接著提議道。聞言，斐迪南輕輕頷首。

「嗯，這主意不錯。」

嗯？嗯？正當我滿頭問號時，近侍們與斐迪南就這麼一步步地敲定了領徽的圖案。過程中沒有任何人提到過小熊貓巴士。就連我問了這麼一句：「……小熊貓巴士就這麼不在考慮範圍內嗎？」也慘遭無視。

不減的魔力

我從來沒有想過，一覺醒來發現自己體內的魔力恢復了，會是件這麼教人感到絕望的事情。好不容易剛減少，結果又增加了。這種絕望的感覺，就和不管怎麼堆石頭，最後都會被惡鬼破壞掉的賽之河原地獄[1]差不多。但魔力增加以後，痛苦也會增加，所以說不定比地獄的折磨還難熬。

……整個人好倦怠，頭好暈。

大概是因為昨天在外奔波了一整天，還不停散布魔力，看到魚和大海又太過興奮的關係吧。一大早身體就很沉重。可是繼續睡回籠覺的話，魔力又會跟著恢復，只能先起床，思考要怎麼消耗魔力了。

我慢吞吞地前往餐室準備吃早餐，發現斐迪南已經在用餐了。再怎麼盡量變寬敞，我與斐迪南的房間也只有床鋪和更衣的空間而已，所以勢必得來到餐室用餐。

我坐下後，小口小口地喝起端上桌的蔬果汁。如今不能飲用回復藥水的我，若想要恢復體力，三餐便非常重要，所以非喝不可。大腦雖然明白，卻還是一點食慾也沒有。

用完餐的斐迪南站起身，走到我旁邊來。我趁機停止進食。

「雖然一眼就能看出妳身體狀況不好，但妳感覺如何？」

「……我正為魚兒的罪孽深重而渾身直打哆嗦。」

「妳就老實承認，自己因為在堪那維齊興奮過度，結果今天就發燒了，還全身直打冷顫。」

真是個笨蛋——斐迪南一邊斥道，一邊伸出手檢查我的額頭與脖頸。我乖乖地任他檢查。發燒的時候，冰涼的手感覺特別舒服。

「我本來還想在妳的魔力與體力間找到平衡，用最有效率的方式為領地灌注魔力，沒想到這個計畫這麼快就受挫了。讓我想想今天該怎麼辦……」

「對不起。但如果只有上午的話……」

「妳想在這種情況下外出嗎？還是想使用回復藥水？」

斐迪南用冷冽至極的目光瞪來，我立刻搖頭。就連只是睡一覺而已，魔力的恢復量就讓我深感絕望，要是在這種情況下飲用回復魔水、使得魔力恢復，那麼要想讓魔力枯竭更是痴人說夢。屆時，我可能會想不顧他人眼光地嚎啕大哭吧。

「……我的意思不是要外出，而是如果只是移動小熊貓巴士的話，這點小事我還辦得到。」

「移動之後妳想做什麼？現在只是移動而已，並不會讓妳身上的魔力減少吧？為了消耗魔力，妳必須有所行動。」

聞言，我拚命地動腦思索。必須想個自己不必移動，也能消耗魔力的辦法。當有自

1 註：日本民間傳說中，比父母早亡的孩子要在賽之河原堆石塔，有贖罪與為父母祈福之意，但每當快要完成就會有惡鬼來破壞。

己做不到的事情時，該怎麼辦才好？答案很簡單：找人代替自己就好了。

「不是有我灌注了諸神力量的神具嗎？既然只要詠唱禱詞，不管是誰都能使用神具，那讓大家來使用這些神具如何？」

「使用神具嗎？」

斐迪南挑起單眉，低頭看我。我緩緩點頭。

「雖然對大家很過意不去，但我想請他們以芙琉朵蕾妮之杖治癒周邊的土地，再以萊登薛夫特之槍打倒魔獸，然後用舒翠莉婭之盾守在小熊貓巴士旁邊，並使用蓋朵莉希的聖杯為沒有基貝的賓德瓦德舉行祈福儀式。等神具裡的力量用完了，再由我灌注諸神之力。還有沒有什麼地方像我說的這樣，可以同時施展治癒並討伐魔獸呢？」

如果採用這個辦法，即使只是一直躺在床上，多少也能消耗諸神的力量吧。因為我現在就算想要恢復體力，也不能什麼都不做，只是躺在床上睡覺。

「除此之外……斐迪南大人與哈特姆特都會畫採集場所的治癒魔法陣吧？若由你們到處去繪製魔法陣，再由我灌注魔力呢？只要上午躺在床上休息，下午再去為魔法陣灌注魔力，這我應該還有辦法負荷……」

「妳對自己的體力似乎太有自信了些，但相比起同乘騎獸、一整天在外散布魔力，這麼做所消耗的體力確實會少得多……不過，既然妳會想出這麼多辦法來，代表妳的情況真的很糟吧。」

「這話是什麼意思呢？」

斐迪南臉色凝重，伸手探向腰間上的藥水袋。他抽起一個試管般的細長藥水瓶，往早餐桌上的湯匙滴了一滴。

「這是妳的老毛病了，但要是妳想改掉或刻意隱瞞反而麻煩，所以妳不必知道。別問這麼多了，把這個喝下……」

明明說是我的老毛病，斐迪南卻又不肯告訴我是什麼，只是遞來湯匙。湯匙上的藥水帶著淡淡的紅色。我接過湯匙後，試著舔了舔藥水。瞬間極苦的味道襲來，刺激性還強烈到了讓舌尖陣陣發麻。才這麼一小滴而已，刺激性與苦味竟如此強烈。就算要我當成藥水喝下，我也根本吞不下去。

「好苦喔，這是什麼？是恢復魔力的藥水嗎？這藥水甚至會讓舌頭發麻，應該先提醒我一聲吧。我完全沒有作好心理準備。」

我仰起頭，不滿地大發牢騷。只見斐迪南眉頭深鎖，彷彿他才是喝下了超苦藥水的那個人。

「這種程度的話，幾乎沒有影響。哈特姆特，聖杯以外的神具在哪裡？送回神殿了嗎？」

「不。既然羅潔梅茵大人要舉行儀式，神具自是不可或缺，所以我當成自己的行李帶著，正與聖杯保管在一起。」

哈特姆特一臉得意地挺起胸膛說。真不愧是哈特姆特——我正佩服地這麼心想時，柯尼留斯卻刻意地大力聳肩。

「但我怎麼好像聽你說過，你是因為如果要把神具送回神殿，就會被我們拋下，所以只好先帶在手邊？」

「哦？我怎麼可能把灌有羅潔梅茵大人力量的神具託付給他人呢？」哈特姆特朝柯尼留斯投以充滿壓迫性的笑容。「別吵了，真實原因為何並不重要。」斐迪南擺手制止兩人。

「妳覺得為神具灌注魔力更有效率嗎？」

「至少神具損壞的機率很低，而且之前為所有神具灌注魔力時，我確實感受到了魔力有所減少。雖然理想中的情況，是由大家多次消耗所有神具裡的魔力，但比起只是躺著不動，至少魔力不會再增加，可以讓我安心。」

我說完後，斐迪南應著「這樣啊」點點頭，開始輕敲起太陽穴。雖然不知道他在想什麼，但這是他在整理思緒時特有的習慣動作。

「好，早餐過後就按妳的提議行動。近侍們用完早餐後，要分頭使用神具去治癒土地、討伐魔獸，以及舉行祈福儀式。我要用轉移陣回城堡一趟，去辦幾件事情。下午為了同時施展治癒並討伐魔獸，會連同這個騎獸移動到札贊的西側或是威康塔克，所以妳在發動轉移陣後，就一路休息到中午吧。」

留下這些話後，斐迪南便轉身離開餐室。尤修塔斯將收拾到一半的餐盤疊到賽吉烏斯手裡，旋即追了上去。我正想站起來跟著一起離開時，莉瑟蕾塔立刻輕輕按住我的肩膀。

「羅潔梅茵大人，您尚未用完早餐喔。」

於是我在莉瑟蕾塔的監督下用完早餐，接著從梅斯緹歐若拉之書裡複製出轉移陣，送斐迪南回城堡。回去時，斐迪南只帶了艾克哈特、尤修塔斯與幾名護衛騎士而已。至於得收拾餐盤並準備午餐的侍從賽吉烏斯，以及要守在小熊貓巴士四周、還有等一下要與我近侍們同行的騎士們，則被留了下來。
「羅潔梅茵大人，那接下來我們該做什麼？」
我首先向自己的近侍們下達指示。
「我房間的護衛就交給安潔莉卡，請妳在門外待命。萊歐諾蕾請在外面展開舒翠莉婭之盾，保護小熊貓巴士。除此之外的護衛騎士們請分成兩組，一組使用神具去討伐魔獸，一組保護要去農村舉行祈福儀式的哈特姆特。」
「那麼就由柯尼留斯與馬提亞斯去討伐魔獸，勞倫斯與克拉麗莎則擔任我的護衛，和我一起去舉行儀式吧。」
哈特姆特這麼建議後，我看向克拉麗莎。克拉麗莎在籍貫上仍屬於戴肯弗爾格，帶她去參加儀式好嗎？
「與其帶克拉麗莎去參加儀式，讓她去討伐魔獸比較好吧？」
「難得有這樣的好機會，我想與哈特姆特一起去舉行祈福儀式。看過了將古得里斯海得授予君騰的儀式後，衝擊實在大到讓我改變了對儀式的看法。既然今後還要繼續改正貴族們的觀念，我身為羅潔梅茵大人的下屬，當然應該要參加儀式。我已經連禱詞都完全背起來了！」
克拉麗莎這麼主張的同時，很快地瞥了眼亞倫斯伯罕的騎士們。她想參加儀式的心情不假，但在這些仍對神殿與儀式感到忌諱的騎士面前，這也是她的一種表演吧。
「從前都以不成體統為由，禁止貴族出入神殿。但是現在，戴肯弗爾格在領內也會舉行貴族院的儀式。既然儀式地點是在戶外，也不會進入神殿，應該沒有問題吧？」

一旦公開聖典鑰匙與基礎的關係，確實領主會議過後，他領的領主一族也會開始進出神殿吧。如果是在戶外參加儀式，應該沒有問題。

……而且看她那麼幹勁十足，連禱詞都完全背下來了……

儘管有些無厘頭的言行容易讓人感到迷惑，但克拉麗莎是非常優秀的文官。也正是因為優秀，才格外教人感到惋惜，不過倒是與哈特姆特十分匹配。

「柯尼留斯與馬提亞斯要和亞倫斯伯罕的騎士們去討伐魔獸嗎……」

安潔莉卡喜歡活動身體，所以比起留守，肯定會覺得去討伐魔獸更吸引人吧。她一臉羨慕地看著柯尼留斯兩人。

「這次不單純要討伐魔獸，所以我才覺得不適合安潔莉卡喔。因為目的並不在於討伐魔獸，而是使用神具，將裡面的魔力消耗殆盡。」

如果是從空空如也的狀態為神殿的神具注滿魔力，並由注滿魔力的人使用，那麼就算不詠唱禱詞也能直接使用。但一旦混了別人的魔力，使用時就非得詠唱禱詞不可。一般之所以需要正確地記下禱詞以舉行儀式，就是因為神殿裡的神具都是由複數的青衣神官及巫女在奉獻魔力。如果是以思達普變出的神具，或是使用完全染上了自己魔力的魔石，倒是可以將禱詞簡化，但這次操控神具的人必須要能正確地詠唱出禱詞。

「如果安潔莉卡能馬上記住禱詞的話，要去討伐魔獸也沒關係喔。」

「禱詞嗎……確實是不適合我呢。不愧是羅潔梅茵大人，真是精準完美的分配。」

安潔莉卡火速放棄了背禱詞，選擇留在這裡擔任護衛。果然不出所料。她要是說「那麼我會努力背禱詞」，我反而會很驚訝。

我的護衛騎士們確認了使用神具要唸的禱詞後，反覆唸誦練習。與此同時，我也拜託休特朗將亞倫斯伯罕的騎士們分成三組，分別是魔獸討伐組、祈福儀式組與小熊貓巴士的守衛組。

「那我們出發了。羅潔梅茵大人請好好休息。」

大家各自抱著哈特姆特所管理的神具，起飛出發。

當我躺在被窩裡迷迷糊糊地昏睡時，不知不覺第四鐘響了。雖然發燒的感覺稍有消退，但魔力一恢復，諸神的力量也跟著擴張，讓我感覺很不舒服。儘管還不到無法忍受的地步，手腳也開始出現發麻刺痛感。

……嗚嗚，感覺我會變得討厭睡覺。

我渾身無力地起床後，莉瑟蕾塔憂心忡忡地檢視我的臉色，告訴我大家都回來用午餐了。

「聽說神具裡的魔力都已消耗殆盡……要先幫您拿過來嗎？」

「麻煩妳了。」

於是莉瑟蕾塔與克拉麗莎拿來神具，我一一地往神具灌注魔力。體內的魔力量隨即恢復到了睡覺之前，不適的感覺減緩許多，我吐出一口大氣。

「臉色看來好些了呢。谷麗媞亞正在做準備，您要用午餐了嗎？稍後要請您在床鋪上用餐。雖然我們也非常惶恐，但為了節省時間，說是要您直接在房間裡用餐。」

「看來斐迪南大人也回來了呢。」

這麼重視效率的指示，我立刻就猜到了下達的人是誰。因為我們如果到餐室去，近侍們就必須輪流用餐；但如果待在房裡，大半近侍就可以在我們看不到的地方趕緊用午餐。但這種做法並不優雅，是只有緊要關頭才能使用的秘密手段。

莉瑟蕾塔走出去後，便換餐盤上端著食物的谷麗媞亞走進來。她做好了準備讓我能在床鋪上用餐，接著在旁服侍。

「我聽剛才在準備午餐的尤修塔斯說，斐迪南大人整個上午非常忙碌呢。他不僅向札贊與威康塔克的基貝捎去通知，還聯繫了艾倫菲斯特，而且也與君騰．艾格蘭緹娜商量了事情。」

谷麗媞亞分享了她得到的情報，告訴我上午分頭行動的斐迪南做了哪些事情。看來斐迪南到了城堡後又是馬不停蹄地在工作，聽說回來時還帶了大量的工作用品。

「據威康塔克的基貝在回報時所說，現在正不斷地有魔獸從舊孛克史德克那邊移動到亞歷山卓來。推測是因為我們這邊開始盈滿諸神的力量，所以那些魔獸都被魔力吸引過來了。」

像貴族院的採集場所也是，只要施展了治癒魔法，魔力含量豐富的原料就會吸引來強大的魔獸。都是一樣的道理。

「那麼到時候，渴求魔力的魔獸們肯定會盯上渾身都是諸神之力的我吧？」

看在魔獸眼裡，全身上下滿是諸神力量的人類，想必是無比豐盛的大餐。

「為了不讓好不容易治癒的土地遭到破壞，聽說等一下會在羅潔梅茵大人四周布下嚴密防守，並盡快趕往札贊與威康塔克。」

札贊位在與艾倫菲斯特有境界門相接的格利貝與嘉爾敦南邊，威康塔克則在札贊的西側，緊鄰著格利貝西南方與伊庫那南方的土地。我們在格拉罕戰鬥時，波尼法狄斯就是在這一帶奮戰。現在若是盡快趕到那裡討伐魔獸，也能保護到邊界附近的艾倫菲斯特土地。

「那最好能把魔獸盡量引到亞歷山卓這邊來，一一將其討伐呢。因為現在伊庫那與格利貝的戰鬥力大概還沒恢復。」

此刻腦海中浮現出了地處偏僻，人口稀少的伊庫那。前陣子基貝的妹妹布麗姬娣也上了戰場，還送來重要的情報，所以我想盡可能減輕布麗姬娣他們的負擔。

……而且既然與伊庫那相連，代表那一帶也有很多類似的魔樹吧。

從札贊西邊到威康塔克那一帶，與我為了蒐集尤列汾藥水的原料，曾去取得拉茨凡庫之卵的羅岩貝克山所在的山岳地帶相連。一言以蔽之，那裡是火屬性魔力非常豐富的山區。山多樹也多，如果要在亞歷山卓發展製紙業，那裡可以說是最適合的場所。

……雖然那裡的人聽了喬琪娜的挑唆，曾經實際對艾倫菲斯特發動過攻擊，對於我與斐迪南大人多半沒有什麼好印象……

「為了將來的製紙業，得盡量治癒土地、討伐魔獸，順便賣個人情給基貝呢。」

「斐迪南大人似乎還說了……儘管得拿捏好分寸，但這是多次使用萊登薛夫特之槍的好機會。既然使用了蓄有諸神之力的萊登薛夫特之槍後，還得使用芙琉朵蕾妮之杖治癒土地才行，一定能讓羅潔梅茵大人體內的魔力大幅減少吧。」

……嗯，要是可以這麼順利就好了。

然而實際情況，卻是我向神具奉獻魔力時，也只消耗掉了睡覺時恢復的量。對於等一下的魔獸討伐，似乎不能期待會有太顯著的效果。但這種話我對著努力勉勵自己的谷麗媞亞實在說不出口，只能不置可否地微笑以對。

「我已經通知過基貝，接下來要移動到札賛與威康塔克的邊界附近。畢竟總不能不知會一聲，就在他們的土地上散布魔力、討伐魔獸。」

從大海在轉眼間變得蔚藍澄澈，便能看出諸神的力量有多麼強大。對於一直以來都缺乏魔力的土地來說，影響太巨大了，所以他說一定要預先與基貝溝通過。

……居然不能只是治癒土地就好，這點還真麻煩呢。

聽完斐迪南的說明後，我便駕駛著小熊貓巴士，跟在斐迪南與他的護衛騎士們身後移動。

「四周已經巡邏完畢。」

聽見萊歐諾蕾的回報，我打開副駕駛座的出入口。她一坐進來，便拿起事先放在後座的神具風盾，等著稍後接到指令就要往外移動。

「萊歐諾蕾，現在周遭的情況怎麼樣？」

「魔獸果然增加了呢，我想很快就會輪到這面風盾出場。但比起這個……呵呵。」

說到一半，萊歐諾蕾笑了起來。

「在地面上工作的農民全都目瞪口呆，指著這頭騎獸發出驚呼，那幅畫面真是太有意思了。我還看到平民接二連三地跑出來，甚至有人追著騎獸在跑呢。」

畢竟虹色小熊貓巴士如今有著一點也不像是騎獸的外觀，而且大得出奇。看起來簡直就像有個二層樓的住家在空中飛一樣，完全是超脫現實的存在，也難怪平民全部跑出來參觀。

「果然是虹色很醒目吧？」

「我想問題並不在於顏色喔。」

就在這時，安潔莉卡忽然揚聲喊道：「萊歐諾蕾，有魔獸！」我立刻打開副駕駛座的出入口，萊歐諾蕾則是詠唱著「司掌守護的風之女神舒翠莉婭，侍其左右的十二眷屬女神啊……」，然後拿著舒翠莉婭之盾跳了出去。安潔莉卡則是一邊警戒四周，一邊代替萊歐諾蕾坐了進來。

「這一帶有許多強大的魔獸。我聽到有人說，大概是因為土地沒有魔力，魔獸都同類相食了吧。」

安潔莉卡一本正經地這麼向我匯報。我點了點頭，先讓小熊貓巴士停在半空中。因為預先被叮囑過，直到戰鬥結束之前，都不能隨便亂動。

果然如午餐時收到的報告所料，移動時一邊散發光芒，一邊還在魔力貧瘠之地釋放諸神力量的小熊貓巴士，很顯然地成了絕佳的獵物，已經屢次遭受到強大魔獸的襲擊。換作平常，遇上厲害的魔獸我都只會害怕得哇哇大叫，但今天卻是再歡迎也不過地迎接魔獸的到來：「很好，放馬過來吧！」

「看來又能使用萊登薛夫特之槍與芙琉朵蕾妮之杖了呢。」

為了阻止魔獸接近我，萊歐諾蕾會展開舒翠莉婭之盾保護小熊貓巴士，柯尼留斯與馬提亞斯則是輪流使用萊登薛夫特之槍發動攻擊。打倒魔獸以後，還得使用芙琉朵蕾妮之杖治癒隕石坑一般的大洞。灌注了我魔力的神具完全是大顯神威。

……這還是我頭一次覺得，只用一次就會消耗掉所有魔力的神具這麼好用！萊登薛夫特，謝謝祢！

「羅潔梅茵大人，麻煩您補充魔力。」

一旦神具裡的魔力用完了，護衛騎士們便會帶著神具回到小熊貓巴士來。而且因為只要遭受魔獸攻擊，直到治癒土地為止都得停在原地，所以移動速度十分緩慢。但隨著體內的魔力減少，諸神力量所造成的痛苦也減輕了，這讓我鬆了一大口氣。魔力的減少幅度更是超出預期，令我非常高興。

……看來今晚可以安心地睡一覺了。

就這樣一路討伐魔獸，最終小熊貓巴士降落在札贊與威康塔克的邊界附近。剛停好騎獸，我就聽見斐迪南下達指示：「萊歐諾蕾，立刻展開舒翠莉婭之盾。」

「司掌守護的風之女神舒翠莉婭，侍其左右的十二眷屬女神啊……」

等萊歐諾蕾展開舒翠莉婭之盾，在四周形成一道守護結界後，大家便暫時休息。現在快到用晚餐的時間了。我從駕駛座移動到後方的巨大住家。從外側看去，這時的小熊貓巴士就像一頭有著小熊貓頭部的巨大象龜，偌大的房子看來就像龜殼。

……雖然住起來很舒服，但果然不太可愛呢。

我走到一樓餐室旁邊類似客廳的空間後，就看見斐迪南在下達接下來的指示。

「羅潔梅茵，妳身體感覺如何？」

「為神具奉獻了好幾次魔力以後，不舒服的感覺已經減輕許多，加上我上午都在睡覺，所以感覺還不錯喔。肚子還有點餓了。」

「看來您恢復了點精神呢。由於您早餐與午餐都吃得不多，我還十分擔心，那我去命人晚餐多準備一點。」

莉瑟蕾塔開心地咯咯笑著，轉身走去吩咐廚師。

「羅潔梅茵大人，這邊請。」

我往谷麗媞亞示意的沙發坐下後，斐迪南便走過來開始做健康檢查。

「……雖然比上午好了不少，但妳的身體狀況絕對還稱不上好。」

由於魔力減少後，痛苦也減輕了，我自以為身體狀況好了不少。然而，斐迪南冰涼的手依然讓我覺得很舒服，所以用不著他說，我也明白了自己並未完全退燒。「但也沒有很糟，所以斐迪南大人的臉色不需要那麼沉重喔。我現在甚至有食慾了，所以身體狀況算是還不錯吧。」

「……可不要因為有了點食慾就暴飲暴食。」

對於我的主張，斐迪南輕敲著太陽穴陷入沉思。他大概是心想著我又毫無淑女的樣子了，又或者是不要根據食慾來判斷身體狀況吧。斐迪南面無表情，十足主治醫師風範地淡淡叮嚀幾句後，便離開了客廳。

「才不會呢，真失禮……」

但即便沒有斐迪南提醒，我也無法暴飲暴食。因為明明肚子餓了，我的身體卻不願吸收，一直到用完晚餐為止都只吃進很少的量。

……明明肚子餓了，結果我居然吃不下！

趁著近侍們用餐時，我本想移動到客廳喝杯餐後的茶，卻被斐迪南叫住。

「看樣子妳的身體狀況果然不太好。與其餐後喝茶，還是先回房休息吧。明天我打算用聖杯散布魔力。」

「我現在非回房不可嗎？我本來還想和昨晚一樣，討論圖書之都的計畫呢……而且我聽說斐迪南大人從城堡帶了設計圖過來，心裡一直非常期待。」

至少討論一下下……我試著這麼央求後，斐迪南卻斷然說道：

「不行，妳現在就回房間。妳的身體狀況比妳自以為的還要糟。既然無法飲用回復藥水，至少要增加睡眠的時間。」

……但我討厭睡覺。因為一醒過來，魔力就又增加了。

發現魔力並沒有如預期地減少，心浮氣躁的我只能按著仍是感到飢餓的肚子，回到房間往床鋪躺下。

大規模魔法

「……等等我，不要走！」

夜半時分，我因為自己的叫聲醒來。大概是作夢的時候哭了，枕頭有一片濡溼，背上也是溼淋淋的冷汗。這次驚醒過來的感覺真是太糟了。而且明明作了夢，我卻想不起來自己夢到了什麼。

……我夢到什麼了？還有我在追誰？

消失的記憶隱隱像要連結起來卻又溜走，讓我煩躁地皺起臉龐。這時，值夜的萊歐諾蕾想必是透過聲音與動靜察覺到我醒來，拉開布幔探進頭來。

「羅潔梅茵大人，您的臉色很難看呢。要幫您拿神具過來嗎？我聽莉瑟蕾塔說過，您睡醒時只要往神具灌注魔力，不適的感覺似乎就會減輕，所以我們已經將神具裡的魔力都先消耗掉了。」

她說晚餐過後護衛騎士們特意出去討伐魔獸，清空了神具裡的魔力。這份心意讓我非常高興，便請她去拿來神具。

……不僅肚子好餓，還睡到一半驚醒，渾身也有氣無力，甚至魔力又增加了……

我用手撐著沉甸甸的腦袋，坐到床邊，往萊歐諾蕾拿來的神具灌注魔力。

正當這時，谷麗媞亞慌慌張張地進房來，頭髮也只是隨意束起。大概是被萊歐諾蕾送去的奧多南茲吵醒的吧。如今只有獻了名的近侍，才有辦法在沒披銀布的情況下觸碰我。所以在沐浴與更衣等必然會觸碰到肌膚的侍從工作上，現在給谷麗媞亞造成了不小的負擔。

「谷麗媞亞，抱歉吵醒妳了。」

「我白天都有休息時間，所以您不必放在心上。不說這個了，您出了好多汗呢。要沐浴嗎？」

「現在用洗淨魔法就夠了。請妳使用那邊的魔石。」

現在灌注了我魔力的魔石有一大堆。我允許谷麗媞亞使用後，請她為我施展洗淨魔法，整個人便神清氣爽多了。

接著，我重新往萊歐諾蕾遞來的神具灌注魔力。這面舒翠莉婭之盾是最後一樣神具了。為盾牌灌注魔力時，我忽然感受到某種氣息，手繼續貼在盾牌上，但是張望起四周。

「羅潔梅茵大人，怎麼了嗎？」

「下面……感覺是在餐室或客廳那個方向，有什麼東西存在的氣息。就跟傑瓦吉歐從祭壇深處走出來時一樣，好像有什麼東西就在自己附近。啊，該不會是傑瓦吉歐闖進來了吧？這麼說來，關於他後來怎麼樣了，我還沒有收到過任何報告……」

我一邊回道，一邊往感知到氣息的方向探尋，萊歐諾蕾像是明白了什麼般點點頭。她看著上方思索了一會兒後，輕笑一聲。

「現在是在羅潔梅茵大人的騎獸當中，沒有許可的人是闖不進來的。那麼，多半是說過他要在客廳工作的斐迪南大人吧。若您十分在意，要過去親眼確認嗎？因為您為神具供給了魔力後，臉色依然不太好看，或許可以請他幫您檢查看看。」
萊歐諾蕾說著，轉頭看向谷麗媞亞。
「谷麗媞亞，不好意思，麻煩妳為羅潔梅茵大人更衣。換上直接可以就寢，比較寬鬆的室內便衣就可以了。回來以後，我會請羅潔梅茵大人躺下歇息，所以妳可以先回房間沒關係。」
「感激不盡。」
接著谷麗媞亞幫我換上室內便衣，再不那麼正式地簡單綁起頭髮。披上銀色斗篷，與萊歐諾蕾一起走出房間時，安潔莉卡正奔跑而來。「抱歉我來晚了。」說完，她一把將我抱起來。
「羅潔梅茵大人，請您等我抵達房間。因為我已經被吩咐過了，要盡可能讓妳一步路也別走到。」
安潔莉卡一本正經地這麼提醒道。我輕笑起來，乖乖地任她抱著移動。
有亮光從一樓的客廳流瀉而出。剛一走近，艾克哈特便探出頭來。
「斐迪南大人叫妳進來。」
「他知道我來了嗎？」
「有個渾身綻放強烈諸神之力的人在移動，怎麼可能感覺不到。」
……諸神之力就像貓咪身上的鈴鐺嗎？
走進客廳一看，原本餐後喝茶用的空間，現在已經徹底變成了辦公桌。由於寢室的空間不大，頂多只放得下床鋪與替換衣物等行李，所以斐迪南才會改在客廳處理從城堡帶來的工作吧。

「怎麼了？睡不著嗎？」

「雖然內容我已經不記得了，但我好像是作了惡夢驚醒過來。然後在為神具灌注魔力的時候，感受到了某種氣息……」

我說明就和傑瓦吉歐從祭壇深處走出來時一樣，明明沒有看見身影，我卻感受到了某種事物存在的氣息。

「我很納悶究竟是什麼，然後這次感受到的似乎是斐迪南大人。」

「哦……」

斐迪南指著沙發上的空位，要我坐在他旁邊。安潔莉卡便往他指定的位置將我放下來。大概是因為從斐迪南身上感受到了從未有過的奇妙氣息，我有些心神不寧。

「斐迪南大人，傑瓦吉歐後來怎麼樣了呢？」

「前往國境門的艾格蘭緹娜大人一行人已經逮捕了他，也察看過記憶了。領主會議上會正式宣布對他的處罰吧。」

聽到他已經被捕，我安心地鬆了口氣。

「我本來還擔心他逃跑了怎麼辦，聽到順利逮捕到他，總算可以放心了呢。」

「陪同艾格蘭緹娜大人與亞納索塔瓊斯大人前往的護衛騎士有一半都丟了性命，似乎不能以順利來形容……」

「咦?!您說一半是什麼意思？」

我連連眨了幾下眼睛反問道。然而，斐迪南卻一副意興闌珊的模樣，從堆疊起來的資料中抽出幾張紙。

「這是新任君騰與輔佐她的丈夫要去面對的問題，不必妳操無謂的心。比起這件事情，我想與妳討論必須盡快定案的亞歷山卓設計圖。」

理解到桌上的紙張就是新亞歷山卓的設計圖後，有關傑瓦吉歐的事情立刻被我拋到九霄雲外去。

「我雖想盡可能實現妳所謂理想中的城市，但實在太過以圖書館為中心。」

「不然呢？不以圖書館為中心，要以什麼為中心？」

我要打造的城市中心，怎麼可以不是圖書館呢？我這麼反駁後，斐迪南露出了厭煩的表情。

「貴族區要以城堡、圖書館與研究設施為中心，應該是沒問題吧。畢竟妳將會頻繁進出圖書館，還打算在館內設置私人的專屬空間。倘若坐落地點距離城堡太遠，有可能引來不必要的危險。只不過，妳似乎想要設置能夠連結城堡與館內私人空間的轉移陣，這點我不能同意。」

我會想這麼做，是為了大幅節省移動到圖書館的時間，但能夠轉移活人的轉移陣，基本上只有奧伯能使用。他說萬一發生護衛騎士沒進到轉移陣裡的情況，護衛騎士將因跟丟護衛對象而受到責罰；就算急忙追去圖書館，但要是距離太遠，也只會讓我遇到危險的機率增加。

「妳必須放棄在寢室內設置私人用的轉移陣……但是相對地，我已經幫妳想了許多對策，有助於更多的貴族都能使用圖書館。」

他說不同於艾倫菲斯特是以南北做出地位的差異，亞歷山卓將是越往城市中心，居住者的地位就越高，盡可能拉近每戶人家與圖書館的距離；另外還會在城堡內設置有別於圖書館的圖書室，讓見習生與還未受洗的孩童也能輕易進出。聽起來確實費了不少心思。

「……但是只有貴族嗎？」

「畢竟圖書館緊鄰城堡，妳又會頻繁進出，還是得對訪客的身分設下一定的限制。基於守備這層考量，很難容許不特定的多數人進出圖書館。」

「可是，我希望圖書館是所有人都能使用……因為這可是我要改造的領地喔。在亞歷山卓，不是應該所有人都能看書嗎？」

「這確實是領地未來的方針，但考慮到平民目前的識字率，我只能說為時尚早。再者也會引起貴族極大的反彈。」

可是，這樣就不是我理想中的城市了。對於我的抗議，斐迪南擺了擺手。

「先聽別人把話說完。由於亞歷山卓是女神化身所治理的新領地，若要包括平民在內規劃整個城市，我認為應該以神殿為中心。既然都要重新建造，可以大量採納艾倫菲斯特神殿的優點。」

神殿內部會有工坊、孤兒院、青衣神官們的生活區域、向神獻上祈禱並舉行儀式的禮拜堂，他說要把這樣的神殿建在平民區與貴族區之間。

「除此之外，也可以引進妳曾經說過的神殿教室，對富裕的平民開放。那麼就算一開始僅限去神殿教室上課的人，但就可以設置平民也能進出的圖書室。等到平民普遍都能閱讀、懂得如何正確對待書籍的人變多了，屆時也不必再禁止平民出入城堡附近的圖書館。這些事情必須一步一步慢慢來。倒不如說，絕不能操之過急。開始的第一步要如何讓眾人能夠接受，可謂至關重要。」

而且就和貴族院的圖書館一樣，為了防止書本遭竊，還得引進保證金這類的制度。如此一來，付不起保證金的人就無法使用圖書館。斐迪南說將來好一段時間，圖書館將形同是會員制。

……不能操之過急啊。

回顧麗乃那時候的圖書館發展史，確實也發生過一樣的事情。雖然我有些心急，想讓時代進步的腳步再快一點，但是我也知道若不等到印刷業更加興盛、書本的價格降下來，這是很難辦到的事情，再者也不能忽視冒進下帶來的後果。首先第一步，要設立平民也能進出的圖書室。

「如果要開放以富裕平民為對象的神殿教室與神殿圖書室，我想是很棒的主意喔。因為神殿教室開設以後，與貴族做生意的商人的孩子就有地方可以學習言行舉止，他們一定會很高興吧。我曾聽說平民之中，能當教師的人並不多。」

「是普朗坦商會的人告訴妳的嗎？」

斐迪南看著我的眼神，就好像想在我的記憶中找到裂縫。我努力從始終都是朦朧不清的記憶當中，找出有關的片段。

「當時還是奇爾博塔商會吧。我的侍從們曾在孤兒院長室……哎呀？呃，我記得他們教育過義大利餐廳的侍者。」

腦海中浮出了當時還是學徒的萊昂。記得應該還有其他人，我卻想不起了。對了，那時候萊昂經常對我露出厭煩的表情，那是為什麼呢？

「……原來如此。想與貴族攀上關係的家戶子弟，會因此進入神殿教室嗎？」

斐迪南像要打斷我的思緒般忽然說道，我也回過神來。

「是的。一旦與貴族有關係的商人們都習以為常地來神殿教室上課，想要往上發展的其他商人與想找到貴族當資助者的工匠，也會來就讀吧。只要看看古騰堡夥伴們，就能發現這樣的情況很明顯。」

斐迪南「嗯」地頷首，往手邊的紙張寫上文字。

「另外，妳所謂的都市重劃這個想法著實有意思。但若由妳來重劃，城市的機能就會太過著重於圖書館與印刷業，所以必須根據實際情況稍作調整。首先，要建造平民視為城市中心的建築物，比如遭到蘭翠奈維破壞的港口，以及貴族區、神殿、商業公會與各個協會等，之後再傾聽平民的意見進行重劃，妳看這樣如何？」

正好這也是個好機會，可以訓練至今只會下令的文官們——斐迪南微笑道。往後必須培養出工作時懂得與平民攜手合作的文官，所以對此我沒有意見。

「要是一下子就對整座城市施展大規模的因特維庫侖，想必會給平民造成負擔，所以若能與平民溝通，再逐一進行改造，我想這是很好的辦法。至於負責指導文官的人，交給已經習慣與平民往來的尤修塔斯或是哈特姆特是最好的吧。只不過，建築物的樣式還是參考亞倫斯伯罕原有的建築吧。畢竟這裡光是氣候就與艾倫菲斯特大不相同。」

每塊土地的建築物都融合了當地人生活的智慧，所以最好沿用原本的樣式。艾倫菲斯特的建築樣式換到這裡，很可能會在夏天耐不住熱。

「但普朗坦商會與奇爾博塔商會的店面，我本打算採用他們在葛雷修改造時所提交的設計圖。」

「那麼請告知這邊的樣式與格局，再交給他們自己決定吧。」

雖然建築物樣式最好還是配合當地的氣候，但每個人喜歡的格局不盡相同。還是由本人自己決定他們重視什麼以後，作出選擇吧。

「此外，由於得有住處與商店才能搬過來，因此我打算在商業公會等重要設施林立的平民區中心，也以因特維庫命為古騰堡們建造新的店家和工坊。」

「斐迪南大人設想得這麼周到，一切想必沒有問題吧。不過，工匠家人們要住的空間也包含進去了嗎？」

「……嗯，當然。」

斐迪南稍微垂下眼簾，接著動作迅速地收起桌上的紙張。

「啊，好過分，我還想再看一下呢。請重新攤開設計圖。」

「妳要是太過興奮，情況會一發不可收拾，所以今天先到此為止吧……第一鐘就快響了，妳最好回房再睡一下。現在應該多少心滿意足了吧？感覺睡得著嗎？」

被斐迪南這麼一問，我搖了搖頭。

「……一睡覺魔力就會增加，所以我現在不太想睡。真的想睡時我會去睡的。」

「空腹感呢？妳明明喊過肚子餓，晚餐卻吃得不多，現在是否還覺得飢餓？還是說飢餓的感覺又更明顯了？」

對此我點了下頭。晚餐過後，我始終都覺得肚子餓，現在又覺得更餓了。

「……就和斐迪南大人說的一樣。難道您知道這是怎麼一回事嗎？」

「是有點眉目。」

說完斐迪南環顧起四周，像是在尋找什麼，接著便施展洗淨魔法清洗自己的手。隨後，他往自己的指尖滴了一滴淡紅色藥水。

「斐迪南大人？」

不知道他想做什麼的我眨了眨眼睛，注視他的行動。然後，滴有淡紅色藥水的指尖往自己靠近，再按在我的唇上。我看著斐迪南很快抽回指尖，並以手帕擦拭。「苦嗎？」他問。

想起之前又苦又帶有刺激性的味道，我舔了舔嘴唇。與預期相比幾乎沒有苦味，但還是讓舌頭有些發麻。

「不……還好。」

「那就好。妳感受到的空腹感，應該是源自於魔力減少過多。因為魔力減少過多，是身體在告訴妳這樣會有生命危險。如此看來，妳確實正往魔力枯竭邁進。」

他說一般人在魔力減少時就會使用回復藥水，既不會像現在這樣長時間減少魔力，也不會在睡一覺魔力恢復後，又立刻將其消耗掉不使恢復。所以，我才會沒有意識到空腹感其實是種警訊，在提醒我身體正瀕臨魔力枯竭。

「我在亞倫斯伯罕的供給室裡就曾感受到飢餓。這種空腹感多半不會在一口氣消耗掉魔力時發生，而是在魔力一點一點被消耗掉時才會感受到……只不過，從現在開始若再花時間慢慢消耗，會變得非常痛苦。所以我接下來想盡可能一鼓作氣。」

「之後還會更痛苦嗎？」

我再也受不了了。這麼心想的我，下意識地想與斐迪南稍微拉開距離。

「我希望能一口氣到達枯竭狀態。因為之前也已經確認過，只要諸神的力量減少，將妳魔力重新染色時的痛苦也會減少。」

「……是啊。」

斐迪南顯得相當興致高昂，但一想到現在的痛苦狀態還會持續下去，我就不自覺變得有些畏縮。

「妳不是還曾叫我畫些治癒魔法陣嗎？妳有辦法利用那個複製魔法進行複製後，同時發動複數的治癒魔法陣嗎？」

複製時不需要詠唱諸神的名字吧，斐迪南說道。我想了想偏過頭。

「施展時確實是不用詠唱神祇的名字，而且只是複製治癒魔法陣的話，也和洗淨魔法不一樣，不用擔心會因為拿捏不好力道，而引發海嘯這種天災等級的災難。可是，我們沒有這麼大的魔紙喔。複製貼上魔法只能用在有魔力的地方。」

「既然能複製到有魔力的地方，那麼土地雖然貧瘠了些，也依然含有魔力，不能當作魔紙使用嗎？」

正如斐迪南所說，地面確實含有魔力。貴族院的採集場所也是地面上嵌有魔法陣，所以這個方法或許行得通吧。

「雖然沒有在戶外做過實驗，但或許行得通吧。可是，就算可以複製到地面上，我也不曉得魔法陣可以放大到什麼程度。因為一直都沒有時間，所以我還沒有研究過放大與縮小的功能。」

告訴我現在沒有時間，放大與縮小的實驗之後再說的人，正是斐迪南。大概是想起了這件事情，斐迪南微微蹙眉。

「是嗎……我本來還希望能像覆蓋整個貴族院的魔法陣那樣，用巨大的治癒魔法陣覆蓋整個亞歷山卓，但看來就算是妳那不合常理的複製魔法也不可能。」

……咦？斐迪南大人才沒有資格這麼說喔？

「在說我不合常理之前，請您先意識到自己提出來的想法才不合常理。那可是在古代、與諸神的關係也遠比現在要親近的時候，由艾爾維洛米大人與諸神在攜手協力下所創造出來的大規模魔法喔。」

居然想在亞歷山卓重現，簡直異想天開。那可是古代君騰透過艾爾維洛米取得了諸神的協助後，以艾爾維洛米的魔石為基點，融合了複數的魔法陣後才使貴族院能夠存在的巨大魔法陣。

「那麼大規模的魔法，哪有辦法在現今這個時代……」

說到這裡我停了下來。因為有什麼在腦海中一閃而過。

「好像……還真的有。」

「慢著！我絕不允許要去尋求艾爾維洛米大人與諸神的協助。再想想其他辦法吧。大不了妳將這個騎獸魔石盡可能平展到最大，然後複製上治癒魔法陣，再利用克拉麗莎的廣域輔助魔法，盡量擴大覆蓋範圍，這個做法應該更實際有效吧？」

明明是自己提出的辦法，斐迪南卻立刻駁回。我「嗯……」地思索了一會兒後，詠唱「古得里斯海得」變出梅斯緹歐若拉之書，進行搜尋。

「……不。並不需要向艾爾維洛米大人與諸神請求協助喔。因為斐迪南大人已經擁有艾爾維洛米大人的部分身體了。」

多半理解了我指的是什麼，斐迪南挑起單眉，「那個嗎？」

「而且這裡也有多得用不完的諸神之力吧？」

我展示般地攤開自己的雙手。

「害得我這麼痛苦，那就算利用諸神的力量任性一次，應該也沒關係吧？再說了，斐迪南大人也對重現古代的大規模魔法這件事很感興趣吧？」

我呵呵笑道，只見斐迪南沉下了臉。「現在可沒有時間慢慢研究。」說歸說，他還是一邊唸唸有詞一邊抽來新的紙張，顯然是非常感興趣。

「如果不用像貴族院的魔法陣那樣，將好幾種屬性又具有各種效果的魔法陣疊加在一起，只是要展開治癒魔法陣的話，我想應該不難。斐迪南大人，您也看看吧。」

我將自己的梅斯緹歐若拉之書推向斐迪南，上頭有著關於古代大規模魔法的內容。現在因為有近侍在場，斐迪南不便變出自己的梅斯緹歐若拉之書。他將臉龐稍微湊過來，目不轉睛地檢視起複雜的魔法陣，開始進行分析。

「嗯。如果是以此決定範圍的話，就要以基礎為起點，再以所有境界門為終點設置魔法陣，這樣似乎就能覆蓋整個亞歷山卓。至於要設於基點的艾爾維洛米的魔石，用那個來代替沒問題嗎？」

「雖然可能會沒有那麼堅韌或穩固，但只要用諸神的力量將其變作魔石，應該可以有一樣的效果吧。」

「不，如果只會用這麼一次，與其灌注其他神祇的力量，還是直接使用更符合資料上所記錄的做法。既然現在沒有時間，也沒有原料能重複進行實驗，最好盡量照著原本的做法來重現魔法陣。我們絕不能失敗。」

斐迪南用極快的速度開始在手邊的紙張上書寫。由於他列出了一大串單字，看起來更像是在做筆記。斐迪南沒有停下動筆的手，接著動口。

「羅潔梅茵，用完早餐後妳就要收起騎獸，返回城堡。之後到了城堡的秘密房間，要麻煩妳將魔法陣複製到作為基點的艾爾維洛米碎片上。除此之外的時間，妳都得保存體力。再麻煩妳指示我的文官，向所有基貝下達通知，並讓哈特姆特將神具送回神殿。也要指示克拉麗莎與羅德里希，向貴族區的貴族們宣布此事。」

「知道了。」

「萊歐諾蕾、艾克哈特，之後我會指派護衛騎士去看守各個境界門。你們自己挑出人選，想好工作分配。還有，通知近侍們早餐過後就要返回城堡，並且做好準備。」

「是！」

斐迪南接連下達指示時，有那麼一瞬間我忽然覺得他的聲音變得好遙遠。發現熱意擴散開來後，我急忙合上梅斯緹歐若拉之書。似乎是使用時間太久了。

斐迪南擔心地察看我的臉色，觸碰我的額頭與手腕後皺起臉龐。

「我雖然會負責前往境界門、設置魔法陣，但要不是妳擁有諸神之力、還能用複製魔法縮短時間，否則光是魔法陣的準備就會非常耗時。再怎麼加快速度，也要到晚上才能發動魔法陣吧……妳能再支撐一天的時間嗎？」

「剛才我還不曉得這種狀態要持續到什麼時候，所以現在心情可是輕鬆多了喔。」

我對著斐迪南嘿嘿一笑後，他卻深深皺起眉頭，「這種時候不要無謂逞強。」但如果只要再忍耐一天的時間，我想自己應該撐得住。

「為了早餐之後的移動與調合，妳還是回房歇息吧。我也想休息一下。」

斐迪南動作迅速地開始收拾資料，艾克哈特也在旁邊幫忙。我因為從晚餐過後就睡到剛剛，沒有什麼睡意，所以直到這時才意識到，斐迪南已經熬了快一整夜。明明沒什麼睡，早餐過後他還打算繼續忙碌奔波嗎？

……由於斐迪南說了「再怎麼加快速度也要到晚上」，多半根本沒有打算休息吧。真是教人擔心。

後來雖然躺回床上迷迷糊糊昏睡，但我幾乎沒有睡著，早晨便到來了。體內的魔力果不其然又恢復了些，難以形容的不適與痛苦跟著加劇，讓我回想起了從前受到身蝕熱意折磨的日子。記得魔力不停增加時，我一個人躺在被窩裡痛苦打滾，但明明身邊應該會有其他人才對，我卻想不起來。

……我要到什麼時候才能恢復記憶呢？

斐迪南本來是說，要等到新任君騰的繼承儀式過後，結果我卻在繼承儀式上得到了諸神之力。這股力量害我不敢睡覺又痛苦不已，還可能要了我的命，所以我也知道消除諸神的力量更重要。然而，現在既無法消除諸神之力，魔力也遲遲不見減少，在痛苦與飢餓的雙重折磨下，我開始覺得既然要死，真想在死之前想起有關重要人們的回憶。

……不行不行。今天一定要在施展大規模魔法的時候用掉所有諸神之力！

為免不安吞沒自己，我刻意轉換心情。說不定貴族會被教育成要懂得克制情感，就是在過往與諸神往來密切時所領悟出的應對之道，然後一直延續到了現在。

用完早餐，我們旋即返回城堡。近侍們各自照著自己收到的指示開始行動。我則來到斐迪南的秘密房間，先由他用蘭翠奈維的小刀將艾爾維洛米的白色樹枝削得平整，我再用複製魔法貼上治癒魔法陣。

「嗯……但如果不把魔法陣縮得很小，根本無法貼到樹枝上，看來得先研究魔法陣要如何縮小呢。」

由於不想畫那麼小的魔法陣，我準備要在魔紙上研究放大與縮小的功能時，斐迪南立刻冷眼瞪來。

「妳是笨蛋嗎？現在沒有那種閒工夫。快點死了心，自己把魔法陣畫小。」

……就是因為我不擅長畫那麼精細小巧的魔法陣，才想要縮小嘛！不然擅長這種事情的斐迪南大人來幫忙啊！

這些話湧到嘴邊，但一看到斐迪南正對著調合鍋投入大量的魔石、金粉與各種看來就很珍貴的原料，不知道在製作什麼，這氣氛讓我很難開口說出「你幫我畫」。看來只能自己加油了——我正這麼作好覺悟時，一張魔紙飛了過來。

「妳試試能不能複製這個魔法陣。」

「耶～！不愧是斐迪南大人！」

興高采烈的我立刻開始複製他遞來的魔法陣。諸如治癒魔法陣與要讓艾爾維洛米的樹枝成為基點的魔法陣等等，都照著他說的做好準備。以我目前的狀態，這幾乎消耗不了多少魔力，所以魔法陣的複製貼上一下子就結束了。

「斐迪南大人，我完成了。」

「那妳接著準備灌有諸神力量的魔石。這些魔石會成為承受諸神之力的器皿。施展魔法時，艾爾維洛米大人的碎片必須與魔石靠在一起。」

……嗯、嗯。既然如此，不如直接把樹枝與魔石組合在一起吧？這樣搬運起來也方便許多。

於是我搜刮來全屬性的魔石，一邊灌注諸神的力量一邊揉圓，再捏成圓柱體，最後插上艾爾維洛米的樹枝，就完成了境界門要用的底座。雖說目的是為了讓樹枝可以固定住，但沒想到成果意外穩固，樹枝與魔石也牢牢結合在一起，可以說是非常成功。

而作為魔法的起點，基礎之間裡會放置一個大底座，作為終點的各個境界門則會放置小底座。此時曾用來變出虹色小熊貓巴士的騎獸魔石也遭到摧毀，被捏成了偌大的圓盆狀，要用來放在基礎之間，然後我再插上艾爾維洛米的樹枝。最後只要底部刻上魔法陣就完成了。

「做好了。我試著把樹枝插在以諸神之力糅合而成的魔石上，你看怎麼樣啊？」

「妳這態度輕鬆得難以想像我們正要重現古代的大規模魔法，而那不合常理的方式也很符合妳一貫的作風。畢竟我可是完全想不到。」

「你的稱讚真是令我惶恐。」

就當作是在稱讚我吧。這樣有益於身心健康。

「若妳準備工作都做完了，先去那邊的長椅稍事休息吧。不知道妳自己是否有所察覺，但妳的臉色並不好看。雖然我也想讓妳回房、躺到床上歇息，但現在近侍的人手不夠吧？」

因為要進到斐迪南的秘密房間裡做準備工作的關係，我便讓近侍們都去休息一下。而既然我們兩人都在秘密房間，那麼只要留下基本的護衛騎士人數守在門前，其他近侍都可以去休息。

「但我覺得斐迪南大人更需要休息喔。」

「我還得為妳魔力枯竭後的事情做準備，現在無法休息。倘若接下來的準備工作一切順利，在發動魔法陣之前，我就有一鐘的時間可以休息，妳不用擔心。」

……怎麼可能不擔心嘛……

斐迪南神情認真，不間斷地進行調合。我定睛注視著他，發現他臉上有著濃厚的疲憊，明顯睡眠不足。儘管如此，明明其他近侍都在輪流休息了，他卻還是獨自一人忙個不停。既然有能力將王族操控在自己的掌心之間，其實他大可丟下我，回到艾倫菲斯特去。然而，斐迪南卻選擇了讓自己吃苦受累的道路。

「斐迪南大人，你為什麼願意為了我做到這種地步呢？」

「……妳這話是什麼意思？」

斐迪南一臉不解地反問後，只是脫口說出心底疑問的我，慌忙思索該怎麼說明。

「因為斐迪南大人與哈特姆特他們不一樣，並不是崇拜仰慕我這個主人，也不像馬提亞斯他們是為了避免被處刑，才選擇了向我獻名吧？現在又是這樣的情況。明明只要叫我歸還名字，我馬上就會還給你，你卻一次也沒有這麼要求過。老實說，我不明白斐迪南大人為我做了這麼多有什麼意義。」

「意義嗎……」斐迪南有些沉思起來。

「這個問題我很難回答。但因為我等同妳的家人，所以這麼做也是應該的吧。難道還需要更多理由嗎？」

聽到他說這麼做也是應該的，我大吃一驚。對等同家人的人，會做到這種地步嗎？

「即使是真正的家人，也不會做到這種地步喔。像父親大人做為騎士團長為了養父大人，還有艾克哈特哥哥大人為了斐迪南大人，感覺什麼都願意做，但不會為了我那麼全心全意地付出吧。柯尼留斯哥哥大人與母親大人雖然也待我如同真正的家人，但站在貴族的立場，很多事情都不能去做吧？」

貴族家人就是這樣。即便是家人，但比起個人，更在乎家族與領地。所以，一般才不會為了在有諸神之力的情況下仍能觸碰我而獻名，或是與諸神大吵一架。

「斐迪南大人是我的監護人，就算等同家人，也遠遠稱不上是真正的家人吧？」

我歪過頭這麼表示後，斐迪南的表情變得非常苦澀。

「羅潔梅茵，妳的家人……」

「怎麼了嗎？」

「……不，現在先不說了。」

斐迪南把說到一半的話又吞回去，搖了搖頭。他的側臉看起來非常受傷。

「那個，斐迪南大人？」

「這兩三天來，我一直在觀察妳的魔力消耗量與恢復量，只要能夠發動規模足以覆蓋整個亞歷山卓的魔法陣，一定能讓魔力達到枯竭。所以妳現在不用太過害怕睡眠，回房去休息吧。」

斐迪南用魔導具聯繫了守在門外的護衛騎士，請人叫來安潔莉卡。接著他帶我離開秘密房間，命我回房休息。

……我被趕出來了?!

我不知道自己是哪裡惹得斐迪南不高興。他的表情看似平靜如常，卻又透出了明確的拒絕。比起我惹他生氣了，更像是我傷害了他。可是，為什麼斐迪南會感到受傷呢？我哪裡做錯了嗎？明明我並未失去有關斐迪南的記憶，卻覺得有什麼重要的事情沒有連結起來，內心忐忑難安。看著走回秘密房間的斐迪南，想要伸手但不曉得自己是哪裡做錯了的我，最終沒能伸出手去，只是任由安潔莉卡抱著自己，閉上眼睛。

一醒來，席捲而來的痛苦就讓我感到非常厭煩。我邊對著在體內膨脹的諸神之力生悶氣，邊交由谷麗媞亞幫自己更衣。用過晚餐之後，就要施展大規模的治癒魔法。

而此刻，我人正在亞歷山卓的基礎之間裡。從奧伯的寢室，經由奧伯得用鑰匙打開的小房間進來。一路上還都由斐迪南抱著我。

「基礎之間原本只有奧伯能夠進來吧？」

「……嗯，是啊。但現在既然知道妳將會魔力枯竭，當然不可能讓妳一個人進來，況且從蒂緹琳朵手中奪來這把鑰匙的人也是我。再者我也說過，現在基礎已經藉著魔力認定我是奧伯了吧。」

由於這個緣故，已被諸神之力染色的我無法履行奧伯的職責。接下來預計要施展以基礎之間為起點的大規模魔法，讓我的魔力達到枯竭，並將魔力重新染色。

「斐迪南大人沒有自己成為奧伯．亞歷山卓的想法嗎？你可以盡情建造自己想要的研究設施喔？」

我一邊問，一邊跪在已經設置好的白色樹枝前方。斐迪南在我旁邊坐下來，準備著藥水哼笑道：

「我就算不自己建造，妳也會幫忙吧？我沒有成為奧伯的必要。」

「但如果成為奧伯，斐迪南大人就可以打造研究之都，而不是圖書之都了，你還真是無欲無求耶。只論貪心的話，我覺得自己還比較像魔王。」

「是嗎？我倒覺得自己近來變得十分貪心。」

斐迪南露出很有魔王氣息的笑容說道，但我一點也不這麼覺得。

「像我可是心想著建造圖書之都以後，就要把印好的所有書籍都收藏進自己的圖書館，總有一天也要抄寫所有領地圖書館內的藏書，印好後再全部納為自己的收藏。呵呵呵呵……但斐迪南大人就沒有這樣的野心吧？」

「會有這種野心的人也只有妳。」

……咦咦？看遍所有圖書館的書是人類的夢想吧？

我完全沒有放棄自己野心的打算，所以首先一開始，就是要趁著君騰搬到貴族院，王宮圖書館裡的所有藏書也都要移到貴族院圖書館的時候，拜託艾格蘭緹娜讓我抄寫那些書籍。

「妳若想實現自己的野心，就得消除諸神之力才行。那麼開始吧。」

在我訴說自己野心的時候，斐迪南似乎也做好了準備。聽到他說開始，我便把手放在散發虹色光芒的盆狀魔石上。開始灌注魔力以後，盆狀魔石內部旋即積起了水，變得宛如一面水鏡。水在快要溢出之前便停下來，然後是原本純白色的艾爾維洛米樹枝開始變作虹色。當樹枝徹底染作虹色時，全屬性的光芒筆直地向著天花板升去。

……理論上，這道光芒會變成覆蓋整個領地的魔法陣……

但很遺憾，人在基礎之間裡的我看不見外頭的模樣。才剛這麼心想，我就發現似乎是因為全屬性的光芒穿透了建築物，水鏡開始浮現出外面的景象。

「斐迪南大人，這是……」

「繼續灌注魔力，魔法陣尚未完成。」

「是。」

映在水鏡裡的光景，從無數貴族正揮舞著發光思達普的城堡，再經過燈火通明的貴族區、平民所居住的平民區，然後變作漆黑的海面。但雖說一片漆黑，其實還是能夠看到海面在虹色光芒的照耀下波光蕩漾。正好奇著景象會延伸到哪裡去時，緊接著出現了國境門前的境界門。畫面中還有守在此處的休特朗與其他騎士，所有人都一臉驚愕地仰頭看著上方。

「是看到了夜空中交織展開的魔法陣吧。真是愚蠢的表情。」

「我要是在現場，表情會更蠢更呆喔。」

「我想也是。」

……這種時候應該否定才對吧。

接著畫面從一臉驚愕的騎士們，轉到境界門裡的艾爾維洛米樹枝，然後又往高空升去。隨著魔法陣不斷擴張變大，魔力也被持續吸出，我感覺熱意開始慢慢消退。

「這次要去哪裡呢？」

「想必是與戴肯弗爾格相連的境界門吧。陸地很近。」

帶著樹枝前往這處境界門的，是艾克哈特與幾名騎士。說不定可以看到艾克哈特一臉呆愣地仰望天空喔？我心生些許期待，卻忘了境界門是兩領騎士駐守著的地方。只見身披藍色披風的戴肯弗爾格騎士們，竟然正把披著亞倫斯伯罕披風的騎士們推開，興奮不已地看著上空大吼大叫。艾克哈特則是拚命地保護著艾爾維洛米的樹枝，避免他們觸碰到。

……啊，搞不好這裡的看守工作最吃力呢。艾克哈特哥哥大人，加油。

我呵呵輕笑時，畫面又轉往下一個境界門。與此同時，魔力被不停往外吸出，空腹感好像開始變作強烈的飢餓，腦袋跟著有些暈眩。

「接下來是與舊孛克史德克相連的境界門嗎？」

為了分散注意力，不去在意那股強烈的飢餓感，我這麼問向斐迪南。

「應該吧。但那裡只有守著樹枝的勞倫斯等人，多半沒什麼有趣的光景可看。」

「那裡沒有舊孛克史德克的騎士在守著嗎？」

「我去放置艾爾維洛米大人的樹枝時，暫時先關閉了境界門。等到領主會議過後，特羅克瓦爾大人上任為奧伯，屆時再以兩領的奧伯之力打開。」

他說舊孛克史德克出身的貴族中，有人曾攻打過艾倫菲斯特，也有不少人因為加入了喬琪娜與蒂緹琳朵的陣營，妨礙過斐迪南處理公務，或是興高采烈地散布過令人不快的謠言。

……啊，是勞倫斯。

這裡的境界門一片昏暗，幾乎沒有任何照明，只看到勞倫斯與幾名騎士正圍著艾爾維洛米的樹枝仰望上空。但他們臉上並不是驚愕的茫然神情，全都帶著感嘆。

「他們沒有露出呆呆的表情呢。」

「大概是清楚看見了在夜空中擴展開來的魔法陣吧。這處境界門所在的土地沒什麼遮蔽物，視野非常遼闊。」

「啊！有個騎士正仰望上空，在向神獻上祈禱喔。哈特姆特對貴族們的教育會不會有些太徹底了呢？」

「很遺憾，目前還不夠徹底。」

……不不不，我覺得現在這樣就很足夠了。

我在心裡這麼吐槽時，水鏡裡映照出了艾爾維洛米的樹枝，緊接著畫面再度變成天空。同時魔力也被大量吸出，我突然覺得好冷。說不定並不是熱意消退了，而是魔力逼近枯竭以後，再也無法在體內製造熱意，所以身體開始變冷了。

……不過，我絕不能在這時候停下來。

這麼心想之際，畫面來到了與法雷培爾塔克相連的境界門。在這裡的是馬提亞斯與幾名騎士。雖然也有法雷培爾塔克的騎士，但他們並沒有像戴肯弗爾格的騎士那樣大聲嚷嚷，只是像被震懾住了般茫然望著天空。

「我難得看到馬提亞斯這樣的表情。」

經歷了父親那件事情後，近來馬提亞斯時常帶著苦惱或是凝重的表情，很少看到他露出如此自豪的笑容。

「若妳希望他永遠帶著這樣的笑容，就要當個讓他能引以為傲的主人。」

「嗯……我當然也沒想過要當個讓他感到痛苦的主人，但要讓他引以為傲就有點困難了呢。因為除了基本義務外，我只打算對圖書館與書本竭盡全力。」

「……真是受不了妳。」

斐迪南露出苦笑，但看向我後輕吸口氣。看來就算是耍嘴皮子、轉移注意力，我的臉色也已經糟到了無法掩飾的地步。

「就剩一點點了。」

聽到我這麼說，斐迪南停下本要伸來的手。沒錯，就剩一點點了。法雷培爾塔克那邊的境界門，與艾倫菲斯特那邊的境界門相隔極近。一轉眼水鏡裡就出現了與艾倫菲斯特相連的境界門。記得來這裡的人是柯尼留斯。

「……祖父大人？」

然而不知為何，波尼法狄斯竟然出現在了境界門，甚至扛著柯尼留斯跑來跑去。柯尼留斯可是已經成年的男性騎士，一般人根本無法輕易扛起來。

「白天我聯繫了齊爾維斯特之後，便聽說波尼法狄斯大人因為沒能去參觀貴族院的繼承儀式，就堅決表示自己這次一定要趕到境界門，然後衝了出去。我本以為他會趕不上，還真是幸好派了柯尼留斯去守這處境界門。換作是其他人，面對波尼法狄斯大人根本應付不來。他未免也太興奮了。」

聽著斐迪南傻眼的話聲，我本來想發出輕笑，卻沒想到聲音非常沙啞，完全沒有發出來。我感到有些頭暈目眩，呼吸也粗淺得必須刻意放慢。手腳前端開始發麻。

「羅潔梅茵，就快結束了。」

明明就在身邊，斐迪南的聲音聽起來卻有些遙遠。我的視線開始模糊。但是，必須支撐到畫面經過漆黑的海面，回到這座城堡來才行。我感覺自己回答了好幾次「我還可以」，但聲音卻氣若游絲，按著盆狀魔石的手也開始使不上力。

「羅潔梅茵，妳可以放鬆身體靠在我身上，但絕對不要鬆手。」

坐在旁邊的斐迪南從上按住我的手，再抱住我逐漸虛軟無力的身體。平常都覺得斐迪南的手很冰，現在卻覺得很熱。儘管還有意識，但我已經沒有力氣抬起眼皮。

「帶來治癒與變化的水之女神芙琉朵蕾妮，侍其左右的十二眷屬女神啊。請聆聽吾的祈求，賜予吾聖潔之力……」

聽到斐迪南語速極快地唸起禱詞，我明白魔法陣已經順利完成了。即便聽見禱詞，原先還在體內的諸神之力也毫無動靜。魔力已經幾近枯竭了吧。明明身體變得冰冷、無法動彈，我的胸口卻盈滿著「終於結束了」的安心感。

……斐迪南大人，接下來就交給你了。

我聽著禱祠，任由意識完全遠去。

終章

飛入城堡裡的領主寢室後，奧多南茲如此通報道：「奧伯與斐迪南大人的晚餐將以升降機送到。」聞言，谷麗媞亞、莉瑟蕾塔與尤修塔斯三人立即移動到旁邊的近侍室。

一直等到升降機的運作聲停止後，谷麗媞亞才打開門，稍一用力地將裡頭的推車拉出來。

「那麼開始試毒。」

目光凌厲的尤修塔斯這麼宣布後，谷麗媞亞與莉瑟蕾塔便開始為主人的餐點試毒。兩人都用沾了檢測藥水的布料擦拭餐具與餐盤，或將餐點盛出一口的份量，滴上藥品作檢測，只要照著在侍從課程的課堂上學到的就沒問題。但是，尤修塔斯所教的試毒並非如此千篇一律，而是更加仔細。

「要小心加了阿斯皮姆的湯。只有阿斯皮姆的時候雖然無害，但要是盤子上塗了陀爾荷，就會與阿斯皮姆產生反應變成毒。請用湯匙舀起些許湯汁滴在布上，再把布抹於盤子的邊緣做確認。」

尤修塔斯教給她們的，是各式各樣在貴族院不會學到的毒物。尤其是亞倫斯伯罕的特有動植物與源自蘭翠奈維的各種物品，由於今後羅潔梅茵將成為奧伯，谷麗媞亞與莉瑟蕾塔做為她的侍從，也必須要學習相關知識。

……斐迪南大人的近侍對於各種毒物簡直瞭若指掌。

谷麗媞亞的腦海中浮現出了留在艾倫菲斯特的拉塞法姆。拉塞法姆是名談吐溫文儒雅，總是面帶和煦笑容，還能夠接受平民進入圖書館的貴族。然而，一到準備三餐的時候，他就連羅潔梅茵的專屬廚師也不會完全信任。包括先前避難期間，平民女性主動幫忙製作的餐點，他也會理所當然地進行檢查，甚至會非常徹底地檢查使用過後的廚房與餐具，確認是否殘留有毒物質。

每當檢查的時候，拉塞法姆都會告訴谷麗媞亞與莉瑟蕾塔，關於艾倫菲斯特的食材有哪些事情需要注意，並提醒她們往後到了新的地方更要當心。還說不能因為是城堡廚師製作的、在場所有人都吃一樣的東西，就在試毒時掉以輕心，並且要盡快了解其他領地的特殊食材。

……那時候因為仍預計前往中央，我還覺得他的反應有些過度……

然而此時此刻，谷麗媞亞卻深深體認到了這個忠告的重要性。因為現在的所在地是亞倫斯伯罕。這裡有支持過蒂緹琳朵的貴族，也有不甘心自領基礎魔法被艾倫菲斯特出身的羅潔梅茵奪走了的貴族。

萊蒂希雅本人與她身邊的人姑且不論，但聽說也有貴族不顧她的意願，為了擁戴她為下任奧伯，想要排除羅潔梅茵。儘管這些貴族的目的不盡相同，卻都有著相當一致的結論，那就是必須趕在羅潔梅茵在領主會議上得到君騰的認可、正式就任成為奧伯前，將她排除。

……但就連這些消息，也是斐迪南大人的近侍提供給我們的。

斐迪南與尤修塔斯先來到這裡已有一年半的時間，還調查過了當地特有的動植物與毒物。由於未成年的女性奧伯肯定容易遭到看輕，因此能有這兩人在，對羅潔梅茵與她的近侍來說是很值得慶幸的事。對此，谷麗媞亞心裡非常感激。

「這道餐點要稍微含在嘴裡，然後吐在布上。如果盤子被人塗了阿茲勒蘇果汁，有時就會與唾液產生反應，在進入人體內後變成毒。」

結束了慎重仔細的試毒後，餐點才終於能夠端到主人面前。平常羅潔梅茵都會前往餐廳連同萊蒂希雅一起用晚餐，但今天卻是在領主的寢室內，只與斐迪南一起用餐。這是因為晚餐過後就要施展大規模魔法，兩人的護衛騎士都被派出去做準備了，所以他們只能待在可以限制他人進出的領主居住區域。

目前能夠進出這裡的，就只有艾倫菲斯特的貴族。即便是斐迪南的近侍，只要是亞倫斯伯罕出身的人也被屏除在外。儘管有貴族想要勸阻，認為還沒舉行訂婚儀式、連正式未婚夫也不算的斐迪南不該進入領主居住區域，但徹底遭到無視。畢竟現在還無法辨別哪些亞倫斯伯罕的貴族值得信任，再者為了接下來要施展的大規模魔法，斐迪南的存在可說是不可或缺。

「獻名者以外的人都退下。」

用完晚餐之後，斐迪南便要求已獻名近侍以外的人退出房間。莉瑟蕾塔推著擺有盤具的推車離開，萊歐諾蕾與安潔莉卡也從房內移動到門外。

「谷麗媞亞，等羅潔梅茵大人從基礎之間回來，請用奧多南茲通知我。」

原本奧伯進入基礎之間時，能夠待在領主房內的只有領主一族旁系的上級近侍。然而此刻留在房裡的谷麗媞亞，遠遠稱不上是領主一族旁系。這是因為其他已獻名的近侍都被派出去準備大規模魔法了。

「其實斐迪南大人原本也不能進入基礎之間吧？」

羅潔梅茵看著近侍們退出房間，臉色變得不安。她說領主一族旁系的上級近侍雖然能進到房內，但在打開通往基礎之間的門扉時，奧伯以外的人不是得到近侍室迴避，就是得以一面屏風隔開，然後奧伯再獨自進入基礎之間。但是，這次卻是斐迪南也要一起進去。有太多的情況都是特例。

「反正今後要更名為亞歷山卓，並連同城堡重建整座城市。只要是妳能下令封口的對象，現在不必擔心這些。只不過，城堡重建以後就不行了。不管是對我，還是對已獻名的近侍，從今往後我都不會再允許這樣的破例。」

明明一旦判斷有必要，斐迪南就會毫不猶豫地打破慣例，此時卻一派若無其事地這麼宣稱，然後拿起自己持有的一顆獻名石。

「尤修塔斯，禁止你洩露有關亞倫斯伯罕基礎之間的任何情報……羅潔梅茵，妳也向我還有谷麗媞亞下令吧。」

被要求使用獻名石下令後，羅潔梅茵先是極不情願地皺起臉龐，接著才觸碰腰間籠子裡的獻名石。儘管接受了好幾名近侍的獻名，但羅潔梅茵基本上十分厭惡使用獻名石下令。對比之下，谷麗媞亞覺得斐迪南則是經常使用。

「斐迪南大人、谷麗媞亞，禁止你們洩露有關亞倫斯伯罕基礎之間的任何情報。」

「遵命。」

隨後斐迪南便拿著魔石與鑰匙，打開通往基礎之間的門扉。代行奧伯的職務時，他總會拿著盈滿羅潔梅茵魔力的魔石。他對谷麗媞亞等人的說明是，這就和貴族院教師會保管蓄有王族魔力的魔石一樣。但谷麗媞亞等人從來不曾修習領主候補生課程，所以也無從得知他所言是否為真。

「羅潔梅茵，手。」

羅潔梅茵將手疊在斐迪南伸來的手上，緩緩邁出步伐。

「羅潔梅茵大人，一路小心。我會等著您回來，並做好準備讓您能安心歇息。」

羅潔梅茵聽了稍稍回過頭來，微微一笑回應。這兩三天來在諸神力量的折磨下，她的笑容急遽變得消瘦，有著遮掩不住的疲態。近在身邊服侍著她的谷麗媞亞，每每看到總是心疼不已。

……為什麼羅潔梅茵大人要遭受這種折磨?!

谷麗媞亞對諸神的蠻不講理感到憤怒。但此時她把這些情緒隱藏起來，為了讓主人看見一如往常的自己，努力堆起笑容。

兩人踏進了基礎之間後，入口便自行關起。等到完全看不見主人的身影，谷麗媞亞的視野隨即扭曲變形。她輕輕抹開眼角的淚水，緩緩閉上自己的藍綠色眼眸，做了個深呼吸後，平復紊亂的心情。

「尤修塔斯大人，我的笑容是否和平常一樣呢？」

「我想妳可以放心。」

聽說這次的計畫，是要藉由大規模魔法讓羅潔梅茵的魔力達到枯竭，然後趁她體內的諸神之力趨近於無時，重新染回以前的魔力。而且除了瀕死之外，沒有其他的方法能夠減弱諸神的力量。尤其羅潔梅茵體內現在又被灌注了複數神祇的力量，每當各個神祇的力量膨脹擴張、互相排斥，就會帶來難以忍受的痛苦，而這股超出人體所能負荷的力量還會置人於死地。

……諸神真是太過分了。

為了活下去，居然得先自己邁向死亡，一想到這種事情該有多麼痛苦，谷麗媞亞便心生無可宣洩的怒火。與此同時，看到斐迪南想方設法要讓羅潔梅茵活下去，而且還付諸實行，他的存在也令她感到無比安心。

「雖然斐迪南大人說過，他會利用染有羅潔梅茵大人魔力的魔石與金粉，準備好液狀魔力，但這種事情居然真的辦得到呢。」

一般在製作液狀魔力時，首先得去除掉清水當中的雜餘魔力，然後慢慢溶入自己的魔力。由於製作過程當中，勢必會混入製作者的魔力，所以谷麗媞亞一直以來都認為必須是本人才做得出來。然而，斐迪南竟成功做出了羅潔梅茵的液狀魔力。

「難道上級貴族都做得出來嗎？」

「我也做不到喔。是斐迪南大人才辦得到吧。」

其他文官也都驚詫於斐迪南是如何辦到，但他所製作的液狀魔力，確實與羅潔梅茵以前染好的魔石有著一樣的魔力。當然還是有非常細微的差異，只不過羅潔梅茵的魔力本來就會因日常的言行舉止而稍有變動。由於誤差不大，尤修塔斯與哈特姆特都判定這可以當作是羅潔梅茵的魔力，用來將她重新染色。

「對於自己能為羅潔梅茵大人做的事情竟然這麼少，我真是太生氣了。」

「呵……與斐迪南大人相比，這點誰都一樣吧。莉瑟蕾塔與哈特姆特也嘆氣說過，儘管他們兩人現在加起來勉強能當一個醫師來用，卻也只有斐迪南大人教過他們的部分可以處理得很好。」

這點谷麗媞亞也知道。既防止不了新的狀況發生，面對急遽的變化又應付不來，只會給主人造成負擔，一點也比不上斐迪南，為此感到懊悔的近侍並不只有她一人。

「羅潔梅茵大人最信賴的人就是斐迪南大人了吧。明明他長達一年半的時間都不在她身邊……」

谷麗媞亞是在斐迪南前往亞倫斯伯罕後才成為羅潔梅茵的近侍。或許是因為這樣，看到斐迪南現在總是待在羅潔梅茵身邊、觀察她的身體狀況，這讓谷麗媞亞十分不習慣。再加上明明哈特姆特已經那般設想周到、應對萬全了，竟然還是代替不了斐迪南，這也令她感到不可置信。

然而，尤修塔斯卻笑道：「才一年半的時間而已吧。」他說這比羅潔梅茵當初泡在尤列汾藥水裡的時間還要短。

「大小姐的地位與健康從在神殿的時候起就非常脆弱，是斐迪南大人一直保護著她，還給予教導和指引，讓她能以領主養女的身分活下去。所以，沒有任何人能夠輕易取代他吧。倘若是伴侶的話，或許還有可能超越，但如今將由斐迪南大人成為未婚夫。從今往後，更是沒有人能夠取代斐迪南大人吧。」

儘管明白，但谷麗媞亞心裡仍然不是滋味。多半是這樣的不滿顯露在了臉上，尤修塔斯輕輕挑起單眉。

「谷麗媞亞，我看妳一臉不滿的樣子，是斐迪南大人哪裡讓妳看不慣嗎？」

「我對斐迪南大人絕沒有看不慣的地方。」

谷麗媞亞當即否定。畢竟尤修塔斯可是凡事以斐迪南為先的已獻名近侍，她沒有愚蠢到會在這樣的人面前大發牢騷，再說她對斐迪南也沒有任何的不滿。她甚至覺得，斐迪南不僅能夠照顧好常被捲入突發狀況的主人，也沒有人能比他應對得更好。

「我的人生是因為羅潔梅茵大人才得到拯救，所以我獻上了自己的名字。然而我卻無法回報主人的恩情，我是在不滿自己這麼沒用。」

谷麗媞亞靜靜垂下眼簾。現在的自己，完全幫助不了備受諸神力量折磨的主人。

「妳的人生是妳自己拯救的。明明遭受到那樣的待遇，卻還能夠下定決心逃離，並且付諸實行。妳該為自己的選擇與行動力感到驕傲。」

尤修塔斯這番話語讓谷麗媞亞倒吸口氣。

「……尤修塔斯大人知道我的事情嗎？您是從誰那裡聽來……？」

無論是對羅潔梅茵還是對近侍同伴，谷麗媞亞都沒有說出全部詳情。那麼尤修塔斯究竟知道多少？面對滿臉警戒的谷麗媞亞，尤修塔斯輕輕聳肩。

「妳以為斐迪南大人不會調查領內的貴族嗎？尤其大人根本留意不到兒童室裡的情況。在大小姐開始出入兒童室之前，我們就詳細調查過了所有人的家世背景，對於打算獻名的貴族又調查得更仔細。所以，我知道喔。包括妳的魔力感知是在何時開竅，以及妳曾受僱於哪戶人家……」

◆

谷麗媞亞是中級貴族出身的青衣巫女與青衣神官所生的孩子，受洗之前都是在母親老家的別館裡生活。母親從神殿被帶回老家以後，受到的待遇就與捧花的灰衣巫女沒有兩樣，谷麗媞亞因此漠然地心想，身為「神殿來的孩子」的自己，長大後多半也是一樣的命運吧。

然而，她卻搬出了別館，受洗時還是由生母的兄長與其第一夫人擔任她名義上的父母親。而會變成這樣有幾個理由：一是因為肅清與中央搶奪人才的關係，使得領內的貴族人數不足，二是她在預計要成為下人的孩子們當中魔力量最多，三是為了要有女兒能當作聯姻的籌碼。

但儘管谷麗媞亞變成了貴族，她的生活卻變得比受洗前還要糟。原本她在別館生活時都是被置之不顧，但本館的兄弟們卻會嘲弄她是「神殿來的孩子」，因為一點小事就找她麻煩，還調侃她開始發育後便過於早熟的身體，不停地遭到奚落與欺負。

即便如此，從小便被視為聯姻籌碼養大的谷麗媞亞，心中仍懷抱著有朝一日可以離開這個家的希望。到了外面，旁人只當她是尋常貴族人家的女兒。就算丈夫的年紀大到能當自己的父親也無所謂——谷麗媞亞本來是這麼心想的。

然而，她的希望終究破滅了。因為在谷麗媞亞的魔力感知開竅後，聚集來到她面前的卻是一群渴求愛妾的男人。她會受僱去擔任他們妻子或女兒的侍從，再成為他們的愛妾，這就是谷麗媞亞從今往後的身分。「這工作對神殿來的孩子來說再適合不過了。」父親這麼說著，將她賣給出了高價的基貝．威圖爾。

雖然基貝．威圖爾與他的長子在肅清後遭到了處刑，但慘遭兩人欺侮過的谷麗媞亞不可能再有光明美好的未來。她判斷繼續待在老家，只會淪落到更悲慘的境地，便決定向羅潔梅茵獻名、尋求她的庇護。

◆

「如今基貝．威圖爾等人已經遭到處刑，完整知道妳過去的就只有斐迪南大人，與向他獻名的我們三名近侍，還有曾是妳家人的那些人了吧。」

這人數遠比谷麗媞亞預期的還要少。

「柯尼留斯與哈特姆特似乎也調查過已獻名近侍的家世背景，但他們得到的只是非常表面的情報。大概是因為當時他們蒐集情報的能力，還不足以跨越派系的隔閡吧。現在的話，應該就有辦法挖掘得更深入。」

聽到羅潔梅茵與其他近侍，因為哈特姆特蒐集到的情報與谷麗媞亞自身所描述的相差無幾，所以沒有再深入追查，谷麗媞亞卸下心頭重石。

「我就算已經獻了名在服侍羅潔梅茵大人，也總是覺得自己幫不上忙。甚至覺得只要有斐迪南大人在，好像根本不需要其他人。這點真的讓我很不甘心，也很羨慕能被羅潔梅茵大人依賴的斐迪南大人，同時又希望自己有個可以勝出的長處。」

尊敬的同時，卻也很不甘心——聽到谷麗媞亞這樣的牢騷，尤修塔斯點頭道：「這種心情我稍微能明白。」由於尤修塔斯無論做為侍從還是文官都非常優秀，能力也出色到了能獲准與騎士們共同行動，因此他的贊同令谷麗媞亞感到十分意外。她有些愣住地仰頭看他。

「我也獻了名在服侍斐迪南大人，但在拯救主人一事上，卻老是輸給大小姐。雖然很高興看到主人的生活恢復安穩，身體也恢復健康，但心裡同樣有點不甘心。」

聽到尤修塔斯打趣的口吻，谷麗媞亞忍不住「呵……」地失笑出聲。原來看似精明幹練又完美的尤修塔斯在服侍主人時，也會和自己有一樣的想法，這讓她的心情頓時輕快許多。

「啊，開始了。」

尤修塔斯這道話聲讓谷麗媞亞跟著看向窗外。乍然亮起的綠色光芒，讓窗外明亮得難以想像現在是晚上。與此同時，興奮的歡呼聲也自外頭傳來。但由於窗戶位置的關係，谷麗媞亞看不見窗外發生了什麼事。「現在到底是什麼情況？」她正與尤修塔斯一起這麼納悶時，有奧多南茲飛進屋內停在她的手臂上，張開鳥喙說道：

「我是哈特姆特。現在正有道綠色光芒從城堡升起，朝著高空不斷延伸而去。雖然這是個讓貴族們理解到羅潔梅茵大人有多麼無與倫比的好機會，但由於一眼就能看出這有多麼驚為天人，看來是不太需要我出馬了。只可惜尤修塔斯大人與谷麗媞亞無法完整看到羅潔梅茵大人所施展的奇蹟，所以我會代替你們看到最後。啊啊，光芒朝著國境門的方向開始延伸過去了！祈禱獻予羅潔梅茵大人！」

哈特姆特的興奮之情溢於言表，同時還夾帶了周遭人們嘈雜的讚嘆與歡呼聲。外面現在似乎就和慶典一樣熱鬧。

「這傢伙居然能觀看到完整的大規模魔法，真是教人火大。現在魔法陣應該開始在半空中擴張了，為什麼從這個房間還看不到？」

尤修塔斯說邊整個人貼在玻璃窗上，想要觀看到大規模魔法的蹤影。這副模樣與方才截然不同，一點也看不出是個出色能幹的近侍，讓谷麗媞亞一時間不知道該怎麼出聲喚他才好。

「那個，哈特姆特與克拉麗莎說過，會用錄影魔導具錄下外面的景象喔。」

「這次的大規模魔法可說是神話時代的重現，當然是親眼目睹最好啊！」

尤修塔斯情緒激動地這麼主張，但谷麗媞亞更擔憂人在基礎之間裡的主人。她確實多少有著想一睹大規模魔法的好奇心，但並沒有強烈到想整個人貼在窗戶上。

谷麗媞亞正為尤修塔斯像變了個人似的舉止感到驚訝時，又有奧多南茲飛了進來。這次谷麗媞亞奉命要在領主的房間內待命，並負責接收所有奧多南茲。尤修塔斯雖然也在房內待命，但有狀況發生時會需要離開房間，所以不負責奧多南茲的接收。

「我是休特朗。光芒飛來到境界門以後，開始在半空中形成巨大的魔法陣。從方向來看，接下來會往戴肯弗爾格那邊的境界門延伸吧。」

內容雖然簡潔，話聲卻充滿了驚奇。休特朗接下插有白色樹枝的虹色魔石圓柱後，奉命要帶去境界門設置，但對於此次的大規模魔法能否成功，始終非常懷疑。看來此刻外面的光景，足以讓他發出如此驚訝的聲音。谷麗媞亞生起了想看看外面的衝動，但一看到還緊貼在玻璃窗上的尤修塔斯，這個念頭便消失得無影無蹤。

「啊，是奧多南茲。」

沒有間隔多少時間，前往了戴肯弗爾格境界門的艾克哈特送來奧多南茲。

「我是艾克哈特。綠色光芒已經抵達這裡，在上空不斷開展成巨大的魔法陣。話說回來戴肯弗爾格的騎士……我說了不要靠近！你們後退一點！」

除了艾克哈特的話聲外，還能聽見騎士們大吼大叫的吵鬧聲。谷麗媞亞彷彿可以看見艾克哈特正一腳踢開戴肯弗爾格的騎士們，同時也在此刻明白，為什麼會派艾克哈特前往與戴肯弗爾格相連的境界門。

……難怪斐迪南大人會反對，說這裡馬提亞斯與柯尼留斯應付不來。

「噢噢噢噢！」

尤修塔斯冷不防大叫起來，嚇了谷麗媞亞一跳。

「谷麗媞亞，現在從這裡也能看到魔法陣了！正從北邊往東邊延伸。妳要過來看看嗎？」

儘管尤修塔斯熱情相邀，但看到他大口大口地吐氣，還喜不自勝地緊貼在窗戶上，谷麗媞亞一點也不想站到他旁邊，便婉拒推辭了。老實說，她覺得很恐怖。

「我還是待在這裡，等著接收奧多南茲吧。」

接著不消多久，前往了舊孛克史德克境界門的勞倫斯捎來奧多南茲。

「我是勞倫斯。光芒已經與這裡的樹枝連結起來，不斷擴展延伸。接下來可能會往艾倫菲斯特那邊的境界門吧？這幅景象真是太震撼了。我還聽到有人說，居然沒機會領受到大規模魔法的恩惠，舊孛克史德克的貴族們實在教人同情。」

谷麗媞亞聽了不由得皺起臉龐。她可以理解亞倫斯伯罕的貴族會對舊孛克史德克的貴族感到同情，然而舊孛克史德克的貴族們曾經攻打過艾倫菲斯特，她不認為羅潔梅茵有必要對他們施以援手。

……況且就算伸出了援手，他們將來還有可能恩將仇報。

谷麗媞亞回想起了在與王族談話之前，近侍們曾一起交流過意見。因為關於亞倫斯伯罕管理至今的那半邊舊孛克史德克，究竟是否要納為亞歷山卓的領土，斐迪南徵詢了他們的意見。

斐迪南的近侍中，亞倫斯伯罕出身的人有些是認為「領地可以擴張的時候就該盡量擴張」、「因為這十幾年來也多了不少親族……」，但艾倫菲斯特出身的近侍們全都認為沒有必要。

……這種可能會害羅潔梅茵大人喪命的大規模魔法，才沒有必要施捨給敵人。

谷麗媞亞看著高空中，如今不必貼到窗邊也能清楚看見的魔法陣，蹙起了眉頭。魔法陣的規模之大，難以想像是僅靠羅潔梅茵一個人在展開。這種能夠一鼓作氣治癒整個領地的大規模魔法固然美麗無比，但一想到也有可能傷及性命，就讓谷麗媞亞心生畏懼。看著不斷擴張的魔法陣，谷麗媞亞害怕起來，收回目光看向通往基礎之間的門扉。

正當她注視著門扉時，有奧多南茲飛來。

「我是馬提亞斯。光芒已經順利延伸到此處。眼前的景象實在驚人，我突然好想像哈特姆特那樣，向羅潔梅茵大人獻上祈禱。」

……想做就做，何必忍耐呢？

谷麗媞亞偏過了頭。自從羅潔梅茵染上諸神的力量後，已獻名近侍們對她的忠誠之心更是有增無減，不時還會產生想要向她下跪的衝動。儘管柯尼留斯形容為「已獻名的近侍都變成哈特姆特了」，但谷麗媞亞身上確實也出現了同樣的現象。對於自己能夠獻上名字，並奉上所有的一切服侍羅潔梅茵，她感到非常自豪，也感覺得出自己比以往更崇拜敬仰主人。

……大概就是因為處在這種狀態，即使聽到最壞的結果就是一起喪命，我才一點都不害怕吧？

谷麗媞亞陷入沉思時，又有奧多南茲飛進屋來。

「我是柯尼留斯。光芒已經延伸到艾倫菲斯特這邊的境界門了。」

柯尼留斯的回報非常簡潔，但聲音卻不自然地斷斷續續，還夾帶了波尼法狄斯喊著「嗚噢噢噢噢噢！羅潔梅茵！」的大吼，話聲聽起來非常近。

……羅潔梅茵大人還記得波尼法狄斯大人嗎？

谷麗媞亞知道羅潔梅茵失去了一些記憶。她聽說這是讓女神降臨在身上的代價，並且從斐迪南的態度看得出來，想要取回記憶並不容易。

……雖然羅潔梅茵大人想要取回被切斷的記憶……

記憶有所缺失確實教人遺憾，但目前看來並未對羅潔梅茵的生活造成任何影響。況且有些事情就算遺忘了，但新的回憶也可以重新累積。與其為了恢復記憶而費盡千辛萬苦，甚至是身陷險境，谷麗媞亞覺得大可不必非要找回記憶。主人還是主人，這點永遠也不會改變。

「啊啊，看不到了！再過去就看不到了！方才的奧多南茲來自艾倫菲斯特那邊的境界門吧？既然如此，魔法陣應該快完成了才對。真想親眼看看完成的魔法陣。要是能從遙遠的高空往下俯瞰，不知道會是什麼模樣？」

尤修塔斯這些話讓谷麗媞亞回過神來，看向窗外在半空中延展開來的魔法陣。儘管從這裡已經看不到更遠處的變化，但大規模魔法應該尚未完成。谷麗媞亞抱著近乎祈禱的心情，等著克拉麗莎送來的奧多南茲。

羅潔梅茵的身體讓她非常擔心。比起窗外的景象，基礎之間內的情況更令她在意。羅潔梅茵的魔力足夠嗎？會不會在中途耗盡，又或者是還有剩餘，沒能成功地讓魔力達到枯竭？

大概因為滿腦子都是不好的想像，斐迪南說過的話倏地浮上腦海。

「我會讓羅潔梅茵的魔力幾近達到枯竭，所以會有喪命的危險。屆時已獻名的近侍也會一起登上通往遙遠高處的階梯吧。你們要作好最壞的心理準備。」

在施展大規模魔法前，只有主人一死，自己也會跟著死去的已獻名近侍被告知了這件事情。柯尼留斯與萊歐諾蕾多半也隱約察覺到了，但被當面如此告知的只有已獻名的近侍們。

「如今我們是生死相連。不論是我、已獻名的你們，還是新任君騰與尤根施密特，全都會跟著陪葬。」

谷麗媞亞心裡有一部分在痛批斐迪南，覺得他怎麼能把整個尤根施密特也拉進來，簡直是瘋了；但有一部分卻也贊同斐迪南的瘋狂之舉。

……如果諸神真心不希望尤根施密特滅亡的話，那祂們設法讓羅潔梅茵大人活下來就好了啊。

就算是因為羅潔梅茵奉獻了大量的祈禱與魔力，所以特別偏愛她，諸神的干涉還是過了頭。祂們不應該讓小孩子的身體急速成長，也不應該毫不考慮承受極限，就向她灌注自己的力量。

……現在尤根施密特會陷入危機，犯了錯的諸神也該稍微反省才對。然後，祂們就該想盡辦法讓羅潔梅茵大人活著。

當主人的性命與尤根施密特被放在天秤上衡量時，谷麗媞亞會毫不遲疑地選擇前者。因為比起從不曾解救自己的眾神，她更加感謝對自己伸出了援手的羅潔梅茵。

……除了擔任羅潔梅茵大人的近侍以外，我肯定沒有其他條路可以過得像正常人一樣吧。

未成年的谷麗媞亞若在羅潔梅茵死後被遺留下來，就會被送回老家。與之相比，能與主人一同死去要好多了。正當她這麼心想時，盼望已久的奧多南茲飛來了。

「谷麗媞亞，我是克拉麗莎。魔法陣完成了！非常成功喔！完整地覆蓋在了整個領地上空！綠色光芒也開始灑落下來了。這幅畫面真是既神聖又夢幻！不愧是羅潔梅茵大人，我們女神的化身！」

透過克拉麗莎的奧多南茲，也可以感受到周遭眾人對於大規模魔法的成功有多麼興奮激動。聽到成功的消息，谷麗媞亞鬆了一大口氣。

「尤修塔斯大人，傳來消息說成功了。」

「嗯，真好奇會是什麼模樣。我稍微出去看看……不不，既然魔法成功了，代表他們很快就會出來了吧。我們可不能移動。」

尤修塔斯一臉遺憾地這麼說完後，看向通往基礎之間的門扉。谷麗媞亞也跟著轉頭望去。

然而，門扉一動也不動。

內心的歡喜並沒有持續太久的時間。眼看兩人還沒出來，不安逐漸蓋過了成功的喜悅。谷麗媞亞心急如焚地注視門扉。

「……羅潔梅茵大人她不會有事吧？」

「不會有事的。因為有我的主人跟著啊。」

說話時，尤修塔斯的側臉卻已經毫無方才的興奮之情。驚覺這不是一個好的徵兆，谷麗媞亞吞了吞口水。

……有沒有什麼是我現在能做的事情……

谷麗媞亞無法忍受只是盯著門扉乾等，不停地東張西望。只要動動身體，應該可以稍微轉移注意力。然而，準備早就萬全妥當，只等著羅潔梅茵出來。桌上有著種類齊全的回復藥水，睡衣與床舖的準備也已經就緒。她沒有任何事情可做。

「谷麗媞亞，門這裡由我守著，能麻煩妳去泡茶嗎？」

「好的，我馬上去。」

谷麗媞亞立刻衝進近侍室。這是看出她無法靜候不動的尤修塔斯，特意指派給她的工作。谷麗媞亞先是溫熱茶壺與杯子，再取出茶葉，倒進茶壺裡，最後注入熱水。明明是再平常不過的工作，今天做起來卻莫名困難。因為她的手一直顫抖著，不聽使喚。當她拿起溫熱過的杯子時，有奧多南茲飛來。

「我是莉瑟蕾塔。大規模魔法已經成功了，羅潔梅茵大人還沒有從基礎之間裡回來嗎？」

谷麗媞亞嚇得一震。無論是在其他房間等候的莉瑟蕾塔，還是正在門外待命的萊歐諾蕾她們，肯定都為還沒有任何消息而感到不安與焦慮吧。但是，谷麗媞亞不知道自己該回什麼才好。她雖然想將心裡的不安一吐為快，卻也想對她們說聲不必擔心。

……羅潔梅茵大人，請快點回來吧。大家都在等您。

驀然間，羅潔梅茵說過的話掠過腦海。

「祈禱不是為了自己，而是為了他人而做喔。這是祈禱的基本。」

從前，谷麗媞亞曾經祈求神來救救自己。然而無論她如何祈求，願望始終沒有實現。難道就因為她是為了自己而祈求的嗎？儘管不知節制的諸神令人十分頭疼，但發生在羅潔梅茵身上的遭遇，也讓谷麗媞亞理解到了祂們是真實存在。

……如果是為了他人、為了羅潔梅茵大人而祈禱，也許我的祈求就能傳進諸神耳中。

不管什麼都好，只是想將希望寄託出去的谷麗媞亞捧著杯子，向神祈求。

不是為了課業，不是為了取得加護，也不是有人要求她這麼做。單純是為了另一個人，源自內心、自動自發地，遵循本來的用意，谷麗媞亞許下她生平頭一次的祈禱。

「神啊，請保佑羅潔梅茵大人能平安歸來。」

閒話集　繼承儀式

這天，新任君騰將要被授予古得里斯海得。原本君騰與奧伯的就任儀式都會在領主會議上舉行，所以未成年者無法參加。但這次要舉行的，是女神的化身將古得里斯海得授予新任君騰的繼承儀式，過去也從未有過先例。再加上人們現在都開始重新檢視儀式的重要性，所以為了改變世人對神殿與儀式的負面觀感，只有這次的儀式是允許已經受洗的孩童也前來參觀。

「看起來，還未就讀貴族院的孩童人數沒有我想像中多呢。」

我從戴肯弗爾格領主一族所在的座位區，盡可能慢慢地環顧整個大禮堂。

今天是成為女神化身的羅潔梅茵大人親口指定，邀請我前來。聽說她是在與王族談話的過程中提出請求。我本來已經死心，覺得自己總是掌握不好時機，肯定沒有辦法來參觀吧。所以，這一定是時之女神德蕾梵庫亞的指引。

……自己掌握不好時機的毛病好像漸漸在改善了。向德蕾梵庫亞獻上祈禱吧。

我緊握住侍從柯朵拉為自己做的護身符，獻上祈禱。正當這時，哥哥大人俯視著同樣坐在戴肯弗爾格領主一族座位區的第二夫人的女兒，用鼻子哼了一聲。

「孩童不多也是當然的吧，因為這就相當於讓小孩子出席領主會議。沒有多少奧伯會有這種膽量，敢帶著才剛受洗、還未就讀貴族院的孩童，來出席這種王族齊聚一堂的場合。光是要不要帶她來，我們領內也討論了老半天。」

父親大人的第二夫人有兩個已經受洗的孩子。當中的妹妹琳格塔琴，可以說是十分順利就確定要讓她參加，但她的哥哥勞佛列格並未獲准，免得來了以後對其他人做出失禮之舉。

順帶說明，哥哥大人則是極力主張：「既然我是下任奧伯，往後會與新任君騰以及女神的化身往來，當然該出席要授予古得里斯海得的繼承儀式。」然後請求伯父大人與叔父大人在領內留守，自己便跑來參加。

但是，哥哥大人是在聽到父母親說了，艾格蘭緹娜大人與羅潔梅茵大人會跳奉獻舞以後，才眼神驟變地開始主張，所以任誰都看得出他真正的目的。母親大人還要求他答應絕不帶任何紙筆文具進大禮堂，今天早上也檢查了他的隨身物品好幾遍。

……連已成年的下任奧伯都是這副模樣了，能夠帶來出席這種場合的小孩子更是不多吧。

「不過，提議這麼做的艾倫菲斯特倒還真的帶來了。居然敢在這種場合上身穿神殿長服，真是引人側目。」

我看見年幼的領主候補生麥西歐爾大人，正穿著神殿長的儀式服坐在位置上。因為先前受邀參加過艾倫菲斯特的慶功宴，所以我認得他。

「聽說麥西歐爾大人已經接下羅潔梅茵大人的位子，就任成為新的神殿長了喔。」

當時，麥西歐爾大人曾露出自豪的笑容說：「我想成為像羅潔梅茵姊姊大人那樣的神殿長。」從那副神情，就能知道羅潔梅茵大人並非因為是養女，才遭到了冷落、被送進神殿，而是如今在艾倫菲斯特，已理所當然都由領主一族的成員擔任神殿長。

「哼。明明往後會越來越強調儀式與神殿的重要性，卻是由他擔任神殿長嗎？這也就是說，將來是那孩子會成為艾倫菲斯特的下任奧伯吧？不僅未婚妻被搶走，眼看著下任奧伯的位置也要被弟弟搶走，韋菲利特竟然還能傻呵呵地笑得那麼高興。」

哥哥大人看著艾倫菲斯特領主一族的座位區，講話毫不留情。

「哥哥大人，雖然您說是未婚妻被搶走，但我聽說艾倫菲斯特領內的貴族們，早就都知道羅潔梅茵大人本會在領主會議過後成為國王的養女，嫁給下任君騰喔。所以檯面下，早就確定兩人會解除婚約了。」

我轉述了自己在艾倫菲斯特慶功宴上聽到的消息。況且婚約的取消與否，是由國王還有奧伯來決定，韋菲利特大人根本無能為力。

「而且在艾倫菲斯特就算當上了神殿長，也不一定會成為下任奧伯呀。像羅潔梅茵大人也曾經是神殿長，但奧伯卻指定了韋菲利特大人成為下任奧伯。」

當初哥哥大人提出要比搶婚迪塔的時候，韋菲利特大人說了要以「下任奧伯的身分」應戰。既然他贏了那場迪塔、守住了羅潔梅茵大人，而這次明明是站在領地的立場不得不解除婚約，總不會因此就從下任奧伯的位置上被拉下來吧。

「所以我才說他沒用。明明說過要保護羅潔梅茵，結果到頭來還是和我在搶婚迪塔上說的一樣嘛。」

在這件事情上，哥哥大人說得倒是沒錯。即便訂下了與韋菲利特大人的婚約，艾倫菲斯特還是無力守住羅潔梅茵大人；事到如今，就算王族表示當初對搶婚迪塔的干擾之舉就是為了得到羅潔梅茵大人，那也莫可奈何。

「雖然哥哥大人說得並沒有錯，但以羅潔梅茵大人的才器，只當戴肯弗爾格的第一夫人太可惜了。而且她並不適合待在某人身後顧全大局，反倒是她自己更需要有人能拉住她。遺憾的是，我不認為哥哥大人能夠妥善地引導羅潔梅茵大人。」

該怎麼說呢，羅潔梅茵大人的想法從根本上就與我們不同。想起定做髮飾時，羅潔梅茵大人說得興高采烈的那些話語，我輕輕搖了搖頭。像哥哥大人這樣，從小就被教育為要成為上位者的人是不行的，必須要是擅長輔佐他人的人，才有辦法站在羅潔梅茵大人身邊吧。

「那適合的人是斐迪南嗎？」

「是啊。我在艾倫菲斯特深刻地明白到了這一點，所以聽到斐迪南大人將成為羅潔梅茵大人的未婚夫時，鬆了一大口氣呢。」

前些天父母親告知此事的時候，我可是非常吃驚。結果我們什麼也不必做，斐迪南大人就要成為羅潔梅茵大人的未婚夫了。

聽說之所以會變成這樣，是因為當初特羅克瓦爾大人對斐迪南大人下達的命令是：「你要入贅至亞倫斯伯罕，全面輔佐毫無公務經驗的下任奧伯。並且在舉行星結儀式的同時，將萊蒂希雅大人納為養女，教導她成為下任奧伯。」之後斐迪南大人便奉命前往了亞倫斯伯罕，並在訂婚期間就開始處理大領地的公務。

然而，本被指定為下任奧伯的蒂緹琳朵卻沒有自己將基礎染色，反倒是讓她成婚後降為上級貴族的姊姊亞絲娣德去做這件事。而亞絲娣德已經成婚，丈夫布拉修斯雖然因為受政變波及而被降為上級貴族，但由於原是領主候補生，在處理公務上不會有任何問題。倘若亞絲娣德身為將基礎魔法染色的下任奧伯，在領主會議上得到了認可，那麼對斐迪南大人下達的王命就會自動取消吧。

但是，在亞絲娣德正式就任為奧伯前，羅潔梅茵大人便先奪得了亞倫斯伯罕的基礎魔法。而羅潔梅茵大人也是沒有公務經驗的未婚女性奧伯，這使得王命再度生效。原本我還鬥志昂揚地下定決心，就算是政治聯姻也好，一定要讓斐迪南大人與羅潔梅茵大人成婚，所以現在有種白白操了心的空虛感。

「當時韋菲利特大人與羅潔梅茵大人的婚約幾乎算是解除了，這樁婚事又是在國王的認可之下，所以當然是以王命為先嘛。難怪斐迪南大人會以未婚夫的姿態與羅潔梅茵大人接觸，還率領著亞倫斯伯罕的騎士們。」

「但若要如實遵照特羅克瓦爾國王所下的命令，那羅潔梅茵在舉行星結儀式的同時就得收個養女，還要將那名養女栽培成下任奧伯。要是只接受一半的王命，另一半卻不接受，旁人可不會容許他們這麼肆意妄為。」

說話的同時，哥哥大人指向淡紫色披風上以藍黃兩色劃了×記號的那群人。在亞倫斯伯罕領主一族的座位區，只坐著萊蒂希雅大人一人。既然尚未進入貴族院就讀的萊蒂希雅大人出席了，代表她仍然被視作領主一族的一員吧。

「對於萊蒂希雅大人，斐迪南大人也打算繼續遵照王命嗎？」

「是啊，不知他作何打算……若不解除舊王命，將來養女就會成為新領地的亂源；但一旦解除了舊王命，斐迪南就無法成為未婚夫。現在表面上先裝作遵從王命的樣子，才是最妥當的吧……」

哥哥大人接連列出了需要擔心的事情：比如現在羅潔梅茵大人做為女神的化身，對新任君騰有極大的影響力，有許多人都想成為她的丈夫；想必不少亞倫斯伯罕的貴族正在擔憂，一旦羅潔梅茵大人與斐迪南大人舉行了星結儀式，今後艾倫菲斯特將對新領地帶來強大的影響；要是出現了一個大領地凡事會先問過艾倫菲斯特的意見，對此並不樂見的他領肯定會想方設法阻撓吧。

「我雖然也擔心，但哥哥大人想得到的事情，斐迪南大人不可能想不到喔。那位大人真的會預先假定好所有情況，並且想好萬全的對策。我在近距離下見識到了他的能力以後，還忍不住打了哆嗦呢。」

我正想敘述自己在參加亞倫斯伯罕與艾倫菲斯特所展開的真正迪塔時，親眼看到了哪些事情，卻被哥哥大人打斷：「這我已經聽很多人說過很多遍了。」

「藍斯特勞德，漢娜蘿蕾說得沒錯唷。」

母親大人這樣開口後，刻意壓低音量，讓聲音融入周遭的嘈雜人聲中。

「我想這一切都在斐迪南大人的計畫之中吧。為了得到古得里斯海得，艾格蘭緹娜大人還必須向羅潔梅茵大人獻名。他想向艾格蘭緹娜大人討到新的王命可謂輕而易舉，想必羅潔梅茵大人也完全不需要操心。」

聽到母親大人這番話，哥哥大人厭惡地皺起臉龐。

「居然用古得里斯海得當藉口，強迫新的君騰獻名嗎……不愧是在戴肯弗爾格被稱作魔王的男人，行事還是這麼惡毒又狡詐。」

……對於哥哥大人的感想，我打從心底無比同意。

噹啷，噹啷……

第三鐘的鐘聲清亮響起，宣告了儀式的開始。隨著大禮堂的門扉敞開，觀眾席上的人們一下子安靜下來。

這天的大禮堂和貴族院在舉行成年禮與畢業儀式的時候一樣，架設了祭壇與舞台，拿著樂器的樂師們正安靜肅穆地進場。畢業儀式時是由畢業生奉獻音樂與歌聲，看來今天會是由樂師們負責演奏。定睛一瞧，羅潔梅茵大人那名曾在茶會時同行的專屬樂師也身在其中。

然後大門暫時關起。接下來入場的，是青衣神官們。他們是從教師上課時所用的出入口走進來。走在最前方的人，率領著同樣身穿藍色儀式服的神官們，有著我非常熟悉的臉孔。

「帶頭的人是哈特姆特呢。」

「嗯，是克拉麗莎的未婚夫吧。他明明是艾倫菲斯特的神官長，卻成了貴族院儀式上的熟面孔，說來還真詭異。」

大概是因為在領主會議與貴族院的奉獻儀式上，比起中央神殿的人，與哈特姆特接觸的次數要多得多吧。我在腦海中回想貴族院舉行的儀式時，也都只能浮現出哈特姆特站在台上主持的模樣。

穿著藍色神官服的哈特姆特越過奉獻舞舞台，在祭壇前方站定。青衣神官們也各自就定位。確認所有人都站到定位後，哈特姆特不疾不徐地環顧觀眾席上的貴族，拿起擴大音量的魔導具。

「梅斯緹歐若拉的化身所選定的君騰候補，艾格蘭緹娜大人入場。」

聽到這一句話，眾人的目光不約而同地投向門扉。緊閉的大門再度開啟，艾格蘭緹娜大人面帶優雅的微笑，在亞納索塔瓊斯王子的護送下踏步進來。進場瞬間，不知從何處而來的祝福光芒從天而降。

「哇啊！是祝福！」

「跟畢業儀式時一樣，是諸神給予的祝福吧！」

多半也因為兩人的服裝與畢業儀式時一樣吧。當耀眼的祝福光芒灑落在艾格蘭緹娜大人身上時，看起來就好像回到了畢業儀式那時候。耳畔響起當時中央神殿長說過的話：「這是來自諸神的祝福。」這幕景象讓人自然而然便心想，諸神從那個時候起，就選定了艾格蘭緹娜大人為新任君騰的候補吧。

艾格蘭緹娜大人將一頭金髮柔美盤起，沐浴在祝福的光芒下優雅前進。或許是因為今後就要坐上君騰這個位置，身上溫婉的氣質比以前少了幾分，側臉則是多了幾分凜然英氣。從亞納索塔瓊斯王子嚴肅的表情，也能看出君騰的責任有多麼重大。哥哥大人的指尖在桌面上不停抖動。一定是因為這景象美麗得讓他很想畫下來吧。

「梅斯緹歐若拉的化身，羅潔梅茵大人入場。」

艾格蘭緹娜大人在奉獻舞舞台前停下腳步後，哈特姆特再度示意門扉的方向。我一骨碌轉頭，再次看向大門，目不轉睛地凝視。關於得到女神力量的羅潔梅茵大人，我已經聽父親大人與母親大人描述過了。

……但雖然他們說羅潔梅茵大人全身散發著神聖又難以接近的威嚴，我還是完全想像不出那是怎樣的狀態。

而且聽說女神的力量會隨著時間流逝而消失，所以我非常期待能夠親眼目睹。

「哦……那就是女神的化身嗎……」

「真是太美麗了。」

羅潔梅茵大人在斐迪南大人的護送下走了進來。方才艾格蘭緹娜大人是沐浴在祝福的光芒中，但羅潔梅茵大人卻是自身便徐緩地散發著女神之力，也自始至終都籠罩在淡淡的微光當中。她身上的力量就連坐在觀眾席上也感受得到，而且不同於人類的魔力，有種會令人心生敬畏的波動。

……斐迪南大人竟然有辦法護送羅潔梅茵大人。

雖說外表仍然是羅潔梅茵大人，但倘若靠得太近，我大概會忍不住想要跪下來吧。聽說父母親也是這樣。果然斐迪南大人也不是普通人。

「與我記憶中相比，羅潔梅茵大人的模樣真是變了許多……」

「就算是因為在成長發育階段，這樣也還是說不過去吧？」

聽著周遭眾人的議論紛紛，我在心裡不住點頭。

……第一次看到長大後的羅潔梅茵大人時，我也是非常錯愕。還以為在身高上絕對不會輸的人，竟一下子就追過了自己，當時我內心的衝擊簡直難以形容！雖然哥哥大人完全無法明白，甚至還說：「妳身高會輸人有什麼好稀奇的。」但好希望有人懂我！

「今天的羅潔梅茵大人除了自身之外，魔石是不是也在發光呢？」

聽母親大人這麼一說，我回過神來更是定睛細看，發現羅潔梅茵大人會全身自帶光芒，並不只是女神之力的關係。她身上的所有魔石飾品也在發光。

隨著她每一次踏出步伐，夜空色的髮絲便跟著搖擺，複數的虹色魔石也發出輕柔的叮噹聲響，像星星一般熠熠閃耀。白色服裝內側雖不曉得戴了多少飾品，但長長的袖子底下透出了五顏六色的光芒，隱隱可以看出手臂的形狀。單從身上的飾品，也一眼就能看出即將成為新任君騰的艾格蘭緹娜大人，與身為女神的化身、要授予古得里斯海得的羅潔梅茵大人，誰的地位更高。

無論是得到了黑暗之神祝福的夜空色頭髮，還是得到了光之女神祝福、宛如月亮一般的金色眼眸，都與神話中所描述的梅斯緹歐若拉一模一樣。在培育之神安瓦庫斯的力量下，如今羅潔梅茵大人成長到了符合她的年紀，外表看來完全足以被稱作是女神的化身。

……在艾倫菲斯特的戰鬥結束之後，我與羅潔梅茵大人分別後到現在，才過了十天左右而已。

短短十天而已，難以想像一個人竟有如此劇烈的變化。明明是同性的友人，接觸時間最長、也在近距離下見到過她長大模樣的我，都不由自主看得入迷。平常很少見到羅潔梅茵大人的人，更是會啞然失聲吧。

我往一言不發的哥哥大人瞄了一眼。只見哥哥大人雙眼圓睜，微微張著嘴巴，整個人完全僵住不動。看來是衝擊太過巨大，連手指也沒有像在描繪一般不停抖動。他彷彿要將眼前的景象牢牢刻在腦海裡似的，眨也不眨地凝視著羅潔梅茵大人。

「前些日子，睿智女神梅斯緹歐若拉降臨在了羅潔梅茵大人身上。相信在場所有人都感受得到女神的力量吧。」

艾格蘭緹娜大人接過擴音魔導具後，對著大禮堂內的貴族們開始訴說。除了傳達諸神的旨意，也稍微提及了此次與蘭翠奈維人的戰鬥。

「詳細情況領主會議上再說明。今日梅斯緹歐若拉的化身，將要重新授予我們早已遺失的古得里斯海得。」

隨後，斐迪南大人從艾格蘭緹娜大人手中接過擴音魔導具，護送著羅潔梅茵大人走上奉獻舞舞台。羅潔梅茵大人只是站上舞台，舞台上便清晰地浮現出了魔法陣。與蒂緹琳朵大人曾隱約發動的那個魔法陣完全一樣。

「這是現今已遭世人遺忘的古老魔法陣，作用在於篩選君騰候補。藉由跳奉獻舞，必須靠自己一個人的力量打開通往諸神所在的通道，才有成為君騰候補的資格。希望今後有望得到梅斯緹歐若拉智慧的孩子們，能夠張大眼睛仔細觀看，親身地感受儀式的重要性，以及何謂真正的向神獻上祈禱。」

說完，斐迪南大人放開羅潔梅茵大人的手，走下奉獻舞的舞台。接著他加入台下的樂師們，拿起飛蘇平琴。

「哎呀，斐迪南大人要演奏嗎？」

「既然走到那裡去了，想必是要演奏吧。」

斐迪南大人「鐙、噹」地彈了幾個音做檢查，樂師們跟著一起調音。調完音後，所有人重新拿好飛蘇平琴。

留在舞台上的羅潔梅茵大人，也聽出樂師們已經調好音了吧。她在圓形的舞台上跪下來，唸出祈禱文。

「創世諸神，吾等在此敬獻祈禱與感謝。」

樂聲悠揚響起，將擴音魔導具擺在近處的斐迪南大人的歌聲傳遍大禮堂。與此同時，靜靜垂首的羅潔梅茵大人抬起頭來，再以輕柔得彷彿自身不具一點重量的動作起身。娉婷裊裊地跳起舞後，纖長優美的雙手朝著浩浩青空高高舉起。她的手背到手腕不知是戴了什麼飾品，小巧的虹色魔石璀璨生輝，隨著她的動作劃出美麗的軌跡。

「祈禱獻予諸神。」

這便是誰也不曾見過的，女神之舞的開頭。

在靜默無聲的大禮堂內，迴盪著的只有樂師們所演奏的樂音與斐迪南大人的歌聲。大家的雙眼都筆直地注視著羅潔梅茵大人。

……是光柱……

羅潔梅茵大人跳起奉獻舞後，舞台上的魔法陣便開始綻放光芒，各個大神符號所在的位置緩緩升起貴色光柱。羅潔梅茵大人每一次優雅地舉起手臂，每一次轉身揚起衣服下襬，七色的光柱便一點一點往上疊高。

「祭壇上的神像動起來了。」

聽見父親大人的低語，我凝神注視祭壇上的神像。真的如父親大人所說，神像自行動了起來，形成一條通往頂端的路徑。

……這就是前往諸神所在的通道嗎？

在貴族院只要舉行儀式就會立起光柱，這已經是眾所周知的事實，但我還是第一次看到祭壇上的神像如現在這樣動起來。

「之前在貴族院舉行儀式，都沒有發生過這樣的現象。」

「據羅潔梅茵大人所說，她在貴族院上課、舉行加護儀式時，也曾打開過通道。恐怕以君騰候補一人的魔力盈滿魔法陣是必要條件吧。」

小聲與父親大人交談時，光柱已不再往上增高。大概是因為舞台已經盈滿了女神的力量吧。不再變高以後，接著變成有淡淡的光芒緩慢地往下流動。那些光芒變作閃閃發亮的光流，像奉獻儀式時一樣開始湧上鋪有紅布的祭壇。在紅布上流動的光芒就好似一道道的波浪，緊接著祭壇上神像所持有的神具相繼發光。

所有神具都發亮後，羅潔梅茵大人便跪下來，一動也不動。整個過程我恍如置身在夢境當中，甚至花了點時間才意識到這代表奉獻舞結束了。

「感謝獻予諸神。」

羅潔梅茵大人一說完這句話，所有神具忽然同時綻放強光，然後本來還在舞台上的她就消失了。

「羅潔梅茵大人消失了！」

「這是怎麼回事?!」

觀眾席上的人們紛紛發出訝叫。與此同時，神像們再度動起來，關閉通道。不僅舞台上的光柱消失了，魔法陣也消失了。宛如在宣告一切已經結束一般，所有事物都變回了原樣。除了羅潔梅茵大人消失了之外，眼前的景象就和跳奉獻舞前一模一樣，彷彿什麼事情也沒有發生過。

「……和大禮堂之戰時一樣。」

父親大人的這句低語讓我想起先前聽到的報告，據說就在大禮堂內戰鬥時，神像突然發光，然後羅潔梅茵大人與斐迪南大人就消失了。沒想到我能目睹到同樣的光景。

……哎呀？可是，斐迪南大人這次並沒有一起消失喔。

斐迪南大人仍在台下與樂師們待在一起。這時他放下飛蘇平琴，起身注視祭壇。

「看來羅潔梅茵已經收到諸神的邀請，前往創始之庭了。艾格蘭緹娜大人，請。諸神正在那裡等您。」

斐迪南大人這麼說完，艾格蘭緹娜大人便點點頭，臉色蒼白地走上奉獻舞的舞台。居然要在羅潔梅茵大人之後跳奉獻舞，真是太可怕了。

「雖說這是君騰候補的義務，但等一下跳起奉獻舞，肯定會被大家拿來與羅潔梅茵大人比較，艾格蘭緹娜大人還真是不容易呢。」

我忍不住脫口這麼低喃後，哥哥大人卻哼了一聲。

「漢娜蘿蕾，別說得事不關己。到時候妳畢業儀式上，也要和羅潔梅茵一起上台跳舞吧？」

「啊……」

……看來我的運氣不好這件事，根本一點也沒有改善嘛。

艾格蘭緹娜大人走上舞台時，並沒有像羅潔梅茵大人那時一樣浮起魔法陣。但是，當她跪下來，將手放在地板上，詠唱「創世諸神，吾等在此敬獻祈禱與感謝」以後，魔法陣便漸漸地開始浮現。

周遭人們「噢……」地發出感嘆。看到除了全身散發女神之力的羅潔梅茵大人外，也有人能夠舉行儀式，以及看到女神化身所選擇的君騰候補成功地讓篩選用魔法陣亮起光芒，大家想必都鬆了一口氣吧。

……因為羅潔梅茵大人剛才的那種氣氛，讓人連大氣都不敢喘一下呢。

接著，奉獻舞的音樂響起。發覺音量與歌聲都和剛才有很大的不同，我轉頭看向樂師們。只見有個座位是空著的，而且飛蘇平琴放在原位。

……哎呀？斐迪南大人好像不在這裡呢……？

羅潔梅茵大人跳著奉獻舞時，明明他還發出了悅耳動人的歌聲，但現在卻不在樂師的行列裡，也不在舞台周邊。感到納悶的我開口想呼喚哥哥大人，卻發現他已經看著艾格蘭緹娜大人的奉獻舞看得入迷。

……現在就算叫哥哥大人，他也聽不見吧。

我決定不去理會斐迪南大人的行蹤，而是專心看起艾格蘭緹娜大人的奉獻舞。雖然不像羅潔梅茵大人那樣充滿神秘感，但也一樣是曼妙優美的舞姿。單純只看舞藝的話，還是艾格蘭緹娜大人更勝一籌吧。

隨著艾格蘭緹娜大人開始跳起奉獻舞，浮起的魔法陣逐漸變得清晰，光柱也慢慢往上疊高。只不過，祭壇上的神像卻是在快要跳完的時候才動起來，因此對於艾格蘭緹娜大人是否真能取得君騰候補的資格，我內心真是忐忑不已。因為跳完奉獻舞後，即便向諸神獻上了感謝，艾格蘭緹娜大人也沒有收到諸神的邀請，依然站在舞台上。

「她好像沒有收到諸神的邀請……是失敗了嗎？」

「不、但是，祭壇上的諸神看起來像是在邀請她啊……」

看到跳完後的情況與羅潔梅茵大人那時不同，周遭的貴族們不安地竊竊私語。正當這時，站在祭壇前的哈特姆特示意祭壇頂端，說道：

「前往諸神所在的通道已經開啟。艾格蘭緹娜大人，諸神正在上面等著您。」

雖然沒有憑空消失，但由於祭壇上的通道打開了，艾格蘭緹娜大人似乎還是能夠前往諸神的所在。聽到哈特姆特這番話而感到如釋重負的人，想必不只我一個吧。

艾格蘭緹娜大人好整以暇地抬起臉龐站起身，用比往常要更柔美優雅的動作轉向祭壇。走上舞台的亞納索塔瓊斯王子牽起了她的手。靠著一己之力打開了通往諸神所在的通道，也展示了自己具備君騰候補該有的力量後，艾格蘭緹娜大人的側臉看起來非常美麗及耀眼。

亞納索塔瓊斯王子本要一路護送艾格蘭緹娜大人到祭壇頂端，但彷彿被一道透明的牆壁擋下般，到了中途便上不去，只有艾格蘭緹娜大人一人走上祭壇。

「看來只有舉行了儀式的人，才能走上祭壇呢。」

「我聽說……只有資質足以成為君騰候補的人才上得去。」

父親大人有些意味深長地如此低語。儘管我不明白這是什麼意思，但至少可以肯定的是，艾格蘭緹娜大人擁有足以成為君騰候補的資質吧。

穿過相對的最高神祇之間，艾格蘭緹娜大人走進了祭壇頂端的入口。她的身影消失在其中後，神像便回到原來的位置。

「噢噢……」

這樣的繼承儀式大人們也是平生首見吧。艾格蘭緹娜大人的身影一消失，感嘆聲便此起彼落。

「真是精采的奉獻舞。沒想到貴族院畢業儀式時要跳的奉獻舞，竟然還有這一層用意，實在教我大吃一驚。之前貴族院要開始舉行奉獻儀式的時候，我還不能理解這麼做有什麼意義……想來是諸神的旨意吧。」

「原來古老的繼承儀式是這樣舉行的呀。今天能夠親眼見到女神的化身、感受到女神的力量，我不禁想感謝這樣的機緣呢。」

「聽到有女神的化身出現時，誰也不可能馬上相信吧。但實際親眼見到以後，便根本想不到還能怎麼稱呼呢。」

大家在討論的基本上都是羅潔梅茵大人，至於提及艾格蘭緹娜大人的內容，意思也大多是說「既然是被女神化身選中的人，想必沒有問題吧」。

「這場儀式的目的大概是想讓眾人知道，女神的化身與新任君騰誰的地位更高吧。但我還是覺得，至少該把跳奉獻舞的順序調換過來。」

我非常同意哥哥大人這番話。艾格蘭緹娜大人的奉獻舞跳得很好，而且也讓魔法陣浮現、光柱升起，神像同樣動了起來。倘若這些事情都是頭一次見到，我們想必會為新君騰的誕生，打從心底感動不已吧。但因為羅潔梅茵大人先舉行了看來更充滿神秘色彩的儀式，必然顯得黯淡許多。

「斐迪南大人說過，羅潔梅茵大人做的事情，常常都無法按照原定計畫進行。先前我們出席談話時，也確實發生了斐迪南大人所擔心的情況。」

「咦？那個，難不成，其實儀式並沒有按照原定計畫在進行嗎？」

母親大人臉上帶著苦笑。忽然間我想起了斐迪南大人此刻不見蹤影，頓時感到非常擔心。我張望起四周，卻還是到處都找不到斐迪南大人。原本與亞倫斯伯罕一行人坐在一起的羅潔梅茵大人的近侍們，人數也變少了。

而羅潔梅茵大人忠心的下屬哈特姆特，雖然正在祭壇上向神獻上祈禱，但對於儀式未按原定流程進行，臉上絲毫沒有驚慌之色，也沒有半點擔心羅潔梅茵大人與斐迪南大人的樣子。

接著我凝視祭壇，但回到原位的神像仍是一動也不動。前往諸神所在的羅潔梅茵大人與艾格蘭緹娜大人真的會回來嗎？當大禮堂內的眾人都欣喜於新君騰的誕生時，我內心卻陷入了極度的不安。

「肅靜！新任君騰與女神的化身羅潔梅茵大人回來了！」

哈特姆特的話聲忽然在大禮堂內響起。我眨了眨眼睛，發現神像再次移動起來，形成通道讓前往諸神所在之處的人能夠回來。緊接著，祭壇頂端出現了一道出口。

現場靜寂無聲，所有人的目光都看著祭壇頂端。最先走出來的是艾格蘭緹娜大人，然後是羅潔梅茵大人。

由於羅潔梅茵大人是在奉獻舞的舞台上憑空消失，對於她是否真的前往了和艾格蘭緹娜大人一樣的地方，我本來還對斐迪南大人說的話有些半信半疑。但是現在看來，她真的前往了諸神的所在。

艾格蘭緹娜大人像在護送一般，牽著羅潔梅茵大人的手走下祭壇。羅潔梅茵大人身上散發出的女神力量好像又變得更強了。

「可惡……為何我手邊現在沒有紙筆。」

「不就是因為您會在神聖的儀式途中突然開始畫畫嗎？」

哥哥大人想要作畫的渴望似乎已經快到達極限。再這樣下去，說不定會在公開場合上做出有損領主一族身分的舉動。

「但不把今天儀式上的每一幕場景畫下來，是對女神化身的褻瀆吧？我現在就回房間……」

「藍斯特勞德，你如果要安靜回去我是不反對，但繼承儀式尚未結束唷。現在才剛跳完奉獻舞，兩位正從諸神所在的地方回來吧？」

哥哥大人正要起身時，母親大人對他微微一笑。

「女神的化身即將授予古得里斯海得給新任君騰，這可是今天這場儀式中最值得紀念的場面，萬一錯過了難道就不算褻瀆嗎？當然，你身為戴肯弗爾格的領主一族若是做出了有失身分的舉動，我就會要你馬上離開……」

想看到最後的話，就安靜閉上嘴巴——母親大人的眼神如此嚴正警告。微微起身的哥哥大人重新坐好，做了個深呼吸。

「看來只能把每一幕都刻進腦海裡了。沒辦法，就盡我所能吧。」

哥哥大人赫然張大雙眼，緊盯著艾格蘭緹娜大人與羅潔梅茵大人。就算只有一點也好，我真想與哥哥大人拉開距離。

……母親大人，我覺得現在就讓哥哥大人退場比較好喔！

祭壇上的兩人踩著從容優雅的步伐拾級而下。明明女神的力量好像變得比剛才還要

強大，艾格蘭緹娜大人卻毫不畏縮，面帶微笑牽著羅潔梅茵大人的手。

「在女神的力量面前，居然不會想伏身跪拜，還能牽著手一起行走，不愧是被選作下任君騰的人呢。」

「……為了成為下任君騰，艾格蘭緹娜大人可是作好了相當大的覺悟。」

父親大人的話聲肅穆而沉重，由此可知其中有著我們並不曉得的隱情。並非因為她是下任君騰才辦得到，而是為此付出了相當大的犧牲吧。

兩位下來以後，走到祭壇前方，與哈特姆特還有其他青衣神官並排而立。哈特姆特隨後站到羅潔梅茵大人身旁，將擴音魔導具遞到她嘴邊。

「得到眾神祝福的新任君騰啊，在此向司掌契約的光之女神與其眷屬宣誓吧……布勒希克羅涅。」

羅潔梅茵大人手中旋即出現了光之女神的頭冠神具。接著艾格蘭緹娜大人在她面前跪下來，昭告著身為女神化身的羅潔梅茵大人，地位比新任君騰還要崇高。

羅潔梅茵大人輕輕地為艾格蘭緹娜大人戴上頭冠後，便往後退了一步，哈特姆特再把擴音魔導具交給艾格蘭緹娜大人。艾格蘭緹娜大人接過後，開始向諸神宣誓。

「我，艾格蘭緹娜，謹在此向光之女神與侍其左右的十二眷屬女神宣誓，會讓在漫長的歷史中逐漸走上岔路的尤根施密特與君騰重回正軌，並以中央神殿長的身分恢復過往的古老儀式，更會遵守對女神化身羅潔梅茵大人的承諾，引領尤根施密特邁向嶄新的未來。」

隨著艾格蘭緹娜大人說完誓言，光之頭冠亮起一陣格外耀眼的光芒。與諸神定下的契約牢不可破，就此約束住了艾格蘭緹娜大人。一眼便能看出與光之女神們定下的契約成立了。

羅潔梅茵大人消除了神具後，哈特姆特再從艾格蘭緹娜大人手中接過魔導具，遞到羅潔梅茵大人嘴邊。

「既然艾格蘭緹娜大人可以自己拿著擴音魔導具，那也能讓羅潔梅茵自己拿著吧。真是礙事。」

看著祭壇上有些冗贅的流程，哥哥大人微微皺起臉龐。因為他正想將兩人神聖的模樣烙印在腦海當中，哈特姆特卻一直出現在視野裡，令他十分不滿吧。

「他是為了讓羅潔梅茵大人不觸碰到魔導具。女神的力量似乎無法如自己的魔力那般任意操控，所以要是隨便觸碰魔導具，魔石的部分就會化作金粉。」

聽到父親大人這麼說，我們不由得愣愣地張開嘴巴。我完全沒想到羅潔梅茵大人現在是這種情況。

「這樣也會對日常生活造成困擾吧？」

「別看旁邊，接下來要授予古得里斯海得了。」

父親大人揮揮手指，要我們把注意力放在祭壇上。我與哥哥大人都急忙重新看向祭壇上的兩人。為了讓哈特姆特手上的魔導具能收到自己的聲音，羅潔梅茵大人稍微調整了下位置後，開口說了。

「方才在創始之庭，艾格蘭緹娜大人已經得到諸神的認可，成為新一任的君騰。如今君騰也向光之女神宣誓完畢，接下來便授予古得里斯海得。」

羅潔梅茵大人說完，哈特姆特便往後退開。接著羅潔梅茵大人高舉右手，變出思達普詠唱「司提洛」。她動作優美地揮起筆來，以魔力在半空中畫起魔法陣。

「那是什麼魔法陣？我從來沒有見過呢……」

「那是全屬性的魔法陣吧？能夠輕易施展的人可不多。」

大禮堂內嘈雜起來，這時羅潔梅茵大人開始詠唱禱詞：「司掌浩浩青空的……」由於她並未對著魔導具，只能聽見微小的話聲。大概是禱詞沒有必要讓眾人聽見吧，哈特姆特只是一臉驕傲地仰望著羅潔梅茵大人所畫的魔法陣，拿著魔導具待在原地不動。

「最高神祇，暗與光的夫婦神。」

魔法陣隨著唸出的禱詞猛然迸放耀眼金光，邊緣則湧動著黑夜一般的墨色。在場所有人像是回過神來般，重新注視起開始發亮的魔法陣。自然地嘈雜聲響慢慢消失，大家都認真傾聽羅潔梅茵大人所詠唱的禱詞。

「分掌瀚瀚大地的五柱大神，水之女神芙琉朵蕾妮、火神萊登薛夫特、風之女神舒翠莉婭、土之女神蓋朵莉希、生命之神埃維里貝啊。」

羅潔梅茵大人每唸出一位神祇，便有魔力從思達普往外流出，每位神祇的代表符號也帶著各自的貴色亮起光芒。

「請聆聽吾的祈求，賜予祢的祝福。吾的力量奉獻予祢，謹獻上祈禱與感謝，懇請賜予祢神聖的守護。予以淨化除穢的水之力，予以誰也無法斬斷的火之力，予以災厄不近的風之力，予以包容一切的土之力，予以絕不言棄的命之力，賜予新一任的君騰。」

全屬性的光芒接二連三地灑落在艾格蘭緹娜大人身上。這是我生平第一次見到全屬性的祝福。看著這過於神聖莊嚴的光景，可以聽到倒吸口氣的聲音。

祝福的光芒停下後，羅潔梅茵大人稍微轉頭看向哈特姆特。哈特姆特立即拿著擴音魔導具湊到羅潔梅茵大人嘴邊。

「艾格蘭緹娜大人，請向眾人出示君騰的證明。」

方才的祝福就是授予古得里斯海得的光芒嗎？我試著凝神細看，但艾格蘭緹娜大人手中看起來什麼也沒有。

然而，艾格蘭緹娜大人以看不出有半點不安的笑容站起來，然後按著胸口，詠唱：

「古得里斯海得！」

下個瞬間，艾格蘭緹娜大人手中便出現了一本似乎是古得里斯海得的厚重書籍。她將其高高舉起，再稍微轉過身子，讓觀眾席上的所有人都能看見。

「噢噢噢噢噢！」

「是真正的古得里斯海得！」

「是梅斯緹歐若拉的化身所賜予的！」

全尤根施密特貴族翹首以盼的，持有真正古得里斯海得的君騰終於誕生了。而且還是我的好朋友為尤根施密特帶來了新的君騰。我的胸口發熱，視野也模糊暈開。

「好棒喔。」

艾格蘭緹娜大人稍微站在前方，面帶著笑容高舉古得里斯海得。但是與之相比，我覺得低調地稍微站在後方、靜靜面帶微笑的羅潔梅茵大人看起來更加美麗。

「那麼各位。」

哈特姆特感動不已的話聲在大禮堂內響起。

「為了為尤根施密特帶來古得里斯海得的女神化身羅潔梅茵大人，也為了慶祝新君騰的誕生，讓我們向司掌浩浩青空的最高神祇，以及分掌瀚瀚大地的五柱大神，水之女神芙琉朵蕾妮、火神萊登薛夫特、風之女神舒翠莉婭、土之女神蓋朵莉希、生命之神埃維里貝，獻上祈禱與感謝吧。」

哈特姆特的話才說到一半，我便聽到有人「哐噹」從位置上站起的聲音。轉頭一看，是身穿神殿長服的麥西歐爾大人站起來了。以此為開端，亞倫斯伯罕與艾倫菲斯特的部分貴族也相繼起身。

「怎、怎麼回事？我們也應該站起來嗎？」

「不知道。」

儘管我們一頭霧水，但他們都是一副理所當然該起立的表情。

「祈禱獻予諸神！」

祭壇上的羅潔梅茵大人、哈特姆特、其餘青衣神官以及觀眾席上站起來的貴族們，動作非常一致地向神獻上祈禱。於是不只祭壇上的羅潔梅茵大人，就連從觀眾席也輕柔地飄起祝福光芒。

……如果只有艾倫菲斯特我還能理解，但就算是只有一部分，為什麼連亞倫斯伯罕的貴族也跟著獻上祈禱呢?!

過於整齊劃一的動作讓我大吃一驚。

「羅潔梅茵大人與艾格蘭緹娜大人即將離場，請高舉思達普恭送兩位離開！」

我們都照著哈特姆特的指示，高舉思達普使其亮起光芒。亞納索塔瓊斯王子與斐迪南大人走到祭壇前，分別護送著艾格蘭緹娜大人與羅潔梅茵大人，步出大禮堂。

在無數人們舉著亮光的大禮堂內，女神的化身與新任君騰踩著優雅的步伐離開了。兩位退場後，門前的青衣神官們便關上大門。從此大幅改變了世人對神殿與儀式認知的，歷史性的繼承儀式結束了。

「難怪羅潔梅茵大人以前一直主張要重新檢視儀式的重要性，事到如今只會覺得這是理所當然的嘛。」

察覺儀式已經結束，我正想站起來時，哈特姆特的話聲再次響起。

「請各位再稍坐片刻。如今新的君騰就任，領主會議上將有各式各樣的議題需要討論。那麼，就由特羅克瓦爾大人來為各位說明吧。」

哈特姆特如此宣布後，只見特羅克瓦爾大人眨了幾下眼睛。接著他緩緩起身，走向祭壇。或許是因為失去了君騰之位的關係，臉色顯得有些蒼白。

但是，當特羅克瓦爾大人站上祭壇，從哈特姆特手中接過擴音魔導具後，便對著各領奧伯開始講述有關此次蘭翠奈維與亞倫斯伯罕的叛亂。

「今天，尤根施密特終於迎來了翹盼已久的古得里斯海得，並且有新的君騰誕生。只不過在這背後，其實也發生了不少事情……」

特羅克瓦爾大人先對蘭翠奈維的叛亂一事發表正式聲明，接著再把話題轉到領主會議上。大概是因為至今沒能蒐集到多少情報，各領奧伯的表情都非常認真，聆聽特羅克瓦爾大人所說的話語。

……王族的行為還真是被掩蓋了不少呢。

雖然已經提前聽父親大人與母親大人說明過了，但對於曾在亞倫斯伯罕與蘭翠奈維士兵交手過的我來說，還是覺得此刻聽到的內容被修改得對王族太過有利，幾乎抹掉了羅潔梅茵大人他們的貢獻。

……雖然我聽說這是羅潔梅茵大人的期望……

特羅克瓦爾大人接著告知，對於蘭翠奈維以及與其勾結的亞倫斯伯罕貴族會下達什麼處分，還有領主會議之前，新任君騰將會重新劃定領地邊界，並且領地的排名也將因此產生諸多變動。

「這些事情等領主會議上再說就好了吧。我還要多久才能回房間？」

「……哥哥大人，既然您是下任奧伯，就該認真傾聽特羅克瓦爾大人說的話才對喔。」

最後，特羅克瓦爾大人又宣布自己與席格斯瓦德王子將就任為奧伯，而遭到混沌女神卡歐賽琺蠱惑的亞倫斯伯罕，將由女神的化身進行淨化，變成新的領地後，獲得新的名字與代表色。說完這些事情，我們終於獲准離開大禮堂。

一發現可以離場了，哥哥大人立即帶著自己的近侍快步離開大禮堂。母親大人一臉無可奈何地看著他離開，也催促我們開始移動。

「齊格琳德大人，藍斯特勞德大人他……」

這時愛茵麗芙走來，轉頭看著快步離去的哥哥大人。愛茵麗芙已經確定領主會議上將與哥哥大人成婚，但由於現在身分還是未婚妻，並無法坐在領主一族的座位區，剛剛是在上級貴族的座位區。

「看這樣子，他會關在房裡待上好一陣子吧。真是傷腦筋。」

「今天這般莊嚴美麗的儀式確實前所未見，所以我也能夠理解藍斯特勞德大人肯定大受刺激，只是這次不知道又要增加多少了呢。」

愛茵麗芙的話聲中已然帶著死心，我真想向她道歉。未婚夫居然沉迷於畫自己以外的女性，一般人都會無法接受吧。

「那個，愛茵麗芙……」

「漢娜蘿蕾大人，您不必擔心。關於要何時讓藍斯特勞德大人從房間裡出來，我會再與齊格琳德大人商量的。倘若只是一兩張的話，那我也不會說什麼……偏偏他一看到想要作畫的題材，甚至會忘了自己下任奧伯的身分，這點實在傷腦筋。」

如此堅強可靠的未婚妻，配給哥哥大人真是委屈她了。哥哥大人應該要好好感謝愛茵麗芙，以及指定她為未婚妻的母親大人才對。

回到宿舍以後，哥哥大人似乎已將自己關進房間裡，完全不見蹤影。於是我在多功能交誼廳裡請侍從泡了茶，與父母親一同講述今天的儀式。這是為了讓在宿舍裡留守的人們知道，繼承儀式有多麼莊嚴、羅潔梅茵大人又有多麼神聖，之後也分享了領主會議上可能會討論到的議題。

「不過，本來說好要到領主會議上再討論的事情，居然在剛剛就先宣布，用來爭取時間……到底發生了什麼事情呢？」

「天曉得。反正不會成為君騰的我，沒有必要知道。」

混在喧鬧的人聲中，父母親這樣的低語不經意地傳入我的耳中。

創始之庭與誓言

「艾格蘭緹娜，妳當真要成為君騰嗎？……這件事他領貴族都還不知道，若妳想要改變主意，就只有現在這個機會了。」

結束了在艾倫菲斯特舍的午餐會，一回到我們所住的離宮，亞納索塔瓊斯大人便執起我的右手這麼說道。雖然嗓音低沉得像在威脅似的，但眼裡卻滿是對我的擔憂。我要是在這時回答說「我後悔了」，亞納索塔瓊斯大人肯定會竭盡所能地保護我吧。

「妳不是不想成為君騰嗎？不管是訂婚的時候，還是之前命令羅潔梅茵去巡行祠堂的時候，妳明明很抗拒由自己來當。」

或許是覺得我的主張和以前不一樣吧。又或許是看到我的言行忽然說變就變，覺得我一直以來都是在欺騙他。

我伸出左手，觸碰亞納索塔瓊斯大人握著自己右手的手。

「因為以前都是我不與君騰之位扯上關係，才能避免紛爭呀。」

倘若能夠進入祠堂的我，先前真照羅潔梅茵大人他們所說的努力成為君騰，那樣就會違反我們在婚事得到認可時所答應過的，「將王座讓予席格斯瓦德王子」這個約定。屆時將招來席格斯瓦德王子的怨恨，也很可能讓支持我成為君騰的庫拉森博克與多雷凡赫形成對立關係。因為他們就是為了與下任國王聯姻，才將阿道芬妮大人嫁來。

「而且，之前就算不由我坐上君騰之位，還是有方法能避免紛爭吧？既然有更好的方法，當然該選擇更好的方法。」

如果單純只看取得古得里斯海得的資格，當時還有羅潔梅茵大人在我之前。若能由她成為國王的養女，再請她去取得古得里斯海得，這樣的做法更確實又能不引起風波。然後等她成為國王的養女，再嫁給已被指定為下任國王的席格斯瓦德王子，一切就能夠圓滿收場。

「就是因為妳有這種想法，羅潔梅茵才會以為王族的做法，就是要以交涉對象重視的人來當人質，逼得對方作出選擇。」

「哎呀，不光是王族，貴族間的交涉向來都是如此，基本上大同小異吧。交涉時提出對方在意或者重視的事物，逼得對方沒有退路，這不是很稀鬆平常的事情嗎？羅潔梅茵大人也只是這麼與王族進行交涉而已，有什麼好奇怪的呢？」

「艾格蘭緹娜，妳……」

看到亞納索塔瓊斯大人不高興地沉下臉來，我感到非常不可思議。因為我就連結婚的對象，也要看奧伯與外祖父大人的意思，後來又因為席格斯瓦德王子與亞納索塔瓊斯大人的求婚，使得我根本沒有機會考慮其他男士。當時的我同樣毫無退路可言。

……然而，羅潔梅茵大人竟然靠著自己創造了退路，真是了不起。

羅潔梅茵大人在成為國王的養女前，便靠自己得到了梅斯緹歐若拉之書，還為了營救斐迪南大人成為他領的奧伯，因而捨棄了成為君騰的資格。非但如此，她現在還成了女神的化身，要將古得里斯海得授予王族。

……只不過遺憾的是，能夠作好覺悟、接受授予的王族實在是太少了……

特羅克瓦爾大人因為戰鬥期間的舉止而自認沒有資格，席格斯瓦德王子則是拒絕向羅潔梅茵大人宣誓效忠，亞納索塔瓊斯大人則是因屬性不足，無法接受授予。

「明明大可排除王族，羅潔梅茵大人與斐迪南大人卻都不囿於私人情感，反而選擇了留王族一命，還想出了讓尤根施密特能平穩存續下去的辦法。雖然是因為考量到女兒將來的處境，不得不作出選擇，但只要這個做法不會引起紛爭，我便沒有任何不滿。」

亞納索塔瓊斯大人微微瞠大雙眼。我說的話有這麼教人吃驚嗎？我納悶地略微側過臉龐。

「我認為並不是我，只是周遭的情況改變了而已。無論是我的心情、願望還是想法，都和以前一模一樣。我也不認為自己變了。我只是判斷現在由我成為君騰，可以最和平地解決所有問題。」

亞納索塔瓊斯大人似乎是接受了我的說法，低聲喃喃地道：「這樣啊。」與此同時，大概是領悟到已阻止不了我，臉上也浮現死心看開的笑容。

「雖然這一切都照著那兩人的計畫在發展，但要成為君騰是我自己的意願……只不過心裡當然還是很不安。」

我從亞納索塔瓊斯大人的手上移開自己的左手。無論他如何反對，為了保護女兒，為了不讓尤根施密特境內再度發生紛爭，我已下定決心要成為君騰。因為我想不到更好的辦法了。

「亞納索塔瓊斯大人，那你打算怎麼做呢？那個，在你眼裡看來，我就像變了一個人一樣吧？」

如果想要離婚的話，只有現在這個機會了唷──但我話還沒有說出口，亞納索塔瓊斯大人更是用力握緊我的右手。

「我也從來不曾改變。為了成為妳的丈夫，為了繼續當妳的丈夫，無論怎樣的努力與犧牲我都願意付出。我也作好了覺悟，要和妳一起任憑那二人擺布……但當然心裡還是很不滿就是了。」

亞納索塔瓊斯大人刻意滑稽地挑了挑單眉。見他這樣，我不禁感到想笑。因為我忽然想起，方才明明是面對王族，斐迪南大人卻令人不可置信地接連提出要我們幫忙的事情，亞納索塔瓊斯大人因此大表抗議。

「由於我將成為君騰，亞納索塔瓊斯大人有好長一段時間會很辛苦呢。」

我與亞納索塔瓊斯大人相視而笑。能夠一起並肩向前，老實說我鬆了口氣。

「亞納索塔瓊斯大人，我希望自己當上君騰以後，能夠盡量阻止紛爭，不再讓許多的人民喪命，也不再有人會身陷不幸。」

……明明我才如此下定決心，舉行了繼承儀式，現在究竟是怎麼一回事呢？

當前的情況實在教我始料未及。羅潔梅茵大人竟然在跳完奉獻舞的同時就消失了。真的就如一縷輕煙般，轉眼從舞台上消失。

隨後，我在隱藏了身影的斐迪南大人指示下，接著繼續獻上奉獻舞。本來還擔心通往祭壇的通道是否會開啟，但幸好神像動了起來，形成了前往創始之庭的路徑。我裝作一切盡在預料之中的模樣走上祭壇，進入了創始之庭。

那是一處鋪著雪白石板的不可思議空間，我在採集思達普時也曾來過這裡。然而一走進來，我卻看到羅潔梅茵大人不知為何正在拚命抵抗，而斐迪南大人則是使勁力氣壓制著她。眼看羅潔梅茵大人不停地扭動身軀、蹬著雙腳想要掙脫，裙子竟往上掀起到了膝蓋以上的部位。

「好痛……唔咕……」

「妳可能會疼痛難忍，但先別亂動。」

斐迪南大人現在的行為怎麼看都像在非禮一樣。看到跳完奉獻舞後就消失了的羅潔梅茵大人出現在創始之庭，我還來不及感到安心，便先為這預想不到的事態感到頭部一陣暈眩。

……一定、一定是發生了什麼事情吧。

「……那個，斐迪南大人、羅潔梅茵大人，現在還在舉行繼承儀式，請問兩位在做什麼呢？」

我戰戰兢兢地張口呼喚後，斐迪南大人便面色急迫地要我幫忙摘除護身符。他說如果不讓睿智女神梅斯緹歐若拉再度降臨在羅潔梅茵大人身上，她便會登上通往遙遠高處的階梯。

……請等一下，這種緊急事態也太超出預期了！

正要為斐迪南大人並不是失去理智而鬆了口氣時，卻接著得知羅潔梅茵大人很可能會在創始之庭內喪命，這種事情誰也料想不到吧。由於才剛向羅潔梅茵大人獻名，屆時我也將一同前往高處。

「好痛喔！……嗚啊！」

「羅潔梅茵大人，請您的手別亂動……」

然而，由於羅潔梅茵大人一邊扭動一邊痛苦呻吟，很難從她的手臂取下做工精巧的飾品。即便掀起袖子了，在碰到扣環之前，袖子又會因羅潔梅茵大人掙扎扭動的動作而蓋下來。

「斐迪南大人，請您抱起羅潔梅茵大人按住她，否則我找不到扣環。要像這樣抓住她這邊的手腕……」

「這樣嗎？」

向斐迪南大人下達指示，請他按住正痛苦得不停扭動的羅潔梅茵大人的手臂後，我再次掀起她的袖子，解開飾品的扣環。那是遍布著細小虹色魔石的絕美飾品。

「喀」的一聲解開扣環後，飾品便從手臂上脫落。下個瞬間，有光芒從天而降，形成了光繭包覆住羅潔梅茵大人的身體。那道光芒帶給人的感受，與羅潔梅茵大人身上散發出的女神之力一模一樣。原來所謂女神的降臨當真不是誇飾，完全是字面上的意思，這令我掩飾不了臉上的驚訝。

包覆住了羅潔梅茵大人的光繭緩緩浮上半空中，形成一幅美麗又神秘的光景。我發出感嘆，看得入迷之時，斐迪南大人站了起來。

「艾格蘭緹娜大人，請您稍微後退並跪在原地。否則女神會認為您太過無禮，將您彈開。」

……這是基於自身經驗嗎？

如今傑瓦吉歐不在了，只剩斐迪南大人是唯一目睹過女神降臨的人。我聽從他的忠告，退到他的身旁，跟著跪在原地。

「原本君騰是神祇與人類之間的橋梁。請您謹記，千萬不能只是唯唯諾諾地遵從神的規範，也不能輕易向神許諾，言行舉止則要符合人類的規範。」

聽完斐迪南大人所說，我不由得輕吸口氣。因為這與我至今認為的，王族該有的模樣相當不同。一直以來旁人都說，君騰就是統治尤根施密特的存在，必須協調領地間的利益與主張，為整個國家奉獻魔力。

……這也是我們遺失的知識之一吧。

未持有古得里斯海得的君騰，便無法達成自己原本應盡的職責。而我身為新時代的君騰，將由女神的化身授予古得里斯海得，並且從下一任開始要讓君騰能夠自行取得梅斯緹歐若拉之書，這也是我必須知曉的事情吧。

……神的規範與人類的規範。

這些事情我完全不了解。儘管學習了古文，但對於神祇我還是了解得不夠多吧。有些景象再怎麼聽他人轉述，就是很難輕易相信。因此，以我即將成為君騰的身分，能夠在場親眼目睹到女神的降臨，或許稱得上是一種幸運。

「庫因特，你對艾爾維洛米做了什麼？」

降臨在羅潔梅茵大人身上後，睿智女神梅斯緹歐若拉一開口便是這句問話。

……艾爾維洛米？我記得這位原本是生命之神的眷屬神，因為保護了蓋朵莉希的眷屬與梅斯緹歐若拉，所以觸怒了埃維里貝，後來成了尤根施密特的基礎吧？那麼庫因特又是……？

我努力回想腦海中的知識，但聽到對話中竟理所當然般地出現課堂上或書籍上才會見到的名字，不禁難掩驚訝。斐迪南大人對那位艾爾維洛米大人做了什麼嗎？睿智女神的話聲透著怒氣。跪在地上的我只是繼續緊盯地面的白色石板，屏住呼息，等著斐迪南大人開口回答。

「那麼請問諸神又對羅潔梅茵做了什麼？竟然不讓女神降臨在她身上就會喪命，這種情況未免非比尋常……」

……斐迪南大人，你這根本不是在回答女神大人的問題！

我稍微側過臉龐往旁窺看，只見斐迪南大人正仰著頭，與睿智女神互相瞪視。

「哎呀，你說話還是這麼無禮。泰爾札沒有回來，實在是太遺憾了。與你還有梅茵相比，明明是他更適合成為君騰呢……」

女神用無比遺憾的口吻說出了聽來十分陌生的名字，我不由自主皺眉。從對話內容來看，這似乎分別是斐迪南大人、羅潔梅茵大人與傑瓦吉歐的名字。

……竟然每個人都有另一種不同的稱呼，難道獲得梅斯緹歐若拉之書時，諸神會再賜予一個新名字嗎？

由於我對當前的情況一無所知，便決定先保持沉默，與睿智女神的對話就交給斐迪南大人，自己則在旁安靜待命。

「我一進入創始之庭，便得知諸神的力量將奪走羅潔梅茵的性命，還費了一番工夫才摘除她身上的魔導具。不過問問原因而已，真沒想到這樣也稱得上是無禮之舉。」

斐迪南大人依然跪在原地，用字遣詞也很恭敬，但卻非常直接地對著睿智女神進行反駁。一想到這很可能是大不敬的行為，我的腦袋不禁有些暈眩。

「明知我想殺了你可謂輕而易舉，還擺出這種態度好嗎？」

「當真輕而易舉嗎？羅潔梅茵是為了救我，才將身體借給祢，還以記憶遭到切斷作為代價。降臨在羅潔梅茵身上的祢若是殺了我，會違反神與人所定下的約定吧？」

神話裡的一些故事都曾寫到，違反了神與人所定下的契約會有什麼下場。一旦違反了契約或約定，無論是人類也好，神祇也罷，都要接受處罰。

對於斐迪南大人這樣的提醒，睿智女神究竟會作何反應呢？我稍稍抬起頭觀察。眼前的人雖然有著羅潔梅茵大人的容貌，但一眼便能看出她不是羅潔梅茵大人。不僅身體輕若無物地飄浮在半空中，全身還由內而外地綻放光芒；那雙眼眸的色彩也比羅潔梅茵大人的更加濃烈，睥睨似地朝下俯瞰。只是看了一眼，難以揮除的敬畏與惶恐便盈滿心口。我產生了絕不能與之對視的念頭，立即垂下眼簾。

「真是教人生氣。但倘若放在天秤上衡量的不是你的性命，而是梅茵的呢？她是你珍而重之的人吧？」

「如今諸神同樣不能失去羅潔梅茵。因為在目前這個時候，所有有資格能到達尤根施密特基礎的人，羅潔梅茵皆已透過獻名掌握了他們的性命。」

斐迪南大人面帶微笑，如此威脅女神。萬萬沒有想到我與斐迪南大人的獻名，竟會被用來牽制眾神。

「此外，諸神似乎認為傑瓦吉歐是君騰的適任人選。但是在我看來，對尤根施密特與對艾爾維洛米大人來說，沒有比他更危險的存在了。」

「哎呀，沒有人比你還要危險吧。」

聽了亞納索塔瓊斯大人所轉述的戰場上的情況，再根據斐迪南大人與王族談話時的表現，我同意睿智女神的看法。但就算被當成危險人物，斐迪南大人也不為所動。

「不論是讓艾爾維洛米大人無法動彈的毒藥，還是這把銀色武器，都是傑瓦吉歐從尤根施密特境外帶來的東西。就是這些東西奪走了數十人以上的性命。若不將他排除，難以想像尤根施密特現在是何局面……」

「我已禁止奪取他人性命的行為。」

「但這些工具本身並沒有自己的意志。只要設計成他人一觸碰到就會啟動，便能偽裝成是意外或他殺，用以傷人或殺人。」

如果是要求亞納索塔瓊斯大人銷毀登記證，還從傑瓦吉歐手中奪走了思達普與未來的斐迪南大人，想要做到肯定易如反掌吧。

「再說了，祢也並未禁止傷害艾爾維洛米大人。」

「人類不可能傷到艾爾維洛米分毫……」

「有傑瓦吉歐帶來的武器就可以。」

說話時，斐迪南大人忽然迅速揚手一揮，銀色短劍咻地劃破空氣飛出。

我不由得倒吸口氣，抬頭注視短劍飛去的方向。直到這時，我才注意到那裡站著一個身形巨大且全身雪白的人。大概是因為方才沒有多餘的心思環顧四周，我完全沒有發現到視野當中，有個從白色巨木化作人形的存在。

「艾爾維洛米！」

睿智女神似乎施展了某種力量，只見深黃色的光芒從祂指尖飛出。然而，那道光芒既沒能將短劍彈開，也無法將其擋下。連女神之力也阻止不了的銀色短劍削下了艾爾維洛米大人的一綹頭髮，隨即沒入地面。
一瞬之後，那綹雪白的髮絲往下飄落，在半空中變作樹枝，「咔啦咔啦」地掉落在地板上。
……還真的是大樹變作的人形呢。
我內心不合時宜地湧起了這個想法，注視地板上的樹枝。畢竟對象可是睿智女神與斐迪南大人，我根本無法居中調停。除了屏氣斂息、盡可能消除自己的存在感、徹底當個旁觀者，我還能夠做什麼呢。
「庫因特！」
「請告訴我諸神對羅潔梅茵做了什麼，又要怎麼做才能完全消除神力帶來的影響，以及除了灌注魔力外，是否還有其他辦法能取回她被切斷的記憶。作為回報，我會給予艾爾維洛米大人解藥。」
斐迪南大人顯然是鐵了心要追問到底。睿智女神一臉無奈地頷首。
「但我不想讓你再靠近艾爾維洛米，所以把解藥給我吧。」
「請先說明有關羅潔梅茵的所有問題。」
兩位互瞪了一會兒後，睿智女神忽然指定要我幫忙，「那麼在我回答問題時，讓艾格蘭緹娜去解毒吧。」很遺憾，顯然我並沒有成功地隱匿起自己的氣息。但意外的是我明明從未自報姓名，女神就知道了我的名字。
「艾格蘭緹娜大人，這是解藥。由於您可能會接觸到艾爾維洛米大人身上的即死劇毒，所以過去前請先含著這顆解藥。」

……怎麼能對艾爾維洛米大人使用這麼危險的東西呢?!

此時此刻，我前所未有地贊同睿智女神所說的「沒有人比你還要危險」這句話。艾爾維洛米大人可以說是尤根施密特的基礎，我沒想到他竟然會對這樣尊貴的存在使用即死劇毒。

然而，斐迪南大人毫不理會啞然失聲的我，給了我糖果狀的解藥後，再說明液狀的與糖果狀的解藥要如何使用。

「倘若直接接觸到神的力量，難保不會留下影響。所以您要先滴這瓶液狀藥水，等到艾爾維洛米大人的手可以動彈，再由他自己吞下解藥。」

我緊張地接過解藥後，站起身來。接著一邊豎耳傾聽斐迪南大人與睿智女神的對話，一邊走向艾爾維洛米大人。

女神回答了種種有關羅潔梅茵大人的問題。原來斐迪南大人所做的魔導具能夠阻止睿智女神降臨，所以幾位神祇便在以為會有阻礙的前提下，給予了羅潔梅茵大人大量的祝福。然而，魔導具的用途並不包含阻擋祝福，結果這些祝福就變成了一股人體無法負荷的強大力量。而前陣子的降臨，已使得羅潔梅茵大人的身體染上了睿智女神的力量，諸神的力量於是在她體內互相排斥。另外若想消除神力帶來的影響，就得將魔力消耗到幾近枯竭的地步，再以人類的魔力重新染色。

……居然要讓魔力達到枯竭狀態後，再由斐迪南大人以魔力染色，意思不就是不等秋天，便要讓冬天提早到來嗎？

雖說性命無可取代，但對未婚且未成年的女性來說，這種方法實在極不恰當。只不過，任誰都能看出斐迪南大人與羅潔梅茵大人並非是政治聯姻，而是熱戀中的戀人。只要相關人士三緘其口，即使讓冬天稍微提早到來，或許也不會給任何人造成困擾吧。

……不過，沒想到女神的降臨，竟會帶來如此嚴重的影響……

羅潔梅茵大人有著端莊得令人心生敬畏的容貌，在尤根施密特境內，也沒有人比她擁有更多來自神祇的寵愛。貴族們都很羨慕她，但我現在才知道，背後竟要付出如此大的代價。

「艾爾維洛米大人，恕我失禮了。」

我先是仰頭看向艾爾維洛米大人。從前我曾為了採集思達普來過這裡，當時矗著白色巨木的地方，如今佇立著一位頎長又全身雪白的男性。他的相貌與我的祖父，也就是前任君騰有些相似，讓我不由自主產生了親切感。

「那麼我把藥水滴在您這邊的手上了。」

我照著斐迪南大人所說的，將液狀藥水滴在艾爾維洛米大人的手上。隨著可以動彈的範圍增加，他慢慢地能夠抬起手臂。

「接下來請將這個解藥含在口中。」

我將糖果狀的解藥放在艾爾維洛米大人能夠動彈的手上，他便將解藥放入口中。

「嗯，全身總算能夠動彈了。庫因特，你竟把這般危險的東西帶進來。」

「……帶來這種毒藥的人是傑瓦吉歐，而且在亞倫斯伯罕與王宮當中，都有不少貴族因此喪命。艾爾維洛米大人不過是無法動彈而已，但據我聽到的報告，那些貴族可是當場變成了魔石。」

就連在王宮與貴族院的大禮堂內，敵人也使用了即死劇毒。即便預先作好防範，仍然有人不幸喪生。在貴族院與敵人戰鬥時，斐迪南大人雖也取得了蘭翠奈維的道具，卻從來沒有想要使用過。看到蘭翠奈維的人用得毫不遲疑，尤根施密特的貴族當然會覺得這一群人極度危險。

「竟然對艾爾維洛米大人使用即死劇毒，我也同意斐迪南大人這麼做十分危險。但是，他的判斷並沒有錯，確實不能讓傑瓦吉歐成為君騰。倘若傑瓦吉歐當上君騰，肯定會為尤根施密特帶來前所未有的混亂與紛爭吧。」

「從人類的規範來看，會得出這樣的結論嗎？」

艾爾維洛米大人緩緩吐了口氣後，像是意識到了什麼般，平靜地開口問道：「艾格蘭緹娜，妳是為何來此？」

「很抱歉現在才向您問好。我預計接受羅潔梅茵大人所授予的古得里斯海得，就任成為新的君騰。往後還望您不吝鞭笞指正。」

「妳並未持有梅斯緹歐若拉之書，以為能自稱是君騰嗎？妳沒有成為君騰的資格。不管是魔力還是祈禱都不足夠。」

……我不能自稱是君騰嗎？而且沒有資格？

明明我聽說的是，由女神化身羅潔梅茵大人授予古得里斯海得的人，就會成為新一任的君騰，然而諸神的認知似乎與我不同。我看向斐迪南大人，尋求說明。

多半是與睿智女神的談話結束了，斐迪南大人走來說道：「從人類的規範來看，中間的緩衝期仍需要有君騰在位。」睿智女神也輕盈地飛了過來，坐在艾爾維洛米大人的肩頭上。

「正如我前些天所說，從她的下一任開始，每任君騰都會自行取得梅斯緹歐若拉之書。我會請艾格蘭緹娜大人使用古得里斯海得魔導具，治理尤根施密特。」

「哎呀，古得里斯海得魔導具嗎？意思是又要使用阿爾芙桑緹所做的東西了？」

聽見女神帶著責怪的話聲，我不由得縮起身子。如今我們已經知曉了過往代代傳承古得里斯海得魔導具的歷史，因此身為王族，我實在感到無地自容。

「與君騰・阿爾芙桑緹所做的魔導具不同，我所做的並無法轉讓給他人。下一任君騰，必然會靠著自己的力量取得梅斯緹歐若拉之書。但我們需要時間，才能栽培出這樣的下任君騰。」

「人類的規範還真是麻煩。」

隨後，斐迪南大人拿來一個放置於創始之庭裡的包裹，解開繩索與封印用魔石，取出了有著偌大魔石的手環。

「艾格蘭緹娜大人，請您戴上這個手環，登記魔力。」

他說在我登記魔力後，只要詠唱「古得里斯海得」，古得里斯海得便會出現在我的手中。除了最一開始構思出這種魔導具的阿爾芙桑緹，能夠重新做出一本的斐迪南大人也很教人不敢置信。這實在太超出常人所能想像。

「……真是不可思議。明明連古得里斯海得魔導具也做得出來，為何斐迪南大人不自己成為君騰呢？」

「艾格蘭緹娜大人，您曾是王族之中唯一能夠進入祠堂的人，卻也不願成為君騰，我想就和您當時的理由一樣吧。」

……因為不希望自己成為紛爭的源頭。

「我明白了。每個人都有自己的立場呢。我也理解有時就算能力出色，有些事情光靠個人的力量也無可奈何。」

「哎呀，艾格蘭緹娜能夠理解庫因特口中所謂人類的規範嗎？」

大概是沒想到我會同意斐迪南大人說的話吧，睿智女神的話聲十分意外。於是我挺直了背。因為斐迪南大人說過，神的規範與人類的規範並不相同。或許睿智女神與艾爾維洛米大人就是因為不懂人類的規範，才會與斐迪南大人對立吧。

「我因為個人過去的經驗，一直是傾向於即便多少有些犧牲，也要維持和平穩定的生活。每當我思索著如何能讓未來少點紛爭的時候，常常都會覺得斐迪南大人的提議是最好的辦法。他的行為與達到目的的過程，雖然總讓人覺得激進狡詐，但我認為他所追求的也是平穩安定的未來。」

「所以從人類的規範來看，庫因特的提議比梅茵更實際嗎？」

面對睿智女神的問題，我回想了下羅潔梅茵大人的為人。儘管接觸時間不長，但也有過幾件印象深刻的事情，能夠看出羅潔梅茵大人的思考方式。

「羅潔梅茵大人雖然不喜紛爭，卻也有著非常強烈的個人欲望。我與斐迪南大人都會選擇以最少的犧牲，來換取多數人的和平安穩，但羅潔梅茵大人卻是即便要犧牲其他多數人，也要守住自己重視的人事物。」

換作一般的領主一族，絕不會為了營救斐迪南大人，就去攻打亞倫斯伯罕、奪取基礎魔法吧。畢竟考慮到領地間的勢力關係，還有與自己並肩作戰的騎士的性命、事後社會大眾的批判等等，那還是犧牲斐迪南大人，然後向亞倫斯伯罕索取賠償，並讓王族欠自己一個人情，這麼做損害會小得多，利益也大得多。

「先前貴族院的課堂上，羅潔梅茵大人還曾講述過自己想要實行的圖書之都計畫，但在她規劃的都市中，並沒有為那些不想要書籍的居民思考過容身之處。由於比起人類或是諸神的規範，她更以自己的願望為先，所以我認為她比斐迪南大人更不適合成為君騰。倘若羅潔梅茵大人要成為執政者，就必須要有人負責協調，一邊適度地滿足她的個人私欲，一邊扶持會反對她的人，否則很快就會垮台吧。」

我轉頭看向斐迪南大人。因為他可是將特羅克瓦爾大人的命令往對自己有利的方向解讀後，才成了羅潔梅茵大人的未婚夫。而羅潔梅茵大人總是朝著自己的想望奮勇直前，希望他能努力擔任好協調的角色。

……雖然到時候，向羅潔梅茵大人獻名的我也會受到不少折騰吧。

「艾格蘭緹娜，妳認為自己當上君騰後，能夠在神與人之間擔任橋梁嗎？」

艾爾維洛米大人這麼詢問後，我輕輕搖了搖頭。在諸神的面前，我不敢保證「自己做得到」。

「我的學習還不夠充分，至今更是從未思考過何謂神的規範……但是，如果君騰的職責就是成為橋梁，不使神與人之間發生紛爭，那麼我會盡己所能。」

「艾格蘭緹娜大人，您忘了我的忠告嗎？」

被斐迪南大人瞪了一眼後，我淡淡回以微笑。我當然記得他說過的「別輕易向神許諾」，也知道他現在是在擔心自己。

「斐迪南大人，我很感謝您的忠告，但是身居高位，理當有相應的作為。如今我已不再是將下任國王之位讓給兄長的第二王子的妻子。我不想為了避免紛爭，就只是無可奈何地接下王位，還必須依靠魔導具，我想成為也得到諸神認可的真正君騰。」

「這份志氣不錯，但人類之言並不可信。你們總是一下子就撒謊。艾格蘭緹娜，妳膽敢向神起誓嗎？」

艾爾維洛米大人以指尖示意上空，晶煌燦亮的金色光芒隨即灑落下來。是光之女神與其眷屬在催促我立下誓言，與祂們定下契約吧。

斐迪南大人因為諸神的干涉而垮下臉來。我對這樣的他投以苦笑後，主動走進金光當中。接著我緩緩轉過身體，對著以凌厲目光俯視我的艾爾維洛米大人，以及飄浮在他肩膀上的睿智女神跪了下來。

「懇請天地諸神在此作個見證。」

然後我慢慢仰起頭，注視著自己要立下誓言的方向，也就是諸神所在的世界。感覺燦然的金光似乎變得更加耀眼。

「現在的我還只能接受他人所授予的魔導具，魔力與祈禱都不足夠，但我一定會傾盡所能，成為名正言順的君騰。我謹在此宣誓，一定會親自前往祠堂、獻上祈禱，得到屬於我自己的梅斯緹歐若拉之書。」

金色的光芒將我籠罩，隨即滲進體內一般隱沒消失了。

「睿智女神梅斯緹歐若拉，確實在此見證了妳獻給諸神的誓言。」

女神的話聲乍然溫柔響起，與方才截然不同。我從天空收回目光，看向睿智女神，發現祂臉上帶著溫暖和煦的笑容。艾爾維洛米大人的表情似乎也柔和了幾分。

「契約就此成立。妳要努力不懈。」

聽見這句鼓勵，跪在地上的我更是深深低下頭去。

新奧伯的厲害魔法

「吉飛，你也回來啦。辛苦了。」

「辛苦啦。今天真是太慘了。魚的數量是不是又減少了啊？」

漁夫們結束一天的工作後，都會聚集來到港邊喝酒說笑，把賣不掉的鮮魚或煮或烤來吃，已經是一種例行公事了。我抓了一把堆在附近的樹枝，丟進自己搬來的木箱裡，上前加入大家。

接著我把木箱倒過來，樹枝放到旁邊，大力坐到木箱上。坐好後我拿起樹枝，用腰間上的小刀稍微把尾端削尖，方便等一下串魚。

「喂，魚拿給我。」

「拿去，鹽巴在這裡。等你串好三支，可以先吃這邊的。差不多快烤好了。」

「哦，謝啦。」

我把鹽巴抹在魚身上，串進削尖的樹枝裡，架在火焰旁邊。準備好了下酒菜後，終於可以來喝期待已久的酒。我解開繫在腰帶上的杯子，遞給托勒姆。

「也幫我倒一杯吧。」

在這裡喝的酒都是大家一起出錢的，所以沒有人會客氣。但托勒姆看了看他手中的酒瓶再看看我，一張臉皺了起來。

「吉飛，你在這裡喝酒沒關係嗎？我聽說你昨天才和老婆大吵了一架。」

「有什麼關係。就算她會生氣，但在這裡交流資訊也是很重要的工作吧。不出海的女人哪曉得我們工作有多辛苦。」

「你又在嘴硬說這些。」

在這裡喝酒會被老婆或女兒罵的人不只有我而已，每個漁夫回到家後的情況都差不多。所以在場所有人只是哈哈大笑，根本沒把托勒姆的提醒放在心上。托勒姆自己也說著「我提醒過你了喔」，但還是往我的杯子裡倒了酒。

大灌了一口酒後，我暢快地吐出大氣。現在大海的情況很糟，不喝點酒的話，日子實在撐不下去。我伸手拿起了剛才說過可以吃的魚。外皮烤得焦香四溢，魚身上的油脂還沿著樹枝往下滴，發出了讓人口水直流的滋滋聲響。

「今天是誰負責把魚帶去城堡？」

「是杰格特跟安肯吧？有沒有什麼有趣的消息？」

近來大家喝酒閒聊時的話題，都是關於城堡。說得再精準點，是關於新奧伯。因為是新奧伯趕走了在港口橫行霸道的外國人，還關上了海上的大門，讓他們再也沒辦法過來。雖然是個頭髮都還沒盤起的少女，卻是我們的英雄。為了得到更多她的新消息，大家每次去了城堡，都會去找廚師或下人打聽。

而之所以變成這樣，其實是因為新奧伯趕跑了在港口亂來的外國人後，隔天我們就收到貴族大人的要求，說是因為城堡裡的糧食快被他領的騎士大人們吃光了，所以想要購買大量的鮮魚。我們漁夫盡可能帶了很多的魚過去，也當作是之前被救的謝禮。後來在聽說新奧伯似乎喜歡吃魚後，我們每天都會把上午捕到的最好的魚，拿去獻給奧伯。

「有啊，有新消息喔。是城堡的廚師告訴我們的，聽說新奧伯喜歡把魚做成『鹽燒烤魚』。」

「『鹽燒烤魚』？聽都沒聽過。那是怎樣的料理？」

「是原來領地的調理方式嗎？光聽名字，根本不知道奧伯喜歡哪一種魚嘛。你們怎麼不問清楚一點。」

聽說新奧伯來自北邊的其他領地，所以似乎都是用一些我們不太曉得的調理方式在吃魚。就算打聽到了新消息，但根本一點用處也沒有嘛。看到我們都皺起臉龐抱怨，杰格特和安肯互相看了一眼，嘻嘻笑起來。

「聽說就只是往魚抹鹽，再拿去烤而已。也就是簡單的烤魚。」

「廚師還說了，最好能送去美味的白肉魚。」

兩人說完，現場瞬間一片安靜。

「……啊？烤魚？烤魚是指這個烤魚嗎？」

我拿起就在眼前烤著的魚，順便轉了一圈換邊烤。用在海裡捕來的魚，加上從海水製成的鹽，就可以做出非常美味的大餐，我們漁夫也常吃，但烤魚照理來說不是貴族大人會喜歡的食物。

「就是這個烤魚。我們也向廚師確認了好幾遍喔。對吧，杰格特？」

「是啊。聽到貴族大人說為了奧伯，簡單撒鹽燒烤就好的時候，那個廚師說他也向貴族大人確認了好幾遍。」

完全可以想像宮廷廚師在面對安肯反問的時候，表情該有多麼茫然。因為本來想要為了新奧伯大展身手，卻聽到那種要求，下巴都要掉下來了吧。連我們也大吃一驚。

「真的假的？那跟我們的吃法一樣嘛。貴族大人不是都喜歡加一堆有怪味的草，或是辣得會讓舌頭發麻的料理嗎？」

「可能因為新奧伯來自其他地方，好像不太喜歡外國的口味。吉飛，那邊的魚是我的，幫我拿過來。」

「聽說她對其他餐點看都不看一眼，就只吃烤魚……聽了真教人高興。」

把魚拿給安肯後，我腦海裡不停重複著杰格特說的最後一句話，連同灌下肚的酒一起細細品味。是啊，真教人高興。

「不僅收到我們的魚會高興，比起那種討人厭的外國口味，還更喜歡烤魚……我對奧伯比之前更有親切感了。」

「畢竟之前的奧伯是那副德行，我本來還在想不管由誰成為新奧伯，大家都會高舉雙手歡迎吧。現在倒是覺得，幸好這麼快就換人了。」

我們說起這些話來會這麼感慨，都是有原因的。因為前任奧伯也是個成年前後的年輕女子，但她的治理簡直糟糕透頂。

「那個上了年紀的老爺爺奧伯過世後，一換那個年輕女人上任，就完全不管以前訂下的規定了。」

「而且還特別偏袒從海上大門來的外國人，又不遵守貿易時間。大海就是因為這樣才會越來越混濁，魚的數量也越來越少吧？」

「嗯……雖然我不曉得跟不遵守貿易時間有沒有關係，但確實是在奧伯換人之後，魚的數量就大幅減少。」

自從奧伯換人，會變成黑銀兩色的奇怪船隻從國外來了以後，大海就變得混濁，魚的數量也減少了。這對我們漁夫來說，可是生死攸關的大問題。而貿易時間拉長以後，也有的商人因此大賺一票。說不定這些人對前任奧伯的評價都很高，但我們漁夫只有滿肚子的苦水。

「不光港口停了好幾艘礙事的大船，還對那些囂張跋扈的外國人放任不管，但我們只要一抗議，挨罵的反倒是我們。做事根本不講道理嘛。」

「而且那幫外國人不只是討人厭，還是一群會擄人的壞蛋。」

那一天明明已經是傍晚了，卻有很多的馬車和運貨馬車來來去去。但因為天色還亮的時候，那幫人搬上船的都是些巨大的箱子，我們還以為是貿易活動結束了，他們開始準備要回國。所以那時候我們只是和現在一樣，一邊看著他們忙進忙出，一邊喝著酒胡亂叫囂：「快點回去吧。」

到了凌晨，我們才發現他們擄了人。當時天還沒亮，我們摸黑準備出海捕魚，驚覺運貨馬車上載著被綁起來的女人。有好幾個女人都被扛上了船。她們身上的衣服明顯用了上好的布料，一眼就能看出那不是有錢人家就是貴族大人。

「他們扛著的女人是貴族大人吧？這下大事不妙吧？」

「喂喂，事後貴族大人只會衝著我們發火，說我們眼睜睜地看著人被帶走喔！」

這消息一下子就傳到了所有漁夫耳中，大家怒吼著：「別太過分了！」心中的怒火馬上就被點燃。在各方面都累積了很久的憤怒與不滿終於一鼓作氣爆發。

「我再也受不了那幫傢伙在我們的港口為所欲為了！」

「我們現在正要出海捕魚，那些大船有夠礙事！」

「把女人救出來！衝上船去！搞不好還有其他人！」

原本要出海捕魚的我們紛紛拿起自己小船上的魚叉和漁網，衝上去和外國人大打出手。由於那個時候太陽還沒升起，四周一片昏暗，到處都有人受傷，但既然動手了，我們也不可能就這樣停下來。

後來新奧伯出現，兩三下就擺平了作亂的外國人。而且不只熟悉的淡紫色披風，還有外地的騎士大人披著平常很少看到的藍色和明亮土黃色披風，開始攻擊外國船隻。

「我一開始還擔心我們會不會被抓呢。」

「對啊、對啊。也不知道能不能看出我們是想救那些小姐，還是要來罵我們竟敢攻擊對貴族大人來說非常重要的貿易對象，看到騎士大人來的時候，我嚇得魂都飛了。」

看到騎士大人過來平定騷動的時候，我們都在心中大喊不妙，但緊接著換他們開始攻擊外國人，還救出了被擄走的千金小姐們。

「居然輕易就摧毀了那麼巨大的船隻，貴族大人果然和我們不一樣。」

「而且新奧伯連我們這樣的平民也施展了治癒，還變出光柱凍結海面、關閉了海上的大門……雖然搞不清楚是怎麼一回事，但真是太厲害了。」

新奧伯接連施展了很多我們從來沒見過的魔法，和我們至今見過的貴族大人完全不一樣。

「我從來沒見過也沒聽說過，有奧伯會治癒平民，這真的很了不起。」

當時忽然有綠色的光芒從天而降，然後手臂上的刀傷和被打造成的瘀青都在一瞬間就消失了，包括疼痛的感覺也是。緊接著又有黃色的光芒灑下來，騎士大人告訴我們，黃光的作用在於保護自領的領民。所以後來外國人再怎麼攻擊反抗，也一點都傷不到我們。

那種體驗這輩子不會再有第二次吧。貴族大人居然將我們平民漁夫也視作是應該保護的領民，我從沒想過這種事情會讓人這麼高興又自豪。

「厲害是厲害，但我現在快要煩死了。老頭子好不容易退休了，結果奧伯的治癒卻讓他的腰和腿都不疼了，又吵著要出海，怎麼也勸不聽。」

「看來這次跟外國人打架，你家老頭精力還沒發洩完吧。」

看到杰格特垮著肩膀在吃烤魚，大夥哈哈大笑。當時杰格特的父親也衝出來一起對付外國人，用著像在教訓小鬼頭的氣勢大吼：「不准在海上做壞事！」他本來已經退休了把船讓給兒子，竟然現在又說要出海，以後父子倆肯定會經常吵著誰要掌舵。

「哎～原來奧伯也是每個人都不一樣。這次的跟那個金髮女人就完全不同。」

有次貿易的期限到了，那個年輕的金髮女奧伯曾來港口目送外國的船隻出航，當時她以「出現在視野裡很不美觀」為由，禁止平民在她來到港口的時候出外走動，還要我們把船繫遠一點，讓她的視野裡可以只有外國的船隻。像她這樣的人，怎麼想都不可能治癒平民，或為我們施展守護魔法。

「光是漁夫就有人捕得好，有人捕得不好。奧伯當然也是有人當得好，有人當得不好吧，這有什麼好奇怪的。只是上一任是個當不好的。」

「這關係到我們的生活跟性命，來個當不好的怎麼行！」

「所以我們之前的日子才那麼苦嘛。」

聊到這裡，突然有話聲插了進來。「你們又在聊新奧伯了嗎？」回頭一看，是手上搬著木箱的伏爾特。伏爾特不是漁夫，而是載運各種物資的商船上的船員。記得商船這次是往領地北邊運送了物資，看來是工作結束回來了。

「我帶來了有趣的消息喔。新奧伯可是又做了不得了的事情！」

「是什麼？你快說。」

只要是關於新奧伯的消息，我們都非常歡迎。大夥稍微往旁挪了挪，騰出位置讓伏爾特坐進來。伏爾特從木箱裡拿出了從當地買回來的酒和水果，遞給大家以後，再把空了的木箱倒過來坐上去，拿出杯子讓人倒滿酒。

「這次我去了堪那維齊。」

堪那維齊在搭船可以抵達的領地北端。伏爾特搭的商船從這裡的港口出發後，會一路北上，並在沿岸的幾處城鎮停靠，然後在堪那維齊買完北邊土地的物產再回來。

「離開堪那維齊，我們往南航行要回到這裡的時候，看到了坐在騎獸上面的羅潔梅茵大人他們。」

「……羅潔梅茵大人？那是新奧伯的名字嗎？你怎麼知道？」

貴族大人的名字很少會告訴平民。如果是可以出入宅邸或城堡的商人，或許還有機會知道，但像我們漁夫這一類的平民不可能會曉得。伏爾特露出得意笑容。

「先聽我說完嘛。跟上次戰鬥時一樣，只有奧伯是跟別人同乘騎獸，懷裡還抱著一個像是大杯子的東西，從半空中倒下虹色光芒。那些光芒一灑下來，原本漆黑烏濁的大海就忽然變成了非常乾淨又明亮的顏色。」

伏爾特很興奮地說著，但大概是太興奮了，完全聽不懂他想表達的意思。

「伏爾特，你太激動了，完全聽不懂你在說什麼。像我們知道綠色的光芒能治好傷口，黃色的光芒能讓人不會受傷，那虹色的光芒有沒有什麼更簡單明瞭的效果？」

「虹色的光芒很厲害喔。海草突然茂密到大海的顏色都變了，原本瘦小到連網子都撈不起來的魚也眼看著越變越大。在附近捕魚的漁夫們也都非常興奮。」

「啊?!那怎麼可能不興奮嘛？真的假的?!」

那種光芒我們目前為止還沒見過。魚竟然會眼看著越變越大，到底是怎樣的魔法？

「是真的。我們還跟四周船上的人一起歡呼揮手，結果羅潔梅茵大人也揮手回應了。大家忍不住亂吼亂叫的時候，附近突然有男人叫我們獻上祈禱。」

「獻上祈禱？」

「對。他說『向這個領地的新奧伯，女神的化身羅潔梅茵大人獻上祈禱吧！祈禱獻予諸神！』……」

這麼一說，印象中洗禮儀式與成年禮的時候曾在神殿被要求祈禱過，是指那個嗎？伏爾特說他們因為看到大海的變化非常興奮，就一邊歡呼一邊照著男人說的獻上祈禱。獻上祈禱後，又有虹色光芒灑落下來。

「好厲害，太厲害了。可是……明明送魚去城堡的是我們，在堪那維齊之前，應該先來拯救城堡附近的這片海域吧！」

我握拳搥向大腿。對此，伏爾特「嗯……」地盤起手臂。

「吉飛，你因為只在這一帶的海域捕魚，大概不曉得吧。但實話告訴你，北方那邊不管是土地還是大海都非常貧瘠，情況已經嚴重到都有人餓死了。像賓德瓦德現在甚至沒有基貝，情況更是悽慘。從領地整體來看，優先去處理北邊也是當然的吧。」

我確實不曉得其他土地是怎樣的情況，但大概不管哪塊土地上的人，都希望奧伯能夠優先來自己這裡吧。

「我想只是從最嚴重的地方開始，但最終一定會把這邊的大海也變回原樣。羅潔梅茵大人絕對不會不管人民的死活，所以我們只要等著輪到這裡就好。因為不管她去了領地的哪個地方，最後一定會回到城堡來啊。」

「……是啊。」

明明沒有任何的保證，但如果是連在戰鬥中也願意保護平民的羅潔梅茵大人，我就覺得可以相信她。

「真期待羅潔梅茵大人回到城堡來。她操縱著一個彩虹色的怪東西，飛往西邊去了喔。」

「彩虹色的怪東西？」

「可以做到那麼了不起的事情，當然會很好奇羅潔梅茵大人接下來又要做什麼吧？所以我們把船停在附近的城鎮，也向農民打聽了消息，偷偷跑去觀察……」

伏爾特告訴我們，羅潔梅茵大人他們以一個彩虹色的房子當據點，大小甚至比我們旁邊的倉庫還要大。我吃著烤得剛剛好的魚，抬頭看向伏爾特指著的倉庫。

「雖然看起來是棟虹色的房子，還比這間倉庫要大得多，但前後又有像是魔獸的奇怪頭部和尾巴……顏色雖然很神聖，但外表又很奇怪。」

……虹色的倉庫加上魔獸的頭部？聽到這樣的說明，我也完全想像不出來。

「而且，那個據點居然會飛。」

「……伏爾特，你腦子沒問題吧？我知道你想說得誇張一點，但跟這間倉庫一樣大的房子怎麼可能飛得起來？」

完全無法想像的我們這麼回應後，伏爾特激動起來：「我沒有誇張！等那個東西飛到這裡來，你們就知道了。」

「是、是，那希望羅潔梅茵大人快點回來。」

我們安撫著情緒激動的伏爾特時，忽然「哐！哐！」的敲打聲響起。每當有士兵或不知哪個公會的人來到街上發出敲打聲，都是因為有重要的消息要通知。多數時候都是貴族大人又提出了什麼無理要求。上一次是明明還沒到貿易時期，就有外國的船隻要進來，然後要求所有漁夫離開港口。

「怎麼回事？羅潔梅茵大人不是還在北方嗎？」

是貴族大人想趁著新奧伯不在的時候做什麼嗎？我們都不情不願地站起來，往廣場集合。居民也各自從家裡出來，豎耳聆聽士兵的通知。

「城堡送來緊急通知，說是今晚從第六鐘到第七鐘，新奧伯將施展大規模的魔法，一鼓作氣為整個領地灌注魔力，所以天空要是突然發亮也不用擔心。再重複一次……」

好像只是要施展魔法而已，並不需要我們做什麼事情。意思是就算出現了罕見的現象，也不需要大驚小怪吧。聽完通知我們放鬆下來，納悶地回到原來聚集的地方。

「天空會發亮是什麼意思？不是有虹色的光芒會從空中灑下來嗎？」

「看吧，我在北方看到的虹色房子就是一邊飛一邊發光。就是那個有著奇怪頭部，體積非常巨大……」

「伏爾特，你還在講這件事喔。」
「可惡！等你們看到了也會大吃一驚！絕對會目瞪口呆！那真的很奇怪。」
這天為了交流資訊而聚在一起喝酒的我們早早就解散，準備迎接即將到來的夜晚，觀看羅潔梅茵大人所施展的大規模魔法。
由於每天都是天還沒亮就出海，平常這個時間我早就上床睡覺了，現在卻是和妻子菲娜一起外出。
「要是能讓你少喝點酒，真希望新奧伯每天都施展魔法呢。」
「……別去井邊的廣場，去港口好嗎？我想親眼看看，大海是不是真的會像伏爾特說的那樣變色。」
「現在天都黑了，就算大海的顏色有點變了，大概也完全看不出來喔。」
我穿過左鄰右舍聚集的井邊廣場，來到大道上。大道上同樣有人一臉好奇地仰望天空，想要知道等一下會發生什麼事情，也有人跑向貴族區所在的山丘。貴族區那邊好像也傳來了吵吵鬧鬧的人聲，感覺得出所有人都很期待。這種像是祭典一樣的熱鬧氣氛讓我的心情浮躁起來，帶著妻子走向昏暗的海邊。
「噢，吉飛你們也來啦。」
我們走到港口時，平常一起喝酒的夥伴也差不多都到齊了。可以看到大家又圍著火堆在喝酒。一看到這一幕，菲娜的臉色立刻沉了下來。
「你們還真是從早喝到晚哪。」

「好了好了，別這麼生氣嘛。今晚情況特殊，因為新奧伯又要施展魔法了。菲娜，妳也喝一點吧。喂，吉飛，你去拿木箱讓菲娜坐下來。」

安肯晃了晃酒瓶，這樣開導心情不好的菲娜。我對他點點頭，去倉庫和小船拿來木箱。然後我們一邊喝酒，一邊吃著大家從家裡帶來的食物，等著不尋常的現象發生。

「啊，好像開始了。那邊好亮喔。」

大家一致看往菲娜指著的方向，只見高地上的城堡開始微微發亮。雖然已經聽過伏爾特的描述，但這規模好像比我想像中大得多。我正這麼心想時，忽然有綠色的光芒從城堡升起，筆直地伸向天空。

「綠色的光芒?!不是虹色嗎？」

怎麼跟聽說的不一樣。我們不約而同看向伏爾特。伏爾特尷尬地皺起臉，仰頭看著天空。

「跟我看到的不一樣。而且也沒看到羅潔梅茵大人與她身邊的騎士大人……」

高高升起的綠光彷彿有自己的意識一樣，開始動了起來。從城堡上空越過貴族區、平民區與我們所在的港口上方，接著飛向大海，在半空中形成一條長長的光線。

「那邊是大門所在的方向吧？」

「會不會是空中的這一條線，等一下會降下虹色光芒……？」

過沒多久，綠色的光線接著往西邊延伸。與此同時，還開始在半空中交錯形成複雜的圖案。

「好像用發光的綠色蕾絲在半空中編織一樣喔。」

「就像是貴族千金在用的那種做工精緻的扇子呢。」

女人們紛紛感動地說「好漂亮」、「好壯觀喔」。但明明在場看了一樣的東西，我們心裡的感想卻和她們不太一樣。因為這跟伏爾特剛才的描述差太多了。

「好厲害，太厲害了。可是……這根本不是虹色嘛。」

「也沒有什麼奇怪的頭部，體積還非常巨大……雖然這規模也很大啦。」

「當時我看到的就是一個倉庫般的虹色大房子，才沒有這麼漂亮。那房子不僅會動還會飛，前面還有一顆奇怪的頭！」

「伏爾特，你到底看到了什麼啊？」

「這我才想知道！我到底在堪那維齊看到了什麼?!」

但是先不管腦袋陷入一團混亂的伏爾特，眼前的魔法真的很驚人。原本往西邊延伸的光芒，接著開始往北邊移動。與此同時，半空中的圖案也不斷延伸擴張。雖然士兵已經說過是大規模的魔法，但這樣的規模還是遠遠超出我們的預期，只能抬頭望著天空說不出話來。

「各位亞倫斯伯罕——不對，今後要改稱為亞歷山卓了。各位亞歷山卓的居民，聽得見我說話嗎？」

「怎麼回事？聲音是從哪裡傳來的?!」

也不知道是誰在說話，年輕男人的話聲突然響起。我們循著聲音找到源頭後，發現有個從來沒見過的道具。

「我是即將成為新奧伯的羅潔梅茵大人的近侍。此刻正在空中展開的美麗魔法陣，便是新奧伯羅潔梅茵大人為了治癒這塊魔力貧瘠的領地所創造出來的！這是除了貴為女神化身的羅潔梅茵大人外，沒有任何人能夠重現的神話時代的魔法陣。而為了得到諸神的祝福，需要做的就是祈禱。為了這塊領地，大家必須一起向羅潔梅茵大人獻上祈禱才行。祈禱獻予諸神！」

「啥？咦？」

「相信無論平民還是貴族，都曾在洗禮儀式與成年禮上學到過吧。而此刻我們祈禱的多寡，勢必也會影響到諸神所賜予的、用來盈滿領地的祝福。為了讓自己過上更好的生活，也為了讓魔力減少後變得貧瘠的土地能夠恢復豐饒，必須獻上祈禱才行。我們再來一次。準備好了嗎？」

明明只有聲音而已，卻給人一種強大的壓力。我們正一頭霧水時，男人再度要求眾人獻上祈禱。大家都像是被聲音催促著站起來。

「如果魚的數量可以因此重新增加，那就祈禱吧。」

「我之前在船上也被要求祈禱過。這個聲音絕對是當時的貴族大人。」

大家一邊回想神殿裡神官所教的祈禱動作，一邊互相檢查。

「在他大喊的時候，舉起手跟腳就好了吧？」

「祈禱的時候還得要喊：『祈禱獻予諸神！』」

伏爾特說著「要像這樣，這樣！」一邊示範給我們看。像這樣祈禱之後，結果真的會不一樣嗎？儘管半信半疑，但如果祈禱是為了讓土地可以更加豐饒，那當然是做了再說。畢竟要是真的會影響到魔法的效果，到時候頭痛的可是我們。

「向女神的化身羅潔梅茵大人獻上祈禱吧！祈禱獻予諸神！」
「祈禱獻予諸神。」
我們姑且跟著這麼唸道。而道具的另一頭，同樣傳來了許多人發出的、聽起來沒什麼幹勁的聲音。下個瞬間，道具裡就傳來喝斥聲。
「完全不夠！再認真一點！祈禱不分貴族與平民。你們身為貴族，應該知道這次的魔法需要消耗多少魔力，羅潔梅茵大人又是冒著多大的生命危險吧。大家必須要團結一心！為羅潔梅茵大人的魔法獻上應有的祈禱！」
看來在道具的另一頭，貴族大人也被迫要獻上祈禱。雖然不曉得是誰在帶頭，但想像了貴族大人不得不配合的樣子後，我們忍不住互相對看，笑了起來。
「一想到貴族大人也被逼著做一樣的事情，就覺得很好笑呢。」
「原來羅潔梅茵大人正冒著生命危險，在做連貴族大人也覺得很困難的事情啊。」
腦海中浮現出了一名連頭髮都還沒盤起的少女。明明才剛從其他領地來到這裡，一個年紀輕輕的女孩卻正冒著生命危險，為了領地在施展大規模魔法。那我們身為領民，更應該要傾力相助。
「貴族大人說了，我們不夠認真。再喊大聲一點。」
第三次祈禱的時候，已經可以聽見港口外其他人的大喊聲。到了第四次，由於所有人都用不輸給其他人的音量發出大喊，聲音大到彷彿是整座城市都在祈禱。
「很好，越來越異口同聲了。這次是最後一次！向女神的化身羅潔梅茵大人獻上祈禱吧！祈禱獻予諸神！」

「祈禱獻予諸神！」

當足以撼動整個城市的祈禱聲響起時，去領地繞了一圈的綠色光芒回來了。複雜的圖案從東邊不斷擴散過來，只見頭頂上的夜空越來越密密麻麻、沒有空隙。

「就差一點，要連起來了！」

飛回來的光芒與最一開始的那條光線連在了一起。瞬間，覆蓋住整個夜空的魔法陣就完成了。緊接著，魔法陣綻放一陣強光，然後剝落似的化作綠色光點，往整個領地灑落下來。

「噢噢噢噢噢！祈禱獻予諸神！」

大概是剛才的祈禱讓大家有融為一體的感覺，整個城市爆出歡呼。夾雜在感動的歡呼聲中，道具裡又傳來男人的話聲，興奮地很快說道：

「這就是使用了諸神力量的古代魔法！太壯觀了！不愧是羅潔梅茵大人！我們女神的化身！一同獻上祈禱的領民啊，經過諸神力量的治癒，你們可以親眼去看看彷彿重獲新生的領地，然後向羅潔梅茵大人獻上感謝吧。」

人在港口的我們立刻靠向大海，低頭認真觀察，但現在烏漆抹黑的，有變化也完全看不出來。但聽伏爾特描述過堪那維齊的情況後，我們還是非常期待大海的變化。

「真期待明天出海捕魚。那我們快點回去睡覺吧。天亮集合，這樣才可以清楚看到大海變成了什麼樣子！」

城裡所有人都激動無比的時候，我們漁夫則是趕緊回家睡覺。一路上妻子們還調侃說：「難道不會興奮到睡不著覺嗎？」

隔天早上。興奮得根本睡不著覺的我，比平常要早醒來。雖然太陽還沒升起，外頭仍有些昏暗，但天也快亮了。我興沖沖地離開家。下了樓梯，正要和往常一樣穿過井邊廣場時，腳一踏出去就踩到了草地，鞋底傳來沙沙聲響。

「嗚喔?!」

明明昨晚還沒有這些草，嚇得我叫出了聲。我當場蹲下來，伸手摸了摸草。草的高度大約到小腿左右。隔著涼鞋也能夠感受到，原本又乾又硬的貧瘠土壤，居然才過了一個晚上就變得柔軟而溼潤。

「我不是在作夢吧……如果井邊的廣場都這樣了，那大海會是什麼情況？」

心臟因為自己的低語而狂跳起來。在逐漸高漲的期待驅使下，我拔腿開始狂奔。每跨出一步，天空就亮了一點。那麼在我抵達港口的時候，應該就可以清楚看見大海了。

我氣喘吁吁地在住家間的巷弄穿梭，彎過轉角。一來到筆直通往港口的大道上，雙腳停了下來。

潔白的城市，潔白的大道，盡頭是明亮碧藍的大海。隔著這麼遠的距離，還是可以看出海水有多麼透明澄淨。

「好厲害……我第一次看到這樣的大海。」

一眼就能比較出昨天以前的大海有多麼漆黑混濁，我感動得全身直打哆嗦。自從那些會變成黑銀兩色的外國船隻來了以後，魚的數量就突然減少，海水也開始變得混濁。想起那段日子，就算乘船出海，漁獲的數量也總是不如預期。

「從前一直都是這樣喔。」

熟悉的聲音讓我回過頭去，看到杰格特與他的父親就站在那裡。兩個人似乎也要去港口，所以我與他們一起移動。

「結果你們決定一起搭船了嗎？」

由於本來已經退休的父親又想乘船出海，父子倆曾吵著誰要掌舵，那麼現在是有結論了嗎？

「他當然得把船還給我。多虧了奧伯，我現在全身上下哪裡都不痛了。為了表達感謝，就由我抓到魚送給新奧伯！」

「啊？要送魚給奧伯的人是我才對！老頭你都已經退休了，就別再出來搶風頭！」

結果根本沒有得出結論嘛。反正他們誰要掌舵都跟我沒關係，不過，兩人的爭吵倒是提醒了我一件事。我轉了轉手臂，撇下吵個不停的兩人開始狂奔。

「抱歉啦。你們兩個，要送魚給奧伯的人是我！」

「什麼?!吉飛，你給我站住！」

「自家人先別吵了。杰格特，可不能輸給吉飛！」

為了不被後頭的父子倆追上，我飛快衝進港口，卻看到已經有不少漁夫在準備出海了。原來我們早就晚了一步。

「你們動作還真慢，我們先走啦。來比送魚給羅潔梅茵大人的人會是誰！」

「比就比！解繩！拔錨！」

「感謝羅潔梅茵大人！祈禱獻予諸神！」

看到海裡的魚都反射著光芒閃閃發亮，我們漁夫爭先恐後地划船出海。在近距離下一看，更是肉眼可見肥美的魚在大海裡游著。

我也跳上木舟，劃開海浪，衝向光輝燦爛的大海。

後記

大家好久不見了，我是香月美夜。

非常感謝各位購買本作，《小書痴的下剋上：為了成為圖書管理員不擇手段！【第五部】女神的化身XI》。

序章是斐迪南視角。接續上集的正篇，內容寫到了近侍們眼中羅潔梅茵的異樣，並以回憶的方式，加入斐迪南視角中睿智女神降臨在羅潔梅茵身上時的情況。趁著這個機會還寫到了被叫過來的拉塞法姆，所以我是心滿意足。

正篇當中，從羅潔梅茵的視角來看，並未參與貴族院之戰的王族被判定成了未曾出面守護基礎，但席格斯瓦德自認為是在中央保護著最重要的王宮與離宮，所以雙方的認知完全沒有交集。

本集重點就是新任君騰人選的決定，以及一行人是如何努力消耗諸神之力，然而羅潔梅茵最在意的，卻是被女神切斷的記憶。失去了與平民家人有關的記憶後，羅潔梅茵現在的思考方式，就和從一開始便被當作貴族養大的人差不多。在她對家人的認知與對他人的態度上，能夠察覺出不同的僅有極少一部分人。至於他們對此會有怎樣的感受，請務必試著想像一下。

另外這集當中特別著重描寫的，就是女性的選擇。親眼看到羅潔梅茵那般率性而為後，深受影響的艾格蘭緹娜與阿道芬妮也作出了驚人的決定。雖然在現在的尤根施密特，她們所選擇的道路並不好走，但也希望她們能夠貫徹自己所選擇的未來。

終章是谷麗媞亞視角。內容寫到了在同伴並不多的亞倫斯伯罕內，侍從們在背後是如何努力維持羅潔梅茵的日常生活，也描寫到了自願獻名的谷麗媞亞的過去與忠心，以及大規模魔法期間近侍們的對話等等。

漢娜蘿蕾視角則是網路上原本就有的短篇。究竟在齊聚於大禮堂的貴族們眼中，繼承儀式有多麼濃厚的神秘色彩呢？希望大家看得開心。與羅潔梅茵視角裡手忙腳亂的正篇相比，相信是截然不同的感覺。

這一集的全新短篇，則由成為新任君騰的艾格蘭緹娜，以及亞倫斯伯罕的漁夫吉飛擔任主角。

艾格蘭緹娜視角的短篇中，寫到了她與亞納索塔瓊斯的對話，以及繼承儀式期間在創始之庭裡發生的事情。可以看到羅潔梅茵視角中看不到的，女神降臨時的情況。

吉飛視角的短篇中，則寫到了從蘭翠奈維討伐戰到大規模魔法為止，由於奧伯・亞倫斯伯罕換了人，漁夫們對於這一連串的變化有什麼想法。

然後出版社官網有消息要通知大家。

●【五月十日】同時發售的周邊商品

1廣播劇9……主要收錄內容為中央之戰，特典短篇是齊爾維斯特視角〈令人頭痛的要求與報告〉。

2領徽徽章……增加了戴肯弗爾格與亞歷山卓的徽章。新領地亞歷山卓的領徽是這集中所決定的圖案。

3領巾……艾倫菲斯特學生在貴族院戴的領巾變成周邊商品了喔。參考第四部VI的封面，由椎名優老師進行設計。戴肯弗爾格與亞歷山卓的領巾也在努力籌備當中。

●【五月十五日截止】羅潔梅茵模型

根據第五部VII封面所製作的模型。由於採預購制，訂購截止日期就快到了。

●【五月十五日】漫畫版第四部第六集

這集內容非常豐富，有在圖書館的茶會、與音樂老師們的茶會、休華茲與懷斯的量身等等。特別短篇是羅吉娜視角。

●【六月一日】漫畫版第二部第九集

收錄內容有陀龍布討伐的善後工作與奉獻儀式等等，都是在神殿過冬期間發生的事情。達穆爾的出場次數突然暴增。

●【預計夏天發行】Junior文庫第二部第八集

內容收錄了原著小說第二部IV的後半部分，還有椎名優老師繪製的五張全新黑白插圖與四格漫畫。全書標注讀音，小學生也能輕鬆閱讀。

●【預計冬天發行】第五部XII&廣播劇10

最終集也會有附廣播劇的版本，內容預計從與王族的談話開始，一路收錄到結局。

為了讓接下來補充加寫的部分也能收錄到劇本裡，首先要完成小說正文。

這集封面是繼承儀式的想像圖。有手上拿著光之女神頭冠、身穿儀式服的羅潔梅茵，以及抱著古得里斯海得的艾格蘭緹娜，和拿著爺爺大人樹枝與魔石的斐迪南。

拉頁海報是大規模魔法的想像圖。以終章主角的谷麗媞亞為中心，護衛騎士們一字排開。谷麗媞亞與勞倫斯還是第一次在彩頁登場呢。

由衷感謝椎名優老師。

最後，要向購買本書的各位讀者獻上最高等級的謝意。

第五部Ⅶ預計冬天發行。期待屆時再相會。

二〇二三年二月　香月美夜

每回都出場的
卷末漫畫
輕鬆悠閒的家族日常
作畫 椎名優
一個不小心
尤根施密特也跟著陪葬
妳不能受情感左右，一定要保存體力，安靜待著別動。（鄭重提醒）
是、是。
難不成我身上背負著超多條人命？
已獻名的人們
保持距離為上策
從下任君騰的選拔開始，請盡可能回到過往古老的方式。
首先要廢除君騰的世襲制，由能夠自行取得梅斯緹歐若拉之書的人成為君騰。
還有，君騰一族也都要搬到貴族院居住，並用向領地徵收來的稅金過生活。不夠的話再自己賺就好了。我自己也在這麼做，相信各位一定辦得到吧。
中央神殿要回古老聖地所在的貴族院，
君騰還要成為神殿長，為尤根施密特注滿魔力。
我們的養女正毫不客氣地在對王族下指示呢，芙蘿洛翠亞。
保持距離不扯上關係，真是明智的決定呢，齊爾維斯特大人。

粉碎機

金粉的做法
把手伸進裝有原料的袋子裡，充分攪拌。
攪啊攪
只要一眨眼，金粉就完成了。
噹啷——
啊。
我知道這是什麼。這叫所謂的磨粉機。
我好像便利的廚房家電喔。
呵哈哈哈哈。
大小姐？
攪啊攪
？

影印機

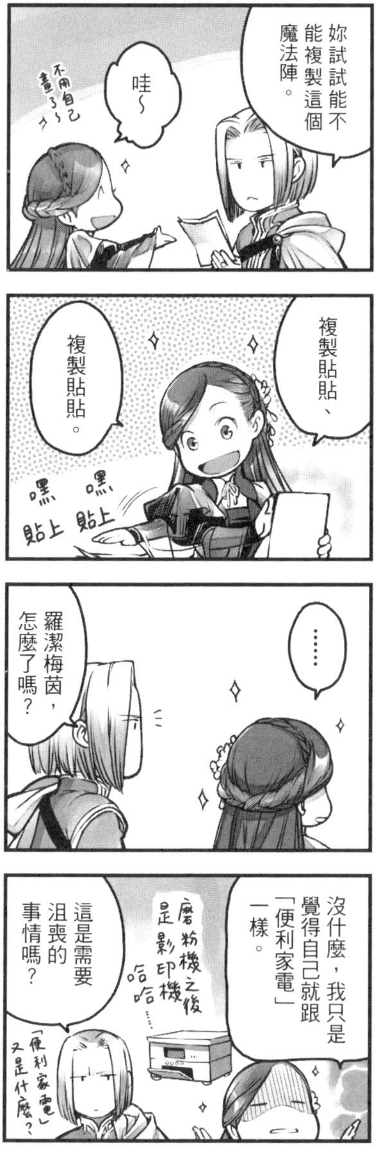
妳試試能不能複製這個魔法陣。
哇～
不用自己畫了～♪
複製貼貼、
複製貼貼。
嘿 嘿
貼上 貼上
……
羅潔梅茵，怎麼了嗎？
沒什麼，我只是覺得自己就跟「便利家電」一樣。
這是需要沮喪的事情嗎？
磨粉機之後是影印機
哈哈
「便利家電」又是什麼？

國家圖書館出版品預行編目資料

小書痴的下剋上：為了成為圖書管理員不擇手段！.
第五部，女神的化身. XI/ 香月美夜 著；許金玉 譯. --
初版. -- 臺北市：皇冠文化出版有限公司，2024. 12
368面；21×14.8公分. --（皇冠叢書；第5199種）
(mild ; 57)
譯自：本好きの下剋上：司書になるためには手段
を選んでいられません. 第五部，女神の化身. XI

ISBN 978-957-33-4231-1（平裝）

861.57　　113017248

皇冠叢書第5199種
mild 57

小書痴的下剋上
爲了成爲圖書管理員不擇手段！
第五部 女神的化身 XI

本好きの下剋上
司書になるためには
手段を選んでいられません
第五部 女神の化身 XI

作　　者—香月美夜
譯　　者—許金玉
發 行 人—平　雲
出版發行—皇冠文化出版有限公司
台北市敦化北路120巷50號
電話◎02-27168888
郵撥帳號◎15261516號
皇冠出版社(香港)有限公司
香港銅鑼灣道180號百樂商業中心
19字樓1903室
電話◎2529-1778　傳真◎2527-0904
總 編 輯—許婷婷
責任編輯—張懿祥
美術設計—嚴昱琳
行銷企劃—謝乙甄
著作完成日期—2023年
初版一刷日期—2024年12月

法律顧問—王惠光律師

讀者服務傳真專線◎02-27150507
電腦編號◎562057
ISBN◎978-957-33-4231-1
Printed in Taiwan
本書定價◎新台幣320元/港幣107元